한림신서 일본현대문학대표작선 21

방랑기

(상)

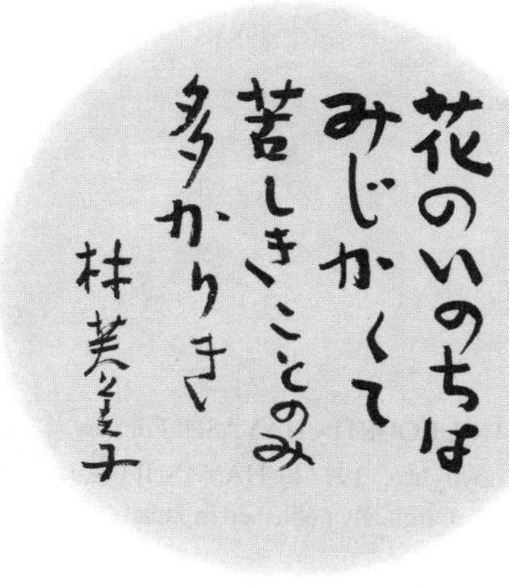

한림신서 일본현대문학대표작선 21

방랑기

(상)

하야시 후미코 지음 / 최 연 옮김

小花

방랑기(상)

한림신서 일본현대문학대표작선 ㉑

초판인쇄 · 2001년 6월 15일
초판발행 · 2001년 6월 20일

지 은 이 · 하야시 후미코
옮 긴 이 · 최 연
발 행 인 · 고화숙
발　　행 · 도서출판 소화
등　　록 · 제13-412호
주　　소 · 서울시 영등포구 영등포동 94-97
전　　화 · 677-5890(대표)　팩스　2636-6393
홈페이지 · www.sowha.com

ISBN 89-8410-168-0
ISBN 89-8410-108-7 (세트)

값 7,000원

일본에서 출판된 放浪記 표지

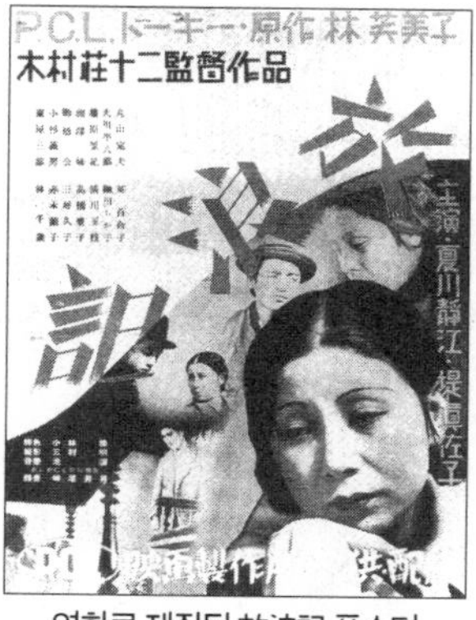

영화로 제작된 放浪記 포스터

放浪記 연극 포스터

차례

『방랑기』(상)

화보 · 5
역자의 말 · 9
제1부 규슈 시절—유년 시절의 역경과 고난 · 15
제2부 오노미치 시절—첫사랑의 배신과 떠도는 청춘 · 205
註 · 386

『방랑기』(하)

역자의 말 · 7
제3부 도쿄 시절—작가 성장의 험난한 길 · 13
註 · 217

역자의 말

1930년부터 작가 활동을 시작한 하야시 후미코(林芙美子, 1903~1951)는 미야모토 유리코(宮本白合子)와 함께 특히 정력적으로 활약한 여류 작가이다. 서민으로 태어나 서민의 생활을 체험하며 자란 후미코는 서민들이 사는 모습 속에서 삶의 진실을 직시하며 자기 인식을 결정(結晶)해 나갔다.

> "하야시 씨의 작품에서는 서민의 애절한 신음이 들려온다. 슬픔과 괴로움에 가득 찬 현실 세계를, 그 슬픔과 괴로움의 무거운 짐을 지고 살아가야 하는 서민의 소리는 끝없이 처절하지만 그 처절한 서민의 소리를 하야시 씨는 작품으로 그대로 결정하고 있다."

라고 다미야 도라히코(田宮虎彥)가 말했듯이, 하야시 후미코는 자신이 체험한 모든 것을 숨김없이 작품 속에서 토로하고 있다. 이처럼 여류 작가로서는 특이한 존재인 하야시 후미코는 그녀다운 개성을 살려 예술적인 문학을 지향하며 그녀 특유의 인생관을 담은 문예를 완성하였다. 후미코는 세상의 일반적인 도덕 관념보다는 인간의 삶 그 자체를 중시하였으며, 인간의 지위나 명예 등은 무의미한 것으로 세속의 관념이 인간을 불행하게 만든다고 생각하였다. 따라서 여자에게만 강요된 도덕적 속박과 굴레는, 삶의 진리 앞에 허물어져야 한다고 강조하였다.

전후 반전(反戰) 작품을 발표하면서 왕성한 문필 활동을 펴 나간 후미코는 제3회 여류 문학자상을 수상한 『늦국화(晩菊)』(1948) 이후, 한층 원숙한 작풍을 보였다. 유려한 문체, 작품 구성, 인생관의 유전(流轉) 등 예술적 경지에 더욱 깊이를 보이게 된 것이다.

하야시 후미코의 대표작이며 출발점이라고 일컫는 『방랑기』(1930)에는 유년 시절 역경의 추억과 후미코가 여학교를 졸업하여 도쿄에 나온 1922년부터 수년 동안의 생활이 그려져 있다.

"나는 숙명적으로 방랑자이다. 나는 고향을 갖고 있지 않다"라고 시작되는 『방랑기』에는 가난과 굶주림에 허덕이며 여러 직업을 전전하는 한 여성의 방랑과 애환이 일기 형식으로 생생하게 그려져 있다. 『방랑기』에 대해 나카무라 미쓰오(中村光夫)는 다음과 같이 말했다.

"어린 시절의 회상으로 시작되는 이 수기는, 대략 그

녀가 18세부터 25세 정도의 일이다. 지카마쓰 슈에(近松秋江) 집에서의 가정부를 비롯하여, 셀룰로이드 공장의 여공, 주식회사 점원, 여급, 노점 상인 등 여러 직업을 전전하는 도쿄의 밑바닥 생활을 해 나가면서, 한편으로 동화나 시를 쓰기 시작했던 시절의 체험을 군데군데 자작시를 끼워 자유로운 일기체로 쓴 것이다. 그 속에는 굶주림과 굴욕에 끊임없이 시달리면서도 마음속 깊이 아름다움을 갈망하며 추구해 나가는 한 여성의 심리와 육체의 동요가, 거칠지만 정확하고 생생한 필체로 그려져 있다."

1930년 출판되어 60만 부의 판매부수를 기록한 『방랑기』가 충격적이었던 것은, 무엇보다도 주인공인 '나(私)'가 일본 사회가 요구하던 정숙한 여자의 정형(定型)에서 벗어난 여자였기 때문이다. 『방랑기』 속의 '나'가 소설의 주인공으로서 매력에 넘치는 이유는 두 가지다. 그 하나는 그녀가 가난과 역경의 가정 환경 속에서도 굴하거나 비뚤어지지 않고 오히려 밝게, 강한 개성을 지닌 여자로 성장해 가는 것이다. '나'의 어린 주인공은 좋은 집안의 아이와는 전혀 다른 각도에서 사회를 보는 시점을 키워 나가면서 조숙하고 자립심이 강한 여자로 성장해 간다.

또 하나의 매력은, 정착할 집도 없이 방랑하면서 보통 가정이나 부모 자식 관계와는 매우 다른 환경에서 자란 소녀가 자신의 삶을 개척해 가며 작가로서 성장한다는 것이다. 굶주림과 빈곤에 굴하지 않는 천진발랄한 향일성(向日性)의 '나' 의 청춘이 그려져 있는 『방랑기』는 하야시 후미코 문학의 원천인 동시에 그 어느 누구도 독특한 창작 기법을 흉내 낼 수 없는 작품이다.

『방랑기』(林芙美子 전집 제1권, 文泉堂, 1977) 1부, 2부, 3부의 작품 내용이 과거와 현재의 시제를 구별하지 않고, 작자가 과거 회상을 현재 일기를 쓰듯이 적고 있어서 한국어로 번역할 때 시제가 맞지 않는 의미상의 어려움이 많았으나, 일기체 소설의 특성을 그대로 살려 작자의 의도대로 시제를 바꾸지 않기로 하였다. 또한 원래 시인으로 출발한 하야시 후미코는 『방랑기』 작품 속에 시를 많이 삽입시켜 놓았고, 가부키(歌舞伎)나 조루리(淨瑠璃)와 같은 일본 전통극 내용과 서양의 예술과 문학 작품에 관한 내용을 상당히 많이 다루었으며 특히, 규슈 지방의 방언이 많이 나와 번역하는 데 미흡한 점이 많았으리라고 생각된다.

1930년대의 일본의 규슈, 오노미치, 오사카, 도쿄 등의 풍경이 너무나 생생하게 그려져 있어 역자가 도저히 알 수 없는 당시의 풍속에 대해 많은 가르침을 주신, 일본 도쿄대학 유학 시절 은사이셨던 고보리 게이치로(小堀桂一郎) 교수님과, 가와모토 고지(川本晧嗣) 교수님께 깊이 감사드린다. 또한 절판이 되어 구할 수 없는 하야시 후미코 전집을 역자에게 선뜻 빌려주어 정확한 번역을 할 수 있게 도움을 주신 하야시 후쿠에(林福江: 하야시 후미코의 질녀로 현재 유일한 유족임) 씨에게도 감사의 말씀을 드리고 싶다.

『방랑기』를 번역하는 좋은 기회를 주신 한림대학교 일본학 연구소의 지명관 교수님과 히구치 요코(樋口容子) 선생님께 감사드리며, 일기체 소설의 특성으로 작품상의 시제가 맞지 않아 고생하시며 교정을 보아 주신 소화출판사 편집부 여러분들께 감사의 말을 전하고 싶다. 아울러 역자의 번역 일을 옆에서 많이 도와준 김희정 양에게 고마움을 전하고 싶다. 역자의 게으름 탓으로 번역이 예정보다 많이 늦어진 점에 대해 정말 죄송스럽게 생각한다.

삶의 역경 속에서 마음의 빛을 잃은 우리 주변의 여성 독자들에게 특히 이 책을 권하고 싶다.

2001년 3월

역자 최 연

제1부

규슈 시절—유년 시절의 역경과 고난

나는 북 규슈(九州)의 어느 초등학교에서, 이런 노래를 배운 적이 있다.

> 깊어 가는 가을밤 정처 없는 여행길에서
> 쓸쓸한 생각에 잠겨 홀로 괴로워하네.
> 그리운 내 고향 보고 싶은 부모님

나는 숙명적으로 방랑자이다. 내게는 고향이 없다. 아버지는 시코쿠(四國)의 이요(伊予)사람으로, 면이나 마직물을 파는 행상인이었다. 어머니는 규슈 사쿠라지마(櫻島) 온천 여관집 딸이다. 어머니가 외지 사람과 결혼했다고 가고시마(鹿兒

島)에서 쫓겨나 아버지와 정착할 곳을 구한 데가 야마구치(山口) 현 시모노세키(下關)였다. 내가 태어난 건 그 시모노세키 마을이다. 고향에 돌아갈 수 없는 부모를 가진 나, 그래서 내게는 여행이 고향이었다. 그 때문에, 숙명적으로 나그네인 나는, 이 "사랑하는 내 고향"이라는 노래를 퍽 외로운 심정으로 배웠던 것이다. 여덟 살 때, 내 어린 삶에도, 폭풍이 불어닥쳤다. 와카마쓰(若松)에서, 포목행상을 하여 꽤 재산을 모았던 아버지는, 나가사키(長崎) 앞바다 아마쿠사(天草)에서 도망쳐 온 하마(濱)라는 기생을 집에 들여 살고 있었다. 눈이 내리던 음력설을 끝으로, 어머니는 여덟 살이었던 나를 데리고 아버지 집을 나와 버린 것이다. 와카마쓰는, 나룻배를 타야 갈 수 있는 곳으로 기억하고 있다.

지금의 내 아버지는 의붓아버지이다. 이분은 오카야마(岡山) 사람인데, 소심하다 할 정도로 지나치게 성실한 데다, 빗나간 모험심으로, 반생을 고생에 묻혀 있었다. 나는 어머니의 딸린 식구가 되어, 이 아버지와 함께 살면서 거의 집이라는 것을 가지지 못하고 살아왔다. 어디를 가도 싸구려 여인숙 생활이었다. "느 아부지는 집을 좋아하지 않아서, 가재도구를 좋아하지 않아서…" 어머니는 내게 언제나 이런 말을 했었다. 그래서 가는 곳마다 싸구려 여인숙의 추억만을 가지고 아름다운 강산 같은 건 알지도 못한 채, 나는 의붓아버지와 어머니에게 이끌려 규슈 일대를 행상을 하면서 돌아다녔다. 내가 처음으로 초등학교에 들어간 것은 나가사키였다. 잣코구야(雜穀屋)라는 여인숙에서, 그 무렵 유행하던 모슬린 개량옷을 입고, 난킨(南京) 마을 근처의 초등학교에 다녔다. 그것을 시작으로, 사세보(佐世保), 구루메(久留米), 시모노세키(下關), 모지(門司), 도바타(戶畑), 오리오(折尾) 순으로, 4년 동안에 일곱 번이나 학교를 옮겨 다녀, 내게는 친한 친구가 한 명도 생기지 않았다.

"아부지, 나 이제 학교 같은 거 안 갈래…."

조급한 마음에, 나는 초등학교를 그만둬 버렸다. 나는 학교에 가기가 싫었다. 아마 노가타(直方)의 탄광촌에 살던, 내 나이 열 두 살 때의 일이었을 것이다. "후미코(芳美子)도 뭔가 팔았으면 싶은데…." 놀게 놔두기에는 아까운 나이였다. 나는 학교를 그만두고 행상을 하게 되었다.

노가타 마을은 날이 밝아도 저물어도 검게 그을어 늘 하늘이 칙칙하고 어두웠다. 모래로 걸른, 철분 많은 물이, 마시면 혀가 저려 오는 듯한 동네였다. 다이쇼(大正) 마을의 마굿간이라는 이름의 여인숙에 정착한 것은 7월이었다. 아버지는 여전히 나를 여인숙에 둔 채, 짐수레를 빌려 메리야스류,

버선, 새로 나온 모슬린, 보온용 복대(腹卷) 같은 물건을 고리짝에 넣어, 어머니가 뒤에서 밀고 탄광이나 도자기 제조소에 팔러 다녔다.

내겐 처음 보는 낯선 땅이었다. 나는 용돈으로 3전을 받아서, 그것을 허리띠 속에 넣어 두르고 매일 마을로 놀러다녔다. 모지처럼 활기 있는 거리는 아니다. 나가사키처럼 아름다운 거리도 아니다. 사세보처럼 여자들이 아름다운 마을도 아니었다. 코크스가 지천으로 널린 길 양쪽에 그을린 처마가 불투명한 하품을 하고 있는 것 같은 마을이었다. 막과자 가게, 우동 가게, 넝마 가게, 방석 가게들이 늘어선 마치 화물열차 같은 마을이었다. 그 가게 앞에선, 마을의 여자들과는 정반대로, 정말로 건강치 못한 여자들이, 불쾌한 눈초리로 걷고 있었다. 7월의 뜨거운 햇살 아래를 지나는 여자는, 더러운 속치마에 소매 없는 속옷차림이었다. 저녁이 되자, 삽을 든 여자와, 빈 삼태기를 손에 든 여자들이, 삼삼오오 수다를 떨면서 연립공동주택으로 돌아갔다.

오이토코소다여[1]라는 노래가 유행하고 있었다.

나는 용돈으로 3전을 받아 쌍둥이 미인 문고본이나, 냉만두 따위를 사느라 썼다. 얼마 안 되어 나는 초등학교에 가는 대신에, 스자키(須崎) 마을의 좁쌀과자공장에 일당 23전을 받고 다녔다. 그 무렵, 소쿠리를 들고 사러 다닌 쌀이 18전이었던 것으로 확실하게 기억하고 있다. 밤에는 근처 도서 대여점에서, 『외팔이 기사부로(喜三郎)』[2)]나 별종 『후쿠시마 마사노리(福島正則)』, 『불여귀(不如歸)』, 『이루어질 수 없는 사랑』, 『소용돌이』[3)] 같은 것을 빌려 읽었다. 그런 이야기에서 무엇을 배웠던 것일까? 행복해지고 싶다는 나만의 공상과, 영웅주의와 감상주의가 해면(海綿) 같은 내 머리를 적시고 말았다. 내 주위는 아침부터 밤까지 돈 이야기였다. 내 유일한 꿈은, 벼락부자가 되고 싶다는 것이었다. 비가 며칠씩 계속 내려서 아버지가 빌린 짐수레가 젖으면, 아침저녁으로 호박밥을 먹었기 때문에, 밥상에 앉을 때마다 정말 서글펐다.

이 여인숙에는, 보통 때 신케이라고 불리는 이전에 광부였던 미친 사람이 살고 있었는데, 그는 다이너마이트가 터져 바보가 되었다고 여인숙 사람이 말했다. 매일 아침 일찍, 마을 여자들과 함께 광차(鑛車)를 밀기 위해 나가는 마음씨 착한 미치광이다. 신케이는 자주 내 머릿니를 잡아 주곤 하였다. 그는 후에 기둥서방으로 출세하였고, 그 밖에 시마네(島根) 쪽에서 흘러 들어온 풍각쟁이에 가짜 눈을 해 넣은 남자, 부부 광부가 두 쌍, 살무사 술을 팔아서 한밑천 잡으려는 사람, 엄지손가락이 없는 매춘부, 서커스보다도 재미있는 집단이었다.

"광차에 치여 손가락이 잘렸다고 하지만, 거짓말이야, 누군가에게 잘렸을 거야…."

여인숙의 주인 아주머니는, 한 쪽 눈으로 웃으면서 어머니에게 이렇게 말하곤 했다. 어느 날, 이 손가락이 없는 매춘부와 나는 목욕탕에 갔다. 흐물흐물한 이끼가 낀 어두운 목욕탕이었다. 이 여자는, 배를 한 바퀴 빙 둘러 배꼽 부분에 붉은 혀를 내민 뱀 문신을 하고 있었다. 나는 규슈(九州)에서 이렇게 무서운 여자를 처음 보았다. 그때 나는 어렸기 때문에 이 푸르스름한 무서운 뱀 문신을 찬찬히, 똑바로 보았던 것이다.

여인숙에 묵는 부부는, 대개 자취를 하는데, 자취하지 않는 사람들도 쌀을 사 가지고 와서 밥을 해달라기도 했다.

질냄비처럼 뜨거워져 더운 노가타(直方) 길모퉁이에, 그 무렵 카추샤 그림 간판이 세워졌다. 외국인 아가씨가 머리에서부터 모포를 덮어쓰고, 눈 내리는 정거장에서 기차 창문을 두드리고 있는 그림이다. 그러자 얼마 안 되어, 머리 한가운데를 둘로 나눈 카추샤 머리가 유행하였다.

카추샤 사랑스럽구나 이별의 고통
하다못해 열은 눈이 녹지 않은 동안에

신에게 소원을 우~ 빌어 볼까요.

그리운 노래다. 이 탄광촌에서 눈 깜짝할 사이에, 이 카추샤 노래는 유행이 되어 버렸다. 러시아 여자의 순정적인 연애는 잘 알지 못했지만, 그래도, 나는 영화를 보고 와선 꽤 로맨틱한 소녀가 되었다. 신나는 나니와부시(浪花節) 가락[4] 외엔 다른 극장에 따라가 본 적이 없었던 내가, 혼자 숨어서 카추샤 영화를 매일 보러 갔던 것이다. 한동안, 카추샤 때문에 꿈꾸는 기분이었다. 석유를 사러 가던 길의, 하얀 협죽도가 핀 광장에서, 마을 아이들과 카추샤 놀이나 탄광 놀이를 하며 놀기도 하였다. 탄광 놀이란 여자아이는 광차를 미는 흉내를 내고, 남자아이는 탄광 가락을 부르면서 흙을 파는 몸짓을 하는 것이다.

그 무렵, 나는 아주 건강한 아이였다.

23전 정도 받던 좁쌀과 공장은 한 달 정도 일하고 그만두고, 아버지가 사들인 부채나 화장품을 쥐색 보자기에 넣어 등에 지고, 온가(遠賀)강을 건너 터널을 지나, 탄광의 사택이나 광부 오두막으로 행상을 하며 다니게 되었다. 탄광에는, 여러 행상인이 들어와 있었다.

"더워 죽겠어." 이 무렵 내게는 이렇게 친하게 말을 걸어 주는 짝꿍이 두 명쯤 있었다. '마쓰', 이 녀석은 가쓰키(香月)에서 걸어오는 막과자 장사로, 열 다섯 살짜리 귀여운 소녀였는데, 얼마 안 되어, 중국 칭타오(靑島)에 기생으로 팔려가 버렸다. '히로'는 건어물 가게 종업원인 열 세 살 소년으로, 그의 꿈은 어엿한 광부가 되는 것이었다. 술을 마실 수 있고, 곡괭이를 꽤나 높이 치켜들어서 사람들을 놀래키기도 하고, 마을 연쇄극[5]은 무료로 볼 수 있을 테고, 달이 뜬 온가강 근처를 나는 이 히로 군의 이야기를 들으면서 돌아오곤 하였다. 그 무렵 균일이라는 말이 유행하고 있었는데, 내가 팔던 부채도 10전 균일가로, 잉어그림이나 칠복신, 후지산 그림이 그려져 있었다. 뼈대는 옹골찬 대나무가 7개 정도 붙어 있었다. 매일 평균 20개 정도는 팔아 치웠다. 녹색 페인트가 벗겨진 사택의 아주머니들보다도, 광부 오두막을 도는 편이 훨씬 부채가 잘 팔렸다. 그 외에도 나팔 오두막이라고 해서 한 채에 열 가족이나 살고 있는 조선인 오두막도 있었다. 거적대기 다다미 위에는 양파를 까놓은 듯한 아이들이 벌거벗은 채로 뒤엉켜 놀고 있었다.

뜨거운 하늘 아래, 파 일군 흙이 입을 벌리고, 멀리서 광차 지나가는 소리가 천둥처럼 들리고 있었다. 점심시간이 되면, 개미탑처럼 재목을 넓게 짜 맞춘 어두운 탄광 입구에서, 거품처럼 쏟아져 나오는 광부들을 기다렸다가 어린 나는 여기저기 부채를 팔러 다녔다. 광부들의 땀은 물이 아니라, 이미 검은 엿 같아 보였다. 방금 자기들이 파놓은 석탄가루 위에 아무렇게나 드러누워, 빠끔빠끔 마치 금붕어처럼 공기를 들이마시며 잘도 자고 있었다. 꼭 고릴라떼 같았다.

그래서 조용한 풍경 속에서 움직이는 것이라곤, 용마루 아래를 지나가는 구식 삼태기뿐이다. 점심식사가 끝나면 여기 저기에서 카추샤 노래가 흘러 나왔다. 이윽고 박꽃 같은 석유등이 엷은 빛으로 땅을 기어갈 즈음 시끄러운 사이렌 소리가 울린다. 고향을 떠나니 옥 같은 피부…아무것도 아닌 노랫소리지만, 자욱한 석탄가루 더미를 보고 있으면 어린 마음에도 왠지 애달픈 생각이 들었다.

부채가 안 팔리게 되자, 나는 한 개에 일 전 하는 팥빵을 팔러 다니게 되었다. 탄광까지 10리 정도를 팥빵을 먹으면서 쉬엄쉬엄 가곤 했다. 아버지는 그 무렵, 장사 때문에 광부와 싸움을 벌이곤 수건으로 머리를 싸매고 집에 틀어박혀 있었다. 어머니는 다가(多賀) 신사 옆에서 바나나 노점을 열고 있었다. 역에서부터 한꺼번에 밀어닥치는 사람들은, 광부의 무리였다. 한 무더기에 얼마씩 하는 바나나는 비교적 잘 팔렸다. 나는 팥빵을 다 팔고 나서 어머니 옆에다 바구니를 놓고 다가 신사에 종종 놀러가곤 하였다. 그리고 많은 여자 남자들과 함께 나도 말 동상에 기도를 드렸다. 좋은 일이 생기게 하소서. 다가 축제에는 꼭 비가 내린다. 많은 노점상인들은, 역 차양이나 다가산 경내를 왔다갔다하면서 비 오는 하늘을 올려다보는 것이었다.

10월이 되어, 탄광에 파업이 있었다. 온 거리는 쥐죽은듯이 조용해지고, 탄광에서 온 광부들만이 살기를 띠며 활기가 있었다. 파업, 알고 보니 괴로운 것이구나[6]. 나는 이런 노래도 기억하고 있다. 탄광의 파업은, 늘 있는 일이고 광부들은 지체없이 다른 탄광으로 가 버린다고 했다. 그때마다 마을 상인과의 거래는 모두 끊어지기 때문에, 광부들에게 물건을 빌려 주고는 거의 되돌려 받지 못했다. 그래도 광부를 상대로 하는 장사는 손쉬워서 유쾌하다고 상인들은 말했다.

"당신도, 마흔 살이 퍼뜩 지나갈 텐데, 조금만 신경을 써주면 좋을 텐데…."

나는 조그만 램프 불빛 아래서, 열심히 악당 지코마가 주인공인 탐정소설을 읽고 있었다. 곁에서 자던 어머니는 아버지에게 항상 이렇게 잔소리를 하였다. 밖에는 오래도록 비가 내리고 있었다.

"당신, 집 한 칸 없으니, 이럴 때 궁상 아니우…."

"거 참 시끄럽구먼."

아버지가 작은 소리로 윽박지르자, 그 다음은 비 소리뿐. 그 즈음, 손가락이 없는 매춘부만이, 언제나 씩씩하게 술을 마셔댔다.

"전쟁이라도 시작되면 좋겠군."

이 매춘부는 항상 전쟁 이야기였다. 이 세상이 뒤집혀 버리면 좋겠다고 했다. 탄광에 돈이 왕창 흘러 들어오면 좋겠다고 했다. 어머니가 "너는 정말 태평이구나." 하고 말하면, 손가락이 없는 매춘부는

"아주머니까지 그렇게 생각하시다니…" 그녀는 창문으로 뭔가를 던지고는 쓸쓸한 듯 웃고 있었다. 스물 다섯이라고 했지만, 노동자 출신답게 팔팔한 젊음이 있었다.

11월이 될 무렵이었다.

구로자키(黑崎)에서 돌아오는 길에 아버지와 어머니와 나는 큰소리로 이야기를 하면서 가벼운 짐수레를 끌고 어두운 온가강 제방을 걷고 있었다.

"엄마하고 너는 수레에 타라. 아직 멀어서 걸으면 피곤할 테니…"

어머니와 내가 짐수레 위에 올라타자, 아버지는 힘찬 목소리로 노래를 하면서 짐수레를 끌고 걸었다.

가을이 되자, 별이 몇 개씩이나 떨어진다. 벌써 마을 입구다. 뒤쪽에서 "아줌마." 하고 부르는 소리가 났다. 떠돌이 광부가 부르는 것 같았다. 아버지는 짐수레를 멈추고 "뭐요?" 하고 물었다. 광부 두 사람이 기어왔다. 이틀이나 아무것도 먹지 못했다고 했다. 도망쳐 왔느냐고 아버지가 물었다. 두 사람은 모두 조선인이었다. 오리오(折尾)까지 가는데, 돈을 빌려달라고 몇 번이나 머리를 숙였다. 아버지는 아무 말 없이 50전 은화를 두 개 꺼내어 하나씩 쥐어 주었다. 제방 위로 차가운 바람이 불어왔다. 망망한 조선인 두 사람의 머리 위에 별이 빛나고, 이상하게 우리들은 부들부들 떨고 있었는데, 두 사람 다 돈을 받고는, 우리 수레를 밀어 주며 오랫동안 아무 말 없이 마을까지 따라왔다.

얼마 뒤, 아버지는 할아버지가 돌아가셔서 오카야마(岡山)로 땅을 팔러 갔다. 자금을 좀 마련해 와서, 도자기 행상을 해 보고 싶다는 게 유일한 목적이었다. 무엇보다도 탄광촌에서 손쉽게 팔 수 있는 것은 음식이다. 어머니의 바나나도, 내 팥빵도 비만 오지 않으면 두 사람이 먹을 정도는 팔렸다. 여인숙 방값은 월 2엔 20전이라, 지금은 어머니도 집 한 채를 세 얻는 것보다 이 편이 편하다고 하였다. 그렇지만, 우리들의 생활은 늘 너무나 비참했다. 가을이 되자, 신경통으로 어머니는 며칠씩 장사를 쉬고, 아버지는 땅을 팔아 고작 40엔

밖에 가지고 오지 못했다. 아버지는 그 돈으로 도자기를 사들여, 혼자 사세보(佐世保)로 일하러 가 버렸다.

"곧 두 사람을 부를 테니께…"

이렇게 말하고, 아버지는 빛바랜 작업복 한 벌을 가지고 기차에 올랐다. 나는 하루도 쉴 수 없는 팥빵 행상이다. 비가 오면, 노가타 거리에서 집집마다 팥빵을 팔러 다녔다.

이 무렵의 추억은, 평생 잊을 수 없다. 내게 장사는 조금도 고통스럽지 않았다. 한 집, 한 집 걸어가다 보면, 5전, 2전, 3전, 이렇게, 내가 만든 지갑에는 돈이 모였다. 그래서 나는 내가 얼마나 장사를 잘하는가를 어머니에게 보여 주는 일이 즐거웠다. 나는 2개월이나 팥빵을 팔아서 어머니와 살았다. 어느 날, 마을에서 돌아오니, 어머니가 아름다운 황록색의 헤코오비(兵兒帶)[7]를 만들고 계셨다.

"뭐예요?"

나는 놀란 눈으로 쳐다보았다. 시코쿠(四國)에서 아버지가 보낸 것이라고 했다. 나는 왠지 가슴이 뭉클해졌다. 이윽고, 데리러 온 의붓아버지와 함께, 우리 셋은 노가타 거리를 떠나 오리오(折尾)행 기차를 탔다. 매일 그 길을 걸었었다. 기차가 온가강 철교를 넘자, 제방을 따라 하얀 길이 석양에 저물어 내 눈에 슬프게 비쳤다. 흰 돛 하나가 강물 위에 떠 있는, 그리운 풍경이다. 기차 안에서는 금사슬이나 반지, 풍선, 그림책 같은 것을 파는 장사꾼이 오랫동안 떠들어대고 있었다. 아버지는 빨간 유리구슬이 박힌 반지를 내게 사 주셨다.

(12월 x 일)

종착역에 내려서서
눈(雪)빛 밝은
쓸쓸한 마을에 발을 내딛었다.

눈이 내리고 있다. 나는 이 다쿠보쿠(啄木)[8)]의 시를 문득 떠올리며 향수(鄕愁) 같은 것을 느꼈다. 변소 창문을 여니, 저녁 빛이 희미하게 비치고 있어서, 옛날 신슈(信州)의 산에서도 봤던 석남화(石南花) 붉은 꽃이, 무척 아름다웠다.

"애야, 아기씨 업어라!"

주인 아주머니의 목소리가 들린다.

아아, 저 유리코(百合子)는 내겐 힘겨운 아이이다. 잘 우는 데다 선생님을 닮아 신경이 예민해서 꼭 불덩이를 업고 있는 것 같다. 하다못해 이렇게 변소에 들어가 있을 때만이 내 몸인 듯 느껴진다.

(바나나에 장어, 돈가스에 귤. 실컷 먹어 보고 싶구나.)

기분이 처량해지면, 나는 괜히 낙서를 하고 싶어진다. 돈가스에 바나나, 나는 손가락으로 벽에다 써 보았다.

저녁 식사 준비가 될 때까지 갓난아기를 업고 복도를 몇 번이나 왔다갔다하고 있다. 슈코(秋江)선생님[9)]댁에 와서 오늘까지 일주일 남짓 되지만, 앞날의 목표도 없을 것 같다. 이곳 선생님은 하루에 몇 번이나 사닥다리를 오르락내리락하고 있다. 마치 생쥐 같다. 저 신경에는 정말 당해낼 수가 없다.

"우리 꼬맹이! 잘 잤니!"

내 어깨 너머를 들여다보고는, 선생님은 안심한 듯이 옷 등솔기 자락을 조금 접어 띠 밑에 접어 넣고 이층으로 올라갔다.

나는 복도에 있는 책장에서, 오늘은 체홉을 꺼내 읽었다. 체홉은 마음의 고향이다. 체홉의 한숨과 모습은 모두 살아서, 왠지 황혼 같은 내 마음에 뭔가를 속삭인다. 부드러운 책의 촉감, 이 집의 소설을 읽으면서, 한 번 더 체홉을 읽어 보면 좋으련만 하고 생각했다. 교토(京都) 여인네들 이야기 따윈 내게 먼 세상이다.

밤.

가정부인 기쿠(菊) 씨가 부엌에서 맛있어 보이는 비빔초밥을 만들고 있는 것을 보니 무척 기뻤다. 아기를 목욕시키고 잠깐 쉬고 나니 벌써 11시다. 나는 아기가 너무 싫은데, 이상하게도 아기는 내 등에 업히면 금방 새근새근 잠들어 버려 집안 사람들도 신기하게 여기고 있다.

덕분에 책을 읽을 수 있다. 나이가 들어 아이가 생기면, 일이 손에 잡히지 않을 만치 아이 걱정을 할지도 모른다. 반감이 생길 만큼 선생님이 아기에게 전전긍긍하고 있는 것을 보면, 하녀라는 게 평생 할 일은 못 된다는 생각이 들었다.

클로버조차도 가련한 흰 꽃을 피우는 것을 선생님은 모르는 것일까…. 주인 아주머니는 제멋대로 자랐지만 조용한 사람이고, 이 집에서 내가 가장 좋아하는 사람이다.

(12월 x 일)

놀게 됐다.

특별히 갈 곳도 없다. 커다란 보퉁이를 들고, 기찻길 위에 놓인 철교 위에서, 아까 받은 종이뭉치를 펴 보니, 겨우 2엔이 들어 있었다. 2주일 남짓이나 있었는데 2엔이라. 발끝에서 차가운 피가 치미는 것 같았다. 어슬렁어슬렁 큰 보퉁이를 들고 걷고 있자니, 왠지 침울한 기분이라 죄다 내던져 버리고 싶어졌다. 지나는 길에 푸른 기와 지붕의 문화주택[10] 셋집이 있기에 들어가 보았다. 정원이 넓고, 유리창이 12월의 바람에 닦인 듯 차갑게 빛나고 있었다.

피곤하고 졸려서 쉬어가고 싶어졌다. 부엌문을 열어 보니, 녹슨 빈 통조림 깡통이 데굴데굴 구르고, 방의 다다미가 진흙으로 더러워져 있었다. 낮에 비어 있는 집은 쓸쓸한 법이다. 희미한 사람의 그림자가 여기저기 머물러 있는 듯하고, 추위가 뼈에 사무치듯 느껴진다. 어디로 가겠다는 목표도 없다. 2엔으로는 아무것도 할 수 없다. 변소에서 나오자, 황폐해진 툇마루 옆에 여우 같은 눈으로 개가 빤히 쳐다보고 있었다.

"아무것도 아니야, 정말 아무 일도 없는 거야."

달래볼 요량으로, 나는 툇마루 위에 앉아 있었다.

(어떻게 하지…. 아무것도 되는 게 없잖아!)

밤.

신주쿠(新宿) 아사히마치(旭町)의 싸구려 여인숙에 묵었다. 낭떠러지 아래 녹은 눈이 팥소처럼 반죽된 길에 있는 여인숙에, 하룻밤에 30전을 주고 나는 녹초가 된 몸을 누일 수가 있었다. 세 칸짜리 다다미방에 작은 램프가 달린, 아마 메이지(明治) 시대에도 없었을 것 같은 방안에, 내일의 기약도 없는 나는, 날 버린 섬 남자에게 의지도 되지 못할 긴 편지를 써 보았다.

모두가 거짓투성이의 세상이었다.
고슈(甲州)행 마지막 기차가 머리속을 달려간다.
백화점의 옥상처럼 적적한 모든 생활을 내던지고
나는 싸구려 여인숙의 이불에 정맥을 뉘어 놓고 있다.
열차에 분쇄된 시체를
나는 타인처럼 끌어안아 보았다.
한밤중에 그을린 미닫이문을 열면
이런 곳에도 하늘이 있어 달이 웃음을 자아내고 있었다.

모두들 안녕히!
나는 뒤틀린 주사위가 되어 또다시 되돌아와
여기는 싸구려 여인숙의 지붕 아래다.
나는 퇴적된 여수(旅愁)를 쥐어 잡고서
팔랑팔랑 바람에 나부끼고 있다.

한밤중이 되어도 사람들은 몇 시까지건 떠들썩하게 드나들고 있다.

"실례합니다만…."

갑자기 이초가에시[11])로 머리를 올린 여자가, 덜컹거리는 미닫이문을 열고 내 얇은 이불 속으로 마구 들어왔다. 그러자 곧바로 커다란 발소리가 나고, 모자도 쓰지 않은 다소 더러운 남자가 미닫이문을 조금 열더니 말했다.

"어이! 너, 일어나!"

이윽고, 여자가 한두 마디 뭐라고 중얼거리며 복도로 나가니, 철썩하고 뺨을 때리는 소리가 연이어 들리고, 밖에는 또다시 기분 나쁜 구정물 같은 막막한 침묵이 흘렀다. 여자가 어지럽히고 간 방안의 공기가 가라앉지 않는다.

"지금까지 뭐하고 있었던 거야! 본적은, 어디로 가는 건가, 나이는, 부모님은…"

조금 지저분한 남자가 다시 내 방으로 들어와서, 연필을 핥아 가면서 내 머리맡에 서 있었다.

"넌 저 여자랑 아는 사이야?"

"아니요, 갑자기 들어왔어요."

크누트 햄슨[12]이라 할지라도 이런 사태에 빠지지는 않았을 것이다. 형사가 나가자, 나는 팔다리를 쭉 뻗어 베개 밑에 넣어 둔 지갑을 만져 보았다. 남은 돈은 1엔 65전 남짓. 달이 바람에 날아갈 듯하고, 찌그러진 높은 창문으로 여러 가지 무지개 빛깔이 보인다. 어릿광대는 높은 곳에서 뛰어내리는 일에는 능숙하지만, 날아오르는 곡예는 쉽지 않다. 하지만 어떻게 되겠지, 굶지는 않을 거야….

(12월 x 일)

아침, 오우메(青梅) 거리 입구에 있는 밥집으로 갔다. 뜨거운 차를 마시고 있으니, 꼬질꼬질하게 더러워진 노동자가 뛰어들듯 기어들어와서,

"아가씨! 10전으로 뭐 먹을 거 없을까요. 동전 10전밖에 없는데."

큰소리로 말하며 우직하게 서 있다. 그러자, 열 대여섯의 계집아이가,

"밥에다 고기두부면 되겠어요?"

노동자는 금방 싱글벙글해서 걸상에 걸터앉았다.

커다란 덮밥. 파와 잘게 썬 고기두부. 탁한 된장국. 이 정도가 10전짜리 동전 하나의 영양식이다. 노동자는 천진스레 입을 벌리고 볼이 미어지도록 밥을 먹었다. 눈물겨운 광경이었다. 천장 벽에는 한 끼 10전부터라고 씌어 있는데도, 10전짜리 동전 하나뿐인 이 노동자는, 순진하게 큰소리로 확인하였던 것이다. 눈물겨웠다. 밥이 내 것보다 많은 듯했지만, 저걸로 족할까 하는 생각이 들었다. 그 노동자는 매우 명랑하였다. 내 앞에는 밥에다 잡탕과 무짠지가 나왔다. 정말로 보잘것없는 산해진미다. 합해서 12전을 지불하고, 가게를 나서자, "대단히 감사합니다." 하고 종업원이 말하였다. 차를 실

컷 마시고, 아침 인사를 주고받는데 12전인 것이다. 세상의 막다른 곳은, 광명의 세계와는 종이 한 장 차이로, 정말 명랑하고 쾌활하다고 생각한다. 그렇지만, 저 사십 가까운 노동자를 생각하면, 이건 또 10전짜리 동전 하나로, 실망, 밑바닥, 추락과 종이 한 장 차이인 것은 아닐까?

어머니만이라도 도쿄에 와 주면, 그럭저럭 일할 법도 한데…. 가라앉을 대로 가라앉아 버린 나는 난파선과도 같다. 물보라가 머물 곳도 없이, 철썩철썩 바닷물을 삼키고, 결국 나도 어젯밤 매춘부와 그렇게 다른 생각을 하고 있는 게 아니다. 그 여자는 서른을 넘겼을지도 모른다. 내가 만약 남자였다면, 그대로 그날 밤 여자에게 빠져서, 오늘 아침은 둘이서 죽어 버릴 이야기라도 하고 있었을지도 모르겠다.

낮부터 짐을 여인숙에 맡기고, 간다(神田)의 직업소개소에 가 보았다.

어디를 가도 모래 벌판처럼 쓸쓸한 생각이 들어서, 나는 가슴이 답답하였다.

(너한테 시킬 일은 없단다.)

얼간이!

못난 놈!

멍청이!

참으로 차갑고, 교만한 여자들이야.

흡수지 같은 분홍색 카드를 소개소 접수하는 여자에게 건네자,

"월급 30엔 정도라고 했나요?…"

접수하는 여자는 이렇게 중얼거리고, 내 얼굴을 쳐다보며 비웃고 있다.

"가정부는 안 될까요?… 사무원 같은 건 여학교 출신들이 많아서 안 돼요. 가정부라면 많이 있는데."

뒤에서 예쁜 여자들이 눈사태라도 난 듯 우르르 몰려오고 있다. 정말 지당하신 말씀입니다.

아무것도 얻은 것 없이.

소개장은 먹물회사와 주유소 종업원, 이탈리아 대사관의 가정부, 이 세 가지였다. 내 호주머니에는 이미 90전 정도밖에 남아 있지 않았다. 저녁에 여인숙으로 돌아오니, 기생들이 화분처럼 거울 앞에 늘어앉아 쥐색 백분을 얼굴에 바르고 있다.

"어젯밤에는 두 명밖에 못 받았어."

"사팔뜨기니까 손님이 없지."

"흥. 나 같은 사람 좋다는 이도 있다구…."

"네에, 수고하십니다요."

열 대여섯 아가씨끼리의 이야기이다.

(12월 x 일)

북받쳐 오르는 파도 같은 슬픔, 마치 미치광이가 된 듯한 착각이 인다. 성냥을 그어서, 그걸로 눈썹을 그려 보았다. 오전 10시. 고지마치(麴町) 산넨초(三年町)에 있는 이탈리아 대사관으로 가 보았다.

웃으며 지내자. 그러나 왠지 얼굴이 일그러진다. 서양 아이가 말을 타고 문에서 나왔다. 문 옆에는 허술한 문지기 오두막 같은 것이 있고, 깨끗한 자갈이 멀리 현관까지 이어져 있다. 나 같은 여자가 올 데가 아닌 것 같다는 생각을 했다. 지도가 있는, 빨간 카펫이 넓은 방으로 안내되었다. 흰색과 검은 색 고유 의상을 입은, 서양 부인이 아름답다는 생각을 했다. 멀리서 보면 더욱 아름답다. 조금 전 말을 타고 나간 남자아이가 어리광을 부리며 돌아왔다. 서양 남자도 나왔는데, 대사님이 아니라 서기관이라고 말하였다. 부부 모두 키가 커서 압박감을 느꼈다. 그 희고 검은 의상을 걸친 부인이 조리실을 보여 주었다. 콘크리트 상자 안에는 양파가 데굴데굴 구르고 있고, 풍로가 두 개 놓여 있었다. 가정부가 먹는 음식은 이 풍로로만 만들어야 한다고 말했다. 마치 폐가와 같은 가정부 방이다. 검은 셔터가 내려져 있고 비누 같은 외국 냄새가 났다.

결국 일을 하게 될지 알지도 못한 채 문을 나서 버렸다. 활기찬 산넨초의 주택가를 빠져 나와 고개를 내려오니, 불어오는 12월의 바람에, 상점의 빨간 깃발이 펄럭이니 마음이 아린다. 인종이 달라서 인정도 베풀기 어렵다. 어디 다른 곳을 찾아볼까. 전차를 타지 않고, 진흙 바닥을 걷고 있자니, 왠지 모르게 고향으로 되돌아가고 싶어졌다. 목적도 없이 도쿄에서 갈팡질팡해 봤자, 결국은 아무것도 되지 못할 거라는 생각이 든다. 전차를 보고 있으면 죽음을 생각하게 된다.

이전에 살던 혼고(本鄕) 집에 가 본다. 아줌마가 냉대한다. 지카마쓰(近松) 씨로부터 우편이 와 있었다. 나올 때 주니소(十二社)[13]의 요시이(吉井) 씨 집에 가정부가 필요하니, 어쩌면 너를 돌보아 줄 거라는 선생님의 말씀이 있었으나, 그 편지는 묽은 먹물로 쓴 거절의 편지였다.

소설가란 박정한 것인지도 모르겠다.

저녁 무렵 신주쿠(新宿) 거리를 걷고 있으니, 왠지 모르게 남자에게 기대고 싶어졌다. (누군가, 지금의 나를 도와줄 사람은 없는 것일까…) 신주쿠역 육교에 보라색 시그널이 반짝이며 흔들리는 것을 가만히 보고 있으니, 눈물로 눈두덩이 부어오르고, 나는 어린아이처럼 딸꾹질이 나왔다.

어쨌든 부딪혀 보기로 마음먹었다. 여인숙 아주머니에게 솔직하게 말하였다. 일거리를 찾을 때까지, 아래층에 함께 있어도 좋다고 말해 주었다.

"이봐, 시내버스 차장이 되면 어떨까, 수입이 좋으면 70엔 정도 들어온다는데…."

어디선가 도루묵이라도 굽고 있는 것일까, 심한 비린내가 흘러 들어온다. 70엔이라도 벌 수 있다면 좋은 것이다. 어쨌든 매달릴 곳이라도 정해 두지 않으면 안 된다…. 10촉 전기가 켜진 카운터의 난로를 쬐며, 어머니에게 편지를 쓴다.

병으로 고생하고 있으니, 3엔 마련해서 보내 주세요.

일전의 그 매춘부가, 유부초밥을 볼이 미어지게 먹으면서 들어왔다.

"그저께는 혼쭐났었어. 너도 야무지지가 않구나."

"아저씨 많이 화났어요?"

전기 아래에서 보니, 벌써 사십 정도의 여자로, 바싹 말라 망가진 모습이었다.

"우리 같은 사람은 그런 사람은 올빼미라고 부르는데, 여러 남자를 한밤중에 데리고 들어오지만, 그다지 고마운 손님은 아니야. 우리 신랑 말야, 호되게 닦달 당해서 잔뜩 화가 나 있어."

사람 좋은 늙은 아낙네는, 차를 끓여내면서 그 여자를 나쁘게 말하고 있었다.

밤, 아주머니에게서 우동을 대접받았다. 내일은 아주머니의 조언으로 시내버스 차고로 시험을 치러 가 보자. 해질녘이 가까워, 머무를 곳 없다는 것은 쓸쓸하지만, 끙끙거리고 있어도 별 뾰쪽한 수도 없는 세상이다. 자기의 건강한 몸을 의지해서 모든 일을 하자. 전선이 바람에 무섭게 울고 있다. 싸구려 여인숙 한 쪽 구석에, 이 보잘것없는 나는, 더러운 이부자리에 누워 벽에 걸린 오쿠로(大黑) 씨의 얼굴을 보며, 구름 위 영주님 같은 공상을 하고 있다.

(고향으로 돌아가 시집이나 갈까…)

(4월 x 일)

오늘은 메리야스 가게 야스(安) 씨의 안내로, 노점 자리를 분할해 준다는 책임자 집으로 술을 한 되 가지고 갔다.

도겐자카(道玄坂)의 건어물 가게 골목에 있는, 토목청부 간판 아래를 지나 깨끗하지는 않지만, 윤이 나도록 닦인 격자문을 열자, 항상 낮 동안의 장사 자리 분할을 해주는 할아버지가 화로 옆에서 차를 마시고 있었다.

"오늘 밤부터 야시장에서 가게를 하신다면서요. 낮이고 밤이고 나오시면, 금방 큰 부자가 되겠어요."

할아버지는 사람 좋게 크게 웃고는, 내가 가지고 온 술 한 되를 기분 좋게 받아 주었다.

도쿄에는 아는 사람이 아무도 없기 때문에, 부끄러움도 더러움도 별거 아니다. 처음부터 끝까지 그냥 도쿄일 뿐이다. 무일푼이 된 김에 열심히 일하자. 지금보다 더 힘들었던 과자공장의 일을 떠올리자, 이 정도쯤이야 아무것도 아니라는 생각이 들면서 기분이 상쾌해졌다.

밤.

나는 만년필 가게 여주인과, 아무도 봐주지 않는 패찰이 걸린 할아버지의 중간에 가게를 내었다. 국수 가게에서 빌린 비문(雨戶)에, 나는 메리야스 속옷을 늘어놓고 '20전 균일' 이라는 표를 달았다. 그러고는, 만년필 가게 주인의 전기에 비추어, 『란데의 죽음』[14]을 읽는다. 크게 숨을 쉬니 벌써 봄기운이 느껴진다. 이 바람 속에는, 머나먼 추억이 있는 듯하다. 포장도로는 등불의 강이다. 사람이 홍수를 이룬다. 사기그릇 가게 앞에는, 초라한 대학생이 계산기를 팔고 있었다. "여러분! 몇만 몇천 몇백 몇에다 몇천 몇백 몇십을 더하면 얼마가 되는가? 다들 모르는가? 이런 바보들이 잘도 모였구먼."

많은 사람들을 상대로 고압적인 태도로 하는 이런 장사도 즐거울 거라는 생각을 한다.

고상한 사모님께서, 속옷을 20분이나 뒤적거리다 겨우 하나 사 가지고 갔다. 어머니가 도시락을 가지고 왔다. 날씨가 따뜻해진 탓인지, 왠지 더러움 탄 옷이 눈에 잘 띄었다. 어머니의 옷도, 옷자락 끝이 헤어졌다. 무명을 한 필 사 드려야겠다.

"내가 잠깐 교대해 줄 테니까, 너는 밥 먹어라."

야채 절임에다 간장에 조린 어묵이, 겹쳐진 도자기 주발에 들어 있었다. 도로를 등지고, 차도 따뜻한 물도 없는 식사를 하고 있자니, 만년필 가게의 아가씨가,

"여기저기 아무데나 있는 물건이 아닙니다. 손으로 만져 보세요."

하고 큰소리로 외치고 있다.

소금기 어린 눈물이 갑자기 흘러 나왔다. 어머니는 겨우 한숨을 돌린 지금의 생활이 기쁜 것일까. 작은 소리로 옛날 구식 노래를 부르고 있다. 규슈(九州)에 가 있는 의붓아버지만 잘 지낸다면, 당분간 썩 좋은 형편은 아니라도, 조금은 안정이 되겠지.

(4월 x 일)

거리를 오가는 아가씨들이 물이 흐르는 듯한 얇은 숄을 걸치고 있다. 저런 것 하나 가졌으면. 사월의 양품점 쇼윈도는, 금색에 은색 장식에 벚꽃으로 눈이 부시다.

하늘로 뻗은 벚나무 가지에
엷게 핏빛이 물들면
자아, 가지 끝에서 꽃색의 실이 드리워져
정열의 제비뽑기

먹고 살 수 없어서 희극에 뛰어들어
벌거벗고 춤추는 댄서가 있었다 해도
그것은 벚꽃의 잘못이 아니다.

한 줄기의 정(情)
두 줄기의 의리
만발하게 핀 푸른 하늘의 벚꽃에
살아 있는 모든
온갖 여자의
벗은 입술을
스르륵 기묘한 실이 끌어당깁니다.

가난한 딸들은
밤이 되면
과일처럼 입술을
넓은 하늘로 던져 버린다던데

푸른 하늘을 물들인 분홍빛 벚꽃은
이런 가련한 여자의
어쩔 수 없는 입맞춤이에요.
외면한 입술의 흔적이에요.

숄 살 돈을 모을 생각을 해 보니 아무래도 힘들 것 같아, 할인하는 영화를 보러 가 버렸다. 제목이 '철로(鐵路)의 백장미' 인데, 조금도 재미가 없었다. 도중에 비가 내리기 시작해서, 극장에서 뛰어나와 가게로 갔다. 어머니는 돗자리를 정리하고 있었다. 언제나 그랬듯이, 둘이서 짐을 등에 지고 역으로 가니, 꽃구경에서 돌아오는 금붕어 같은 아가씨들과 신사들이 밤의 역에 넘치고, 여기 저기 해초처럼 몰려다녀 꽤나 떠들썩하다. 둘은 사람들을 밀치고 전차에 탔다. 비가 억수같이 내린다. 좋은 징조다. 좀더 내려라, 좀더 내려라, 꽃이 모조리 떨어져 버리면 좋겠다. 어두운 창에 빰을 기대고 밖을 보고 있으니, 어머니가 기운 없이 아이처럼 흔들흔들하며 서 있는 것이 유리창에 비친다.

전차 안에까지 못된 심술이 모여 있는 것이다.

규슈에서 소식은 없고.

(4월 x 일)

비를 맞아서 어머니가 감기에 걸렸기 때문에 혼자 야시장에 장사를 나간다. 책방에는 새로 나온 책들이 가게 앞쪽에 많이 진열되어 있다. 어떻게든 사고 싶은 생각이 들었다. 진창이라 길이 나쁘고, 도겐자카(道玄坂)는 팥소를 흘린 것 같은 포장도로이다. 하루 쉬면, 비가 계속 내리는 날에 어려워지기 때문에 참고, 가게를 열기로 했다. 색깔이 끈적하게 스며든 것 같은 거리에는, 나와 고무신 가게뿐이다. 여자들이 나의 얼굴을 보고 킥킥 웃고 지나간다. 볼연지가 짙게 발렸나, 아니면 머리가 이상한 것일까, 나는 여자들을 쏘아보았다. 여자만큼 동정심 없는 것은 없다.

날씨가 좋은데도 길이 나쁘다. 낮부터 이웃에 가발 가게 주인이 가게를 열었다. 자릿세가 2전 올랐다며 투덜거리고 있었다. 낮에는 우동을 두 그릇 먹었다. (16전이다.) 학생이 혼자서 다섯 개나 물건을 사 주었다. 오늘은 빨리 끝내고 시바(芝)에 물건 사러 갔다올 생각이다. 돌아오는 길에 붕어빵을 10전 어치 샀다.

"야스(安) 씨가 전차에 치여서, 위급하다는데…."

돌아오니, 어머니가 이불 속에서 말했다. 나는 짐을 등에 진 채 멍해져 버렸다. 정오가 지나, 야스 씨의 가족이 전해 주러 왔었다면서, 어머니는 병원 주소가 쓰인 종이를 찾고 있었다.

밤, 시바의 야스 씨 집에 갔다. 젊은 아주머니가, 울어서 눈이 부은 채로 병원에서 막 돌아오는 참이었다. 다 만들어진 물건을 조금 받아들고 돈을 놓고 돌아왔다. 이 세상은, 정말 이렇게 온통 금이 가 있는 것이란 생각이 들었다. 어제까지 건강하게 재봉틀 페달을 밟고 있던 야스 씨 부부를 떠올렸다. 봄이라고 하는데, 벚꽃이 폈다고 하는데, 나는 전차의 창문에 기대어, 아카사카(赤坂) 수로의 등불을 언제까지나 바라보고 있었다.

(4월 x일)

아버지에게서 긴 편지가 왔다. 장마로 굶주린 생활을 하고 있다고 했다. 화병에 모아둔 14엔을 어머니가 모두 보내달라고 하셔서 환전을 하여 급히 보냈다. 내일은 내일의 바람이 불겠지. 야스 씨가 죽고 나서, 그토록 편하던 속옷 장사도 못하게 되었다. 이미 지쳐 버린 우리들은, 모든 게 귀찮아졌다.

14엔을 규슈에 보냈다.

"우리들이야 다다미 석 장짜리 방이면 충분하지, 여섯 장짜리 방은 다른 사람들에게 세 놓을까."

셋방, 셋방, 셋방, 나는 너무 기뻐서, 어린애처럼 종이에 셋방이라고 쓰고, 나루코자카(鳴子坂) 거리에 붙이려고 나갔다. 잠이 들든 깨어 있든, 결국은 죽고 싶다는 이야기로 결론이 나지만, 까짓 거! 때로는 쌀을 다섯 되쯤이나 사고 싶은 법이라 여기고 웃는다. 어머니는 근처에 옷을 뜯어 세탁해 재양(載陽)치는 그런 일이라도 할까 하고, 나는 여급이나 기생 모집 광고가 요즘 자꾸만 눈에 띄어 견딜 수 없다. 툇마루에 걸터앉아 양지에서 햇빛을 쬐고 있으니, 검은 흙 위로, 모락모락 아지랑이가 올라오고 있다. 이제 곧 5월이다. 내가 태어난 5월이다. 찌그러진 유리문에 세탁한 손수건을 철벅철벅 붙이고 있던 어머니는, 문득 생각났다는 듯이 말했다.

"내년엔 네 운세도 좋을 게야. 올해는 너나 아버지나 팔방색이니까…."

내일부터, 이 팔방색은 어째서 없어져 버린다는 거야! 운세고 나발이고 그런 거 없어. 줄줄이 악운의 연속이잖아요. 어머니!

속치마를 사고 싶다.

(5월 x일)

우리 집 셋방은 너무 더러운 집이어서 아무도 구하러 오지 않는다. 어머니는 청과상에서 외상으로 커다란 양배추를 가져오셨다. 양배추를 보니 무럭무럭 김이 나는 돈가스라도 덥석 베어 물고 싶은 생각이 든다. 텅 빈 방안에서, 뒹굴며 천장을 보고 있으니, 쥐처럼 조그마해져서, 이것저것 갉아먹고 다니면 유쾌할 것 같다. 밤, 목욕탕에서 들었다며, 파출부라도 되는 게 어떻겠냐고 상의를 했다. 그것도 괜찮을지 모르지만, 나는 근성이 야성(野性)이다. 부자들 가풍에 굽신굽신 머리를 숙이는 건 할복하기보다 견딜 수 없는 일이다. 어머니의 적적한 듯한 얼굴을 보니, 눈물이 덧없이 흘러 나왔다.

배가 고파도, 고프지 않은 척할 때가 아니다. 내일부터, 아니 당장 굶게 될 우리들이다. 아아, 그 14엔은 규슈에 잘 도착했을까. 도쿄가 싫어졌다. 빨리 아버지가 부자가 되면 좋겠다. 규슈도 좋지. 시코쿠도 좋아. 밤 늦게, 어머니가 연필을 핥으며 아버지에게 안부를 쓰는 것을 보고, 누군가 이런 몸이라도 사 줄 사람은 없을까 생각하기도 했다.

(5월 x 일)

아침에 일어나니 벌써 게타(下駄)를 씻어 놓았다.

고마운 어머니! 오쿠보 햐쿠닌초(大久保百人町)의 파출부회에 가 본다. 중년 여자가 두 사람, 가게 안에서 뜨개질을 하고 있었다. 사람이 부족했던 것일까, 그곳 주인은 메모 비슷한 거랑 지도를 내게 주었다. 내가 할 일은 약대 학생의 조수란다. 길을 걷고 있을 때가 나는 가장 즐겁다. 5월의 먼지를 뒤집어쓰며, 신주쿠의 육교를 건너, 전철을 타니 거리 풍경이, 정말로 천하태평이옵니다 하고 깃발을 세우고 있는 것처럼 보였다. 이 거리를 보고 있노라면 괴로운 사건 같은 건 아무것도 없는 것 같다. 사고 싶은 것이 뭐든지 눈앞에 널려 있다. 나는 모모와레[15]로 올린 머리를 기울여 전차 유리창에 비춰 고쳤다. 혼무라초(本村町)에서 내리니, 주택가 골목 안쪽에 그 집이 있었다.

"실례합니다!"

큰 집이구나, 이런 큰 집에 조수가 될 수 있을까…. 문간에서 나는 몇 번이고 돌아가고 싶다는 생각을 하면서 멍청히 서 있었다.

"이봐요, 파출부죠, 파출부회에서 아까 나갔다고 전화가 걸려 왔었는데, 늦어서 도련님이 화가 나셨어요."

나는 서양식의 좁은 응접실로 안내받았다. 벽에는, 빛 바랜 밀레의 만종이 그려진 책표지가 붙어 있었다. 재미없는 방이다. 의자는 본래의 모양을 알 수 없을 만치 푹신푹신하게 부드럽다.

"오래 기다리셨습니다."

어쨌든 이 사람의 아버지는 니혼바시(日本橋)에서 약국을 한다든가 그런데, 내 일은 약견본을 정리하는 간단한 일이라 한다.

"그렇지만 조만간 내 일이 바빠지면, 정서 좀 해주겠어요, 그리고 일주일 정도 지나면, 미우라 미사키(三浦三崎) 쪽으로 연구하러 가는데, 와 주겠습니까?"

이 남자는 스물 네댓 정도 되는 것 같다. 나는 젊은 남자의 나이를 전혀 알 수가 없어서, 키 큰 남자의 얼굴을 물끄러미 보고 있었다.

"차라리 파출부를 관두고, 매일 오지 않겠어요."

나도 파출부같이 아무래도 상품 같은 느낌이 드는 일보다는 이쪽이 좋겠다는 생각이 들어서, 1개월 35엔으로 약속을 하고 말았다. 홍차와, 양과자가 나왔는데, 마치 일요일 교회에 가는 소녀 아이 적을 생각나게 했다.

"몇 살이지요?"

"스물 하나입니다."

"인제 가타아게[16]를 내리는 게 좋겠는데."

나는 얼굴이 뜨거워졌다. 35엔을 매달 계속 받으면 좋겠다는 생각이 들었다. 그렇지만 이것도 또 믿을 수는 없다. 집에 돌아오니, 어머니는 오카야마(岡山)의 할머니가 위독하다는 전보를 손에 들고 있었다. 내게나 어머니에게나 인연이 없는 그 할머니지만 단 한 사람뿐인 의붓아버지의 어머니이고, 시골에서 사나다 오비(帶)[17] 공장에 다니는 이 할머니가 위독하다니 불쌍했다. 아무래도 가 봐야겠다는 생각이 든다. 규슈의 아버지에겐 4, 5일 전에 막 돈을 부친 참이고, 오늘 간 집에다 돈을 빌리러 가는 것도 뻔뻔스러운 일이고 해서, 나는 어머니와 함께, 방세가 4개월이나 밀려 있는데도 집주인에게 빌리러 가 보았다. 10엔을 빌려 왔다. 이자를 많이 붙여 갚아야겠다. 남은 밥을 도시락으로 만들어 보자기에 쌌다. 혼자 가는 밤기차는 적적하다. 더군다나 나이를 먹어 좋지도 않은 행색을 하고, 아버지의 고향에 가고 싶지 않지만, 두 사람 모두 절대절명의 막다른 곳에 다다른 까닭에 입을 꾹 다물고 기차에 오르는 수밖에 도리가 없다. 오카야마까지 표를 사 준다. 옅은 등불 아래, 시모노세키행 급행열차에 전송 나온 많은 사람들이 드나들고 있었다.

"4, 5일 내로 가불을 할 테니까, 그럼, 보낼게요. 정신 바짝 차려서 다녀오세요. 비실비실하면 안 돼요."

어머니는 아이같이 눈물을 흘리고 있었다.

"바보같이, 기차 삯은 무슨 일이 있어도 보낼 테니, 안심하고 할머니 보살펴 드리고 계세요."

기차가 떠나자, 아무것도 아니었던 일이 갑자기 슬프고 애절한 생각이 들어, 눈이 핑핑 돌아갈 것 같았다. 전철을 타려다 말고 도쿄역 광장에 나갔다. 오랫동안 얼굴에 크림을 바르지 않아서, 얼굴 피부가 따끔따끔하다. 눈물이 마치 바보처럼 흐른다. 믿는 이여. 오라 주(主)만이 구해 주시니…. 멀리서 구세군의 악대소리가 들린다. 뭐가 믿는 자라는 거야. 내 살 길이 막막한데, 이를테면 예수건, 부처님이건 가난한 사람에게 믿을 여유 따위는 없는 것이다. 종교가 대체 뭐란 말인가. 먹는 일엔 어려움이 없으니, 저 사람들은 거리에 악대까지 내보내는 것이다. 믿는 자여 오라라고…. 저런 음침한 노래 같은 건 질색이다. 아직 재치 있는 봄의 노래가 있다. 오히려 긴자(銀座) 근처의 아름다운 거리에서 피를 흩뿌리며 귀족이 탄 자동차에라도 치어 죽고 싶다는 생각을 한다. 가련한 어머니. 지금, 당신은 도쓰카(戶塚), 후지자와(藤澤) 부근까지 가셨나요. 3등차 구석에서 무얼 생각하나요. 어디쯤 가고 있나요…. 35엔을 계속 받으면 좋을 텐데. 도랑 옆으로 제극(帝劇) 등이 반짝이고 있었다. 나는 기차가 달리고 있는 선로풍경을 상상하고 있었다. 주변의 모든 것, 그 모든 것이 꼼짝않는다. 천하태평이로군.

(11월 x 일)

속세를 떠나 깊은 산에 들어가[18], 이런 저속한 노래에 둘러싸여, 나는 매일 장난감 셀룰로이드 색깔을 칠하는 데에 다니고 있다. 일당 75전 남짓한 여공이 된 게 오늘로서 4개월, 내가 색칠한 나비 브로치는, 그리운 기념 선물이 되어, 지금쯤 어디론가 흩어져 팔려 가고 있겠지.

닛포리(日暮里)의 가나스기(金杉)에서 온 지요(千代) 씨는, 아버지가 요세[19]에서 샤미센(三味線)을 켜는 사람으로, 형제자매 6명에 뒷방살이라 한다. "나랑 아버지가 일하지 않으면, 밥을 못 먹는 걸…." 지요는 창백한 얼굴을 기울이고, 쓸쓸한 듯 빨간 붓으로 철벅철벅 나비에다 색칠을 하고 있다. 여기는 여자가 20명, 남자는 15명인 조그만 셀룰로이드 공장으로, 납처럼 생기가 없는 여공들 손에서, 큐피드가 익살맞은 짓을 하기도 하고, 야시장의 브로치나, 마에신오비(前芯帶)같이, 여러 하층계급을 상대로 한 조잡한 상품이, 매일 우리들 손에서 홍수같이 시장으로 흘러 들어가는 것이다. 아침 7시부터 저녁 5시까지, 우리 주위는, 삶은 오징어 같은 색깔을 한 셀룰로이드 나비랑, 큐피드로 가득하다. 문자 그대로 고무 냄새 지독한, 그런 제품에 뒤덮여 일이 끝날 때까지 우리는 좀체 고개를 들어 창문도 볼 수 없을 것 같은 상태이다. 사무소 회계인 마누라가 우리가 피로한 걸 알아차리고는, 비참하게도 독촉을 하러 왔다.

"서둘지 않으면 곤란해요."

흥 너도 우리하고 똑같은 여공이었잖아. "우린 기계가 아니라고." 발송부의 남자들이 그 여자가 오자, 혀를 날름 내고는 웃고 있다. 5시가 되고, 20분은 우리들이 덤으로 일을 했다. 일당 주머니가 든 소쿠리가 돌아오면, 우리들은 잠시 동안 북새통을 치면서, 자기 일당을 찾아낸다. 저녁, 어깨띠를 그냥 걸친 채 공장 문을 나서자, 지요 씨가 뒤에서 쫓아왔다.

"이봐요. 오늘 시장에 들르지 않을래. 나 오늘 저녁 반찬 사러 가는데…."

한 접시 8전 하는 꽁치는, 그 파랗게 빛나는 기름기와 함께, 나와 지요 씨의 양손에 잡혀, 폴폴 비린 냄새를 두 사람의 위장 속에 풍겨 주었다.

"이 길을 걸을 때만은, 있지요, 즐겁다고 생각한 적 없어요?"

"정말로 말야, 나 한시름 놨어요."

"아아, 그렇지만 당신은 혼자니까 부러운 생각이 들어."

아름다운 지요 씨의 묶은 머리칼에, 하얗게 먼지가 쌓여 있는 것을 보니, 거리의 화려한 그 모든 것에 불을 지르고 싶은 흥분을 느끼게 된다.

(11월 x 일)

왜?

왜?

우리들은 이런 바보 같은 생활을 해야만 하는가. 언제까지고 셀룰로이드 냄새에, 셀룰로이드 생활이다. 밤낮없이, 질퍽질퍽한 삼원색을 칠하면서, 백선균처럼, 태양으로부터 격리된 찌그러진 공장 안에서, 째깍째깍 무한히 긴 시간과 청춘과 건강을 착취당하고 있다. 젊은 여공들의 얼굴을 보고 있으면, 나는 찡하니 슬퍼진다.

그렇지만 기다려 주세요. 우리들이 만들고 있는 큐피드랑 나비 브로치가, 가난한 아이들의 머리를 축제처럼 장식할 것을 생각하면, 조금씩 그 창문 아래서는, 미소를 지어도 좋지 않을까.

손바닥만한 방에서는, 흙냄비랑 사발, 골판지 상자인 쌀뒤

주랑 고리짝, 그리고 조그마한 책상이, 마치 내 평생의 부채(負債)처럼 애써 노력하고 있다. 비스듬히 깔린 이불 위에는, 천장으로 난 창문으로 아침 햇살이 반짝반짝 빛나고, 먼지가 줄무늬처럼 내 얼굴 위로 떨어진다. 대체 혁명이란, 어디서 부는 바람일까…. 꽤 그럴 듯한 말만 알고 있는 일본의 자유주의자여. 일본 사회주의자는, 도대체 어떤 이상사회를 그리고 있는 건가요?

저기 갓 태어난, 현미빵보다도 보들보들한 아기들에게, 비단 기저귀와, 면 기저귀는 대체 얼마만큼 차이가 있는 걸까!

"거기, 오늘 공장 쉬는 거야?"

아주머니가 미닫이문을 두드리면서 소릴 지른다. 나는 혀를 차고는, 묘하게도 엄숙하게 팔깍지를 하고 누워, 새삼 중대한 일을 생각했는데, 눈물이 나올 뿐이었다.

어머니가 보낸 소식.

비록 50전이라도 좋으니까 보내다오. 나는 류머티즘으로 고생하고 있다. 여기선 너와 네 아버지가 빨리 돌아오기를 기대하고 있다. 아버지에게서도 좋은 소식이 없고, 네 사는 것도 뜻대로 되지 않는다는 얘길 들으니 살아 있는 게 괴롭다. 떠듬떠듬 쓴 편지다. 끝에 어머니 귀하로부터라고 쓴 걸 보니, 어머니를 손으로 때려 주고 싶을 만큼 사랑스러워졌다.

"어디 몸이라도 안 좋은가?"

이 바느질 집에 같이 세 들어 사는, 인쇄공 마쓰다(松田) 씨가, 스스럼없이 미닫이문을 열고 들어왔다. 키가 열 대여섯 살 아이같이 작고 머리를 어깨까지 길러, 내가 가장 싫어하는 점을 모조리 가진 남자였다. 천장을 향해 누워 생각을 하고 있다가, 휙 등을 돌리니 이불이 벗겨져 버렸다. 이 남자는 고마울 만치 친절한 남자다. 그렇지만 만나면, 우울할 정도로 불쾌감을 주는 남자다.

"괜찮아요?"

"아, 몸 마디마디가 아프네요."

가게 안에선 상품인, 원피스형 작업복을 아저씨가 박고 있는 것 같다. 징~ 하고 이를 갉는 것 같은 미싱 소리가 들린다.

"60엔만 있으면, 둘이서 아마 살 수 있을 겁니다. 당신의 차가운 마음이 너무 쓸쓸해."

머리맡에 돌처럼 앉아 있던 마쓰다 씨는, 이끼처럼 검은 얼굴을 숙여 내 얼굴 위로 구부렸다. 거친 남자의 숨소리를 느끼니, 눈물이 이슬처럼 맺혔다. 지금까지 이렇게, 상냥한 말을 하며 나를 위로해 준 남자가 한 사람이라도 있었던가. 모두 내게 일을 하도록 만들고선 흔적도 없이, 버리지 않았던가. 이 사람과 같이, 작은 연립주택에라도 살며, 가정을 이룰까 하고도 생각한다. 그렇지만 그것도 너무 쓸쓸한 이야기다. 10분만 얼굴을 마주하고 있어도 속이 울렁울렁거리는 마쓰다 씨였다.

"미안하지만, 난 몸이 안 좋아요. 얘기를 하는 게, 힘들어요. 저리 비켜 주세요."

"당분간 공장은 쉬어요. 그 사이 일은 내가 하지요. 비록 당신이 나와 같이 살아 주지 않는대도, 난 괜찮아요."

이 얼마나 뒤죽박죽인 세상인가 하고 생각한다.

밤.

쌀을 한 되 사러 나간다. 내친 김에 보자기를 든 채 아이조메바시(逢初橋)에서 야시장까지 걸어갔다. 꽃집, 러시아빵, 도라야키 과자[20]집, 건어물집, 야채 가게, 헌 책방, 한참만에 보는 산책길이다.

(12월 x일)

아니, 거리는 크리스마스인가. 구세군 자선 냄비도 쇼윈도의 칠면조도, 신문도 잡지도 일제히 거리에 넘쳐흐르고, 광고지도 광고용 깃발도 혈안이 되어 있는 것 같다.

저녁이다. 급행열차다. 저 창의 바람이 그렇게 빨리 움직이고 있다. 능률을 올려야 한다고, 더러워진 벽 흑판에는 여공 20명이 색칠한 실적이 매일 숫자로 적혀, 마치 일기예보 같이 우리들을 협박하는 듯했다. 규정한 350개의 마무리를 하지 못할 시에는, 5전을 빼고, 10전을 빼게 되면, 일당에 펄렁펄렁 테이프 같은 전표가 붙어 나온다.

"정말 싫어…."

여공은 마치 사사라[21]처럼 서툴게 만드는 것이다. 같은 그림 그리기인데, 이건 또 너무나도 웃기는 게, 도미에[22]의 만화 같지 않은가.

"마치 인간이 쓰레기라고 생각하나 보다."

5시 시계가 울려도 일거리는 자꾸 날라져 오지, 일당은 좀처럼 줄 것 같지도 않다. 공장 주인의 어린아이들을 데리고, 회계인 마누라가 4시경 자동차로 시내에 나간 것을 제일 어린 히카리(光)가 변소 창에서 바라보고 있다가, 여공들에게 보고를 하자, 연극 보러 가겠지, 설날 입을 옷을 사러 간 것일 거라는 등 손을 움직이면서, 여공들 사이에는 구구한 얘기가 나왔다.

7시 반.

아침부터 밤까지 일하고, 60전이란 노동의 대가를 받아 돌아온다. 흙냄비를 풍로에 걸어, 책상 위에 공기와 젓가락을 늘어놓으니, 꾸역꾸역 인생이란 게 이런 건가 싶은 생각이 들었다. 주절주절 푸념을 늘어놓는 인간의 귀싸대기를 갈겨주고 싶다는 생각을 한다. 밥이 끓는 사이에, 어머니에게 부칠 편지 속에 오랫동안 모아 두었던 분홍색 50전짜리 지폐 5장을 넣어 봉했다. 바로 지금, 무엇과 무엇이 없으면 행복할까 공상을 하니, 5엔이라는 방세가 바보 같았다. 다다미 2개짜리 방이 5엔이다. 하루 일한 값이 쌀 두 되도 못 되는 평균 60전이다. 또 이전처럼 카페에 되돌아가 볼까 생각도 해 보고, 몇 번이고 물에 담가, 나처럼 낡아빠진, 벽에 걸린 비단 기모노를 보고 있으니, 완전히 사는 게 재미가 없어졌다. 아무것도 없다. 위험하지! 위험해! 위험한 게으름뱅이라, 폭탄이 있다면, 좋아라 거기 던져 버리겠지. 이런 여자가 꾸역꾸역 혼자 살아 있기보다는, 차라리 빨리, 두 동강이 나 죽어 버리고 싶다. 뜨거운 밥에다, 어젯밤의 꽁치를 비장의 무기라도 발견한 듯한 기분으로 맛나게 먹으며, 불룩하게 뺨을 부풀리자, 살아 있는 게 그리 나쁜 일도 아니다. 단무지를 쌌던 헌 신문에, 홋카이도(北海道)에는 아직 몇만 정보나 되는 황야가 있다고 씌어 있다. 아아 그런 미개척지에 우리들의 유토피아가 생긴다면 즐거울 텐데 하고 생각한다. 비둘기 구구라는 노래가 생길지도 모른다. 모두 사이좋게 날아오라는 노래가 유행할지도 모른다. 목욕탕에서 돌아오는 길에, 어두운 골목입구에서 마쓰다 씨를 만났다. 나는 아무 말 없이 골목을 빠져 나왔다.

(12월 x 일)

“뭐 이상하게 의리 찾고 그러지 말아요. 마쓰다 씨가 모처럼 빌려 준다는데, 당신도 빌리면 되잖아요. 사실 우리 집은 당신들 방세를 믿고 있으니까요.”

머리카락이 별로 없는 아줌마의 얼굴을 보자, 나는 이대로 이 집을 나가 버리고 싶을 만치 분한 생각이 들었다. 이것이 나갈 때의 전쟁이다. 서둘러 거리에 나가자, 마쓰다 씨가 술집의 우체통 옆에서, 엽서를 넣으며 나를 기다리고 있었다. 싱글싱글 웃는 게 정말 호인인데, 나는 어째서인지 이 사람을 보면 속이 울렁거려 견딜 수가 없다.

“아무 말 말고 빌려 가세요. 나는 그냥 드려도 되지만, 당신이 거절하면 안 되니까.”

그러고선, 미농지에 조그맣게 싼 돈을 마쓰다 씨는 내 허리띠 사이에 끼워 준다. 나는 가타아게를 하지 않은 구식 하오리(羽織)[23]에 신경을 쓰면서, 묘하게도 부끄러워 빼 버리고는 전차를 타 버렸다. 어디 갈 곳도 없었다. 정반대로 가는 전차를 타 버렸기에, 추운 우에노(上野)에 기운 없이 내 그림자를 밟으며 내렸다. 미치광이 같아 보이는 직업소개소의 높은 광고등이 난파선의 신호처럼 바람에 흔들리고 있었다.

"원하시는…."

유곽의 호객꾼 같은 직원이 묻기에, 먼저 나는 마른침을 삼키고는, 상품 같은 구인광고 전단지를 쳐다봤다.

"괴로운 일을 하는 것도 한평생, 편한 일을 하는 것도 한평생, 언니 잘 생각하는 게 좋아요."

날씨가 추운데도 숄도 걸치지 않은 초라한 여자에게, 어디 쓰일 곳이 있는지 살피려는 듯 직원은 웃으면서 힐금힐금 나를 쳐다보았다. 시타야(下谷)의 초밥집 여급으로 소개를 부탁하자, 1엔인 수수료를 50전으로 깎아 주었고 나는 공원으로 갔다. 당장이라도 눈이 올 것 같은 하늘인데도, 벤치의 부랑자들은 신나게 코를 골면서 자고 있다. 사이교(西鄕)의 동상도 양인전쟁[24)]의 유품이다. 당신과 나는 같은 고향인 거야. 가고시마(鹿兒島)가 그립다는 생각은 들지 않습니까. 기리시마야마(霧島山)는, 사쿠라지마(櫻島)는, 시로야마(城山)는. 뜨거운 녹차에 가르칸이라는 과자가 맛있을 때로군요.

당신도 나도 추울 것 같다.
당신도 나도 가난하다.
낮부터 공장에 나간다. 사는 건 괴롭다.

(12월 x 일)

어젯밤, 책상 서랍 속에 넣어둔 마쓰다 씨의 마음씀씀이. 갚으면 된다, 빌려 주는 거니까, 약한 자여 그대의 이름은 가난뱅이.

집에 갈 시간이 되는 것
오직 그 하나만 기다리며
오늘도 일한다.

다쿠보쿠(啄木)는 이처럼 집에 돌아가는 걸 노래하지만, 나는 공장에서 돌아오면 막대기처럼 빳빳해진 다리를 좁은 방 가득히 쭉 뻗어, 커다란 하품을 한다. 그게 단 하나의 즐거움이었다. 두 치 남짓한 큐피드를 하나 숨겨 와서, 밥공기 얹는 선반 위에 놓아 본다. 내가 그린 눈, 내가 그린 날개, 내가 낳은 큐피드 씨. 차가운 밥에 된장국을 사박사박 얹어 긁어먹는 쓸쓸한 저녁밥이다. 마쓰다 씨가, 이상하게 큰기침을 하면서 창문 아래를 지나간 듯하더니, 부엌으로 들어와서 말을 건다.

"벌써 밥 먹어요? 잠시 기다리세요. 지금 고기를 사 왔어요."

마쓰다 씨도 나와 같은 자취생활이다. 꽤나 야무진 사람 같다. 석유 곤로에서 직~하고 고기가 익는 냄새가, 슬프게도 군침을 돌게 한다. "미안하지만 파 좀 썰어 주실래요?" 어젯밤, 멋대로 남의 방 책상 서랍을 열고, 돈 뭉치를 넣어 두었으면서, 그러고선, 겨우 10엔 남짓한 돈을 빌려 주고서, 벌써 허물없이, 파를 썰어 달라고 한다. 이렇게 뻔뻔하게 나오면 정말 참을 수 없다…. 멀리서 떡 치는 소리가 씩씩하게 들린다. 나는 입을 다물고 아작아작 무 소금 절임을 씹고 있었는데, 부엌 쪽에서도 외로이 또각또각 파를 썰고 있는 것 같았다. "아아, 썰어 드리죠." 말없이 참을 수 없는 슬픈 마음으로, 미닫이문을 열고, 나는 마쓰다 씨의 식칼을 집어들었다.

"어젯밤엔 고마웠어요. 5엔은 아줌마에게 지불하고, 5엔 남았으니까, 5엔 돌려드리겠어요."

마쓰다 씨는 말없이 대나무 껍질에서 방울져 떨어지는 것처럼 빨간 고기 조각을 집어 냄비에 넣고 있었다. 문득 쳐다본 일그러진 마쓰다 씨의 얼굴에, 작은 눈물방울이 반짝이고 있다. 안에서는 화투판이 벌어졌는지, 언제나처럼 히스테릭한 아줌마의 목소리가 쩌렁쩌렁 천장까지 뚫고 들려 온다. 마쓰다 씨는 말없이 쌀을 씻었다.

"아니, 아직 밥을 짓지 않았던 거예요?"

"예, 당신이 밥을 들고 계시길래, 고기를 빨리 드리려고."

양식접시에 받은 고기가, 어떤 생각으로 내 목구멍을 넘어갔을까. 나는 여러 사람의 모습을 떠올렸다. 그리고 모두 시시한 생각이 들었다. 마쓰다 씨와 결혼해도 좋겠다는 생각이 들었다. 저녁 식사 후에, 처음으로 마쓰다 씨의 방에 놀러가 보았다.

마쓰다 씨는 신문을 펴 바스락거리며, 설날 떡을 모아서 소쿠리에 넣어두고 있었다. 온화하게 누그러져 가던 기분이, 또다시 이전보다도 더욱 심하게 팽팽히 시위가 당겨져 버려서, 나는 그대로 방으로 돌아와 버렸다.

"초밥집도 신통치 않고…."

밖에는 폭풍이 불고 있다. 큐피드여, 어서 와라 비둘기 '구구' 로구먼. 거칠게 불어라. 날려 버려라. 폭풍아 눈보라야.

(4월 x 일)

나는 한 마리의 검정 고양이인 양, 지구야, 펑 펑 소리내며 완전히 둘로 쪼개져 버려라 저주한다. 세상 사람들은 곁눈으로, 조용히 조용히라고 말들 한다. 또 매일처럼 쓸쓸하게 아침에 눈을 뜬다. 벽에 걸린 엷고 검은 파라솔을 물끄러미 바라보노라니, 그 파라솔이 여러 가지 모양으로 보인다. 오늘도 또 이 남자는 경쾌한 벚꽃나무 오솔길을, 우리 동지여 하면서, 젊은 여배우와 손을 잡고, 연극 대사를 주고받으면서 걸어가겠지. 나는 등을 돌리고 옆에서 자고 있는 남자의 머리카락을 보고 있었다. 아아 이대로 이불이 펼쳐지지 않아서, 나갈 수 없게 되면 어떨까…. 이 사람에게 피스톨을 쏘면, 이 남자는 쥐처럼 파닥파닥 뒹굴겠지. 넌 잘해봤자 연극배우잖아. 지성인을 즐겁게 해주는 이가, 우리 동지여라니 못 봐줄 일이다. 나는 이제 당신에겐 정나미가 떨어져 버렸습니다. 당신의 그 검은 가방에는, 2천 엔의 저축통장과 연애편지가 나오고 싶어서 양손을 내뻗고 있었어요.

"난 이제 곧 밥벌이를 못하게 돼. 누군가의 배역에 들어가면 좋겠는데…. 내겐 내 지조가 있고."

나는 남자에겐 아주 무른 여자입니다.

그런 말을 들으니, 하염없이 눈물이 나와, 그럼 거리에 나가 일해 볼까요. 하고 말하게 되었다. 그리고 나는 이 4, 5일. 일할 집을 찾으러 나가서는, 물고기 창자처럼 피곤해져서 돌아왔는데…. 이 거짓말쟁이 자식! 나는 언제나 당신이 조심스럽게 열쇠로 잠가 두는 그 가방을, 어젯밤 살짝 들여다 본 거예요. 2천 엔이란 금액은, 당신이 당신 자신을 프롤레타리아라고 말할 만치 적지도 않잖아요. 나는 당신 앞에서 아름다운 눈물을 흘린 것이 바보 같아졌습니다. 2천 엔과 젊은 여배우만 있으면, 나라면 당분간은 오래 살 수 있다.

(아아 속세는 괴로운 것이다.)

이렇게 자고 있을 때는 원만한 부부다. 차가운 입맞춤은 절대 안 돼. 당신의 체취는, 7년이나 붙어 있던 마누라와, 젊은 여배우의 냄새로 가득하다. 당신은 그런 여자의 정욕을 품고 형식적으로 내 목에 팔을 감고 있다.

아아 매춘부라도 되는 게 조금이라도 신경이 덜 쓰이니, 얼마나 좋을지 모르겠다. 나는 벌떡 일어나 남자의 베개를 걷어찼다. 거짓말쟁이 녀석! 남자는 조개탄같이 산산이 부서졌다. 꽃이 활짝 흐드러지게 핀 4월의 맑은 하늘아, 지구 밖에는 윙윙거리며 열풍이 휘몰아쳐서, 어이 어이 하고 보이지 않게 부르는 소리가 4월의 하늘에 퍼져 간다. 뛰어나와 이리 와요! 아무도 모르는 곳에서 일해요. 망망한 봄 안개 속에서 나는 신(神)의 손을 보았다. 새까만 신의 팔을 보았다.

(4월 x일)

한 번은 허황한 위로의 말 두 번은 거짓말
세 번은 설마 하고 이끌려….
저주스런 내 본능이여, 나는 여자였습니다. 역시나

안타까운 눈물에 잠기는 것입니다.
닭의 생간에
꽃불이 떨어져 밤이 왔다.
동서(東西)! 동서!
차츰차츰 남자와의 대단원이 다가왔다.
한 칼에 두 동강 내어 버린 남자의 창자에
송사리가 파닥파닥 헤엄치고 있다.

푹푹 썩은 밤에
아무도 없으면 도둑이 들어오지!
나는 가난해서 남자도 달아나 버렸습니다.

아아 새카만 얼굴을 뒤집어쓴 밤이야.

땅을 바라보며 걷고 있으니, 참으로 쓸쓸해져서, 병든 개처럼 떨려 온다. 까짓 것! 이래선 안 돼지! 아름다운 거리를 오늘도 나는, 나를 사 주지 않을까, 나를 팔자…. 하고 떠돌이 개처럼 방황해 보았다. 말려도 안 되는 끊고 싶은 인연이라면 이 남자와 깨끗이 헤어져 버리는 것 외엔 도리가 없다…. 창 밖의 이름 모를 큰 나무에 가지가 휘도록 만발한 하얀 꽃에는, 조그맣고 하얀 나비가 무리를 짓고 있고 향기가 풍기고 있다. 저녁, 달님이 반짝이고 있는 툇마루에 나와서 남자의 연극 대사를 듣고 있으니, 소녀 적의 추억이 문득 꽃향기처럼 다가와, 나도 큰 목소리로 어디 좋은 남자 없을까요 하고 달님에게 소리치고 싶어졌다. 이 사람이 하고 있는 연기는 이전에 예술좌의 스마코(須摩子)[25]가 했다는 '면도기' 라는 연극이었다. 나는 소녀 적, 규슈의 연극 소극장에서, 이 사람의 '면도기' 라는 연극을 본 적이 있다. 스마코의 카추샤도 좋았다. 그때 이후로 한참 시간이 지났다. 이 남자도 사십 가까운 나이다. '연기자에게는, 아내도 역시 연기자인 게 좋지.' 혼자 연기 연습을 하는 등불에 비친 남자의 그림자를 보고 있으니, 이 사람도 불쌍하다는 생각이 들었다. 보라색 전등갓 아래서, 대본을 한 장 한 장 넘기고 있는 남자의 옆 얼굴이, 쥐어짜는 것처럼, 내 눈에서 멀리 사라져 버린다.

"순회흥행에 나서면, 나는 그녀와 같은 숙소를 잡았지. 그 여자 구두도 갖다 줬었다니까…. 그렇지만 그 여잔 내 눈을 속이고는, 잠옷바람으로 이웃 남자 방에 몰래 가 있었지."

"나는 그 여자를 울리는 데 흥미가 있었지. 그 여자를 때리면, 마치 고무같이 탄성이 있어서, 몸 전체에 힘을 주고 우는 것이, 보고 있으면 굉장히 기분이 좋았어."

둘이서 툇마루에 발을 내놓고 있으니, 남자는 등불을 끄고, 7년이나 같이 살았던 헤어진 여자 이야기를 하고 있다.

나는 관심 밖에 놓여 잊혀진, 유일한 등장인물이다. 망연히 밤하늘을 보고 있으니 이 남자와도 안 되겠어요 하고 누군가가 말하고 있다. 심술꾸러기가 어디선가 웃고 있다. 나는 슬퍼지면, 발바닥이 가려워진다. 혼자 떠들고 있는 남자 옆에서, 나는 살짝 거울에 달을 비춰보았다. 눈썹을 진하게 그린 내 얼굴이 미끄러지듯 빙글빙글 회전한다. 온 세상이 달밤인 것처럼 밝다면 좋겠다.

"어쩐지 혼자 있고 싶어졌어…. 이제 어떻게 되든 괜찮으니까 혼자 살고 싶어."

남자는 정신이 내게 돌아온 듯, 한숨을 쉬고는 눈물을 뚝뚝 흘리며, 이별이라는 단어가 뜻하는 외로움에 눈물을 흘리며 나를 안으려 했다. 이것도 사랑 없는 연극일까. 자 이제부터 바빠진다. 나는 남자를 이층으로 쫓아 버리고, 도자카(動坂)거리로 갔다. 그 누구와도 악수를 하자, 중국식 만두국 포장마차에 머리를 박고, 먼저 중국 술을 기울여, 따분한 남자의 여수(旅愁)를 토해 버렸다.

(4월 x일)

마을 네거리에서 마치 타인인 양 차갑게, 나도 그 남자도

헤어져 버렸다. 남자는 시민좌라는 작은 아마추어 극단을 만들어, 다쓰노가와(瀧ノ川)에 있는 연습장에 매일 다니고 있었다.

나도 오늘부터 일하러 다닌다. 남자에게 얻어먹는 것은, 진흙을 씹는 것보다도 괴로운 일입니다. 번드르르한 일보다도, 내가 찾은 직업은 고깃집 급사. '로스구이 하나 있습니다.' 사다리 계단을 통통 올라가자, 사무치도록 아름다운 노래를 부르고 싶어진다. 큰 방에 모인 얼굴은 모두 재미있는 필름 같다. 고기접시를 가지고, 사다리 계단을 오르락내리락 하니, 내 전대 속도, 그만큼 조금씩 돈으로 부푼다. 어디에 가난한 바람이 부는가 하고, 방안은 맛있게 보이는 고기가 익는 냄새로 가득하다. 그렇지만, 오르락내리락 하니, 나는 금세 녹초가 되어 버렸다. "이삼 일 지나면, 금세 익숙해져요." 머리를 틀어올려 묶은 급사장 스기(杉) 씨가, 안 보이는 데서 허리를 두드리는 나를 보고 위로해 주기도 했다.

12시가 되어도, 이 가게는 한창 잘 되어서, 나는 집에 돌아가려니 너무나 걱정이 되었다. 나와 미쓰(滿) 씨를 빼고는, 모두 가게서 먹고 자니까, 아무렇지 않게 남아서 손님 자리에 모여 앉아 여러 가지로 조르고 있다.

"다 씨. 나 과일이요…."

"아니 난 닭고기 넣은 국수…."

마치 야생의 무리 같다. 웃다가 먹고, 먹다간 웃고, 무한정 시간을 허비할 것 같아 나는 초조해서 견딜 수 없었다. 내가 겨우 가게를 나온 시간은 벌써 한 시 가까이나 되어서, 가게 시계가 늦은 건지, 전철은 벌써 끊겼다. 간다(神田)에서 다바타(田端)까지 갈 길을 생각하니, 낙담이 되어 주저앉고 싶을 만치 슬펐다. 거리의 등불은 마치 도깨비불같이 하나하나 꺼져 간다. 어쩔 수 없이 걷기 시작한 내 눈에도 점점 불안하게 비친다. 우에노 공원 아래까지 오자, 도저히 움직일 수가 없을 만치, 산 아래가 무서워서, 나는 뚝 멈춰서고 말았다. 비를 머금은 바람이 불고 있고, 틀어올린 일본식 머리의 양쪽을 새처럼 펴고, 나는 어두워지는 은단광고등에 넋을 잃고 있었다. 어떤 사람이건 괜찮으니까 같이 가 줄 사람은 없을까 하고 나는 멍청하게 넓은 골목 쪽을 보고 있었다.

이렇게도 괴로운 생각을 하는데, 나는 그 사람에게 완전히 진실해야 하는 것일까? 문득 상호가 박힌 직공 옷을 입은 사람이 자전거를 타고, 연기같이 휙 눈앞을 지나갔다. 될 대로 되라는 기분으로 걸어가면서, "댁은 야에가키초(八重垣町) 쪽으로 가시지 않습니까?" 하고 큰 목소리로 물어 보았다.

"예, 그렇습니다."

"죄송하지만 다바타 쪽으로 돌아가는 길인데, 댁이 가시는 곳까지 동행해 주시지 않겠습니까?"

지금은 이 하나에 목숨을 거는 것이다. 나는 꼬리치는 개처럼 달려가, 그 직공인 듯한 남자에게 매달려 보았다.

"저도 늦었는데, 괜찮으시면 자전거에 타시죠."

에라 모르겠다, 나는 얼른 게타를 한 손에 쥐고, 소매를 걷고 그 남자의 자전거 뒤에 올라탔다. 직공 옷을 입은 사람의 어깨에 꽉 손을 올려놓고, 이 기묘한 심야의 자전거 타기를 하는 여자는, 문득 자기 자신이 웃긴다는 생각에 눈물을 흘리고 있다. 무사히 돌아갈 수 있게… 하고 나는 무엇인가에 빌지 않을 수 없었다.

밤눈에도 하얗게 '염색' 이라고 씌어 있는 직공 옷의 글자를 보고, 겨우 안심이 되자, 나도 그제야 힘이 나서 자연히 웃음도 나왔다. 네즈(根津)에서 그 직공과 헤어져, 또 나는 흥흥 노래를 하며 길을 서둘렀다. 상품같이 차가운 남자 곁으로….

(4월 x 일)

고향에서 바다 향기 짙은 이불을 보내 왔다. 햇살이 비치고 있는 툇마루 위에, 보내 온 이불을 말리고 있으니까, 왠지 아버지 어머니 하고 입밖에 내어 불러 보고 싶어진다.

오늘 밤은 시민좌 공연이다. 남자는 일찍부터 분장상자와 의상을 가지고 나가 버렸다. 나는 오랫동안 물을 주지 않은 화분처럼, 바싹 마른 열정으로, 2층 창에서 남자가 바삐 바삐 서둘러 가는 뒷모습을 바라보았다. 저녁에 요쓰야(四谷)의 미쓰와(三輪) 회관에 가 보니 안에는 벌써 사람들이 가득했고, 무대는 바로 그 '면도기' 였다. 남자의 동생은 금방 나를 발견하고는 눈을 깜빡이면서, 누님은 왜 분장실에 가지 않느냐고 물어 온다. 목수인 이 동생은, 형과는 완전히 다른 세계에 살고 있는 좋은 사람이었다.

무대는 난폭한 부부싸움 장면이었다. 아아, 저 여자다. 정말이지 득의양양하게 지껄이고 있는 저 사람과 상대 여배우를 보고 있으니, 나는 처음으로 여자다운 질투를 느끼지 않을 수 없었다. 남자는 언제나 나와 잘 때 입는 잠옷을 입고 있었다. 오늘 아침 두 치 정도 등 쪽에 실밥이 터져 있었지만 나는 일부러 고치지 않았던 것이다. 독선적인 남자는 딱 질색이다.

나는 재채기를 몇 번이나 거듭하자, 갑자기 집에 가고 싶어져서, 시인인 친구 두세 사람과 따뜻한 문 밖으로 나왔다. 이렇게 좋은 밤에는 발가벗고 달리기라도 하면 오히려 유쾌할 거라고 생각했다.

(4월 x일)

"내가 전보를 치거든, 곧 돌아와 줘." 했지만, 이 사람은 아직 거짓말을 하는 모양이다. 나는 분하지만 15엔을 받자, 그리운 정거장으로 서둘렀다.

바다 냄새 스민 내 고향으로 돌아가는 것이다. 아아 모두 다 사라져 버려라, 내겐 아무것도 쓸모 없다. 남자와 나는 세이요켄(精養軒)이라는 식당의 하얀 식탁에 앉아, 일본 요리로 조촐한 식사를 했다.

"나는 당분간 거기서 지낼 생각이야."

"난 이렇게 떠나가면, 틀림없이 네가 그리워질 거라는 건 알고 있어. 그냥 별다른 도리가 없다는 기분이 들어. 지금은, 정말 동거를 그만둬도 괜찮을지 알 수도 없을 만치, 막막한 기분이야."

기차를 타자 나는 담배라도 피워 볼까 생각했다. 역 매점에서, 파란 바트 담배를 대여섯 개나 사고 나는 기차 창에서 정말로 차가운 악수를 했다.

"안녕, 몸조심해요."

"고마워… 안녕…."

눈을 꾹 감았다가, 다시 반짝 뜨니, 꾹 참았던 눈물이 일시에 넘쳐흘렀다. 아카시(明石)행 3등차 구석에서, 짐이고 뭐고 아무것도 없는 나는, 다리를 마음대로 뻗고서는 눈물이 나오는 대로 내버려두었다. 도중에 괜찮아 보이는 데가 있으면 내려 볼까 생각도 해 본다. 나는 머리 위에 걸려 있는 철도지도를, 물끄러미 쳐다보고 역 이름을 하나하나 읽고 있었다. 새로운 땅에 내려 보고 싶다는 생각을 한다. 시즈오카(静岡)가 어떨까, 나고야(名古屋)로 할까, 그렇지만 어쩐지 그것도 불안해서 어떻게 해 볼 도리가 없다. 어두운 창에 기대어, 지나가는 인가의 등불을 본다, 어두운 창에 문득 내 얼굴이 거울을 보고 있는 것처럼 선명하게 비치고 있다.

남자와도 이별이다!
내 가슴에서 아이들이 빨간 깃발을 흔들고 있다.
그렇게 기뻐해 주는가
이제 나는 아무데도 가지 않고
다 같이 깃발을 흔들며 살자
모두 그렇게 해서 뛰어나와 줘,
그리고 돌을 쌓아 줘
그리고 나를 들어올려

돌 성 위에 놓아 줘.

자, 남자와도 이별이다 울지 않아!
확실하게 제대로 깃발을 흔들어 줘!
가난한 여왕님의 귀환이다.

밖은 완전히 깜깜하다. 휙휙 지나가는 창 밖의 풍경에, 나는 짠 건어물처럼 눈도 코도 입도 유리창에 바싹 붙이고, 울고 있었다.

나는, 이제 도대체 어디로 가려는 것일까. 역들의 매점에서 물건 파는 소리를 들을 때, 두려운 마음으로 눈을 뜨고 있었다. 아아 사는 일이 이렇게도 어려운 거라면, 차라리 거지라도 되어, 여기저기 유랑하고 다니면 재미있을 거라고 생각한다. 아이 같은 공상을 하다간 울다 웃다 익살을 떨다가, 문득 창문을 보니, 이건 또 기묘하게 얼굴이 바뀐 내 모습이 비친다. 아아 이렇게 재미있는 삶도 있었던가 하고, 나는 딱딱한 쿠션 위에 다시금 앉아, 질리지도 않고, 그립고 애처롭게 오만가지 표정을 한 내 얼굴에 홀려 버리고 말았다.

(5월 x일)

나는 부처님을 연모했습니다
아련히 차가운 입술에 입맞춤하면
오, 황송할 정도로
마음이 저려 옵니다.

황송함에
조용한 피의 흐름이
역류합니다.

그윽할 만치 태연자약한
그 남자다운 풍채에
완전히 내 혼은 이끌려 버렸습니다

부처님!
너무 무정하신 건 아니신가요
벌집처럼 부서진
내 심장 속에
부처님
나무아미타불 무상을 깨닫는 것은

가능치도 않을 텐데
그 남자다운 풍모로
불꽃 같은 내 가슴에
뛰어들어와 주세요
속세에 더럽혀진
이 여자의 머리를
죽도록 꼭 껴안아 주세요
나무아미타불 부처님

이상하게 적적한 날이다. 머리가 돌아 버릴 것 같은 날이다. 날씨 탓인지도 모른다. 아침부터, 계속 내리던 비가, 밤이 되자 바람을 동반하고 몸과 마음까지 찌르는 듯 정말 잘도 내린다. 이런 시를 쓰고, 벽에 붙여 보지만 내 마음은 조금도 유쾌하지가 않다.

—곧장 돌아와. 돈이 필요한가.

푸르뎅뎅한 전보용지가, 팔락팔락 내 머리에 떠오르는 건 이상한 일이다.

바보, 바보, 바보, 바보라고 천 번이고 만 번이고 외치고 싶을 만치, 지금 나 자신은 애달프기 그지없다. 다카마쓰(高松)의 여관에서, 그 사람의 전보를 정말로 받자 나는, 기쁨의 눈물을 흘리고 있었다. 그래서, 터질 듯 선물을 껴안고, 지금,

이 다바타(田端)의 집으로 돌아오는 것인데…. 반달도 지나지 않아 또 별거라니 어찌된 걸까. 나는 남자에게 2달분의 방세를 받고, 모양만 그럴듯하게 남겨지고, 남자는 금붕어같이 꼬리를 살랑살랑 흔들며, 혼고(本鄕)의 하숙으로 가 버렸다. 어제도 다 된 세탁물을 가득 안고, 나는 마치 애인을 만나러 가기라도 하는 듯 서둘러 남자의 하숙집 넓은 사다리 계단을 올라갔던 것이다. 아아 나는 그때부터, 비행선을 가지고 싶어졌다. 내 가슴에 울며 매달리던 그 사람이, 등불을 막 켠 시원한 방에서 모모와레로 묶은 그 여자와 단 둘이서, 물고기처럼 뒤엉켜 있는 것을 보았다. 어두운 복도로 나와, 나는 두 눈 가득 눈물이 고였다. 온 얼굴이, 아니 온몸이 철사로 만든 인형처럼 딱딱해져서는, 마음이 아팠지만….

"야아…" 나는 아이처럼 천진하게 크게 입을 벌려 웃으며, 애달픈 눈을, 줄곧 책상다리 쪽을 향하고 있었다. 그때부터 오늘에 이르기까지 나는, 이미 형편없는 세계를 향해 발걸음을 디딘 것입니다. "15전에 입맞춰 줘요!" 하고 술집에서 떼를 썼던 것도 가슴에 남아 있다.

남자란 남자는 모두 시시한 거 아냐! 걷어차고 밟아 주고 싶은 분노에 휩싸여, 위스키에 일본 술에 짬뽕으로 마신 나의 정떨어지는 모습이, 이렇게 지금은 조용히 빗소리를 들으며 이부자리 속에서 가만히 있다. 요즈음, 바람에 가득 부푼 모기장 안에서, 그 사람은 여배우의 목을 끌어안고 있겠지… 그런 걸 생각하면, 나는 비행선이라도 타고, 폭탄이라도 던져 주고 싶은 기분인 것입니다.

나는 숙취와 공복으로, 비틀거리는 몸을 일으켜, 있는 대로 대강 쌀을 냄비에 넣어 우물가에 가지고 갔다. 아래층 사람은 모두 목욕탕에 갔기 때문에 나는 아무 스스럼없이, 큰 소리를 내어 쌀을 싹싹 씻어 본 것입니다. 비를 맞으며, 그저 한줄기로 빠져 흐르는 하얀 물이 손에 닿는 감촉을 혼자서 즐기고 있다.

(6월 x 일)

아침.

상쾌하고, 좋은 날씨다. 비문을 당기니 하얀 나비가 눈처럼 무리를 짓고 있고, 남성적인 계절의 냄새가 나를 놀라게 한다. 구름이 저렇게나 희고 푸른색을 띠며 흘러가고 있다. 정말 좋은 일을 하지 않으면 안 된다고 생각한다. 재떨이에 가득히 쌓인 담배꽁초를 버리자, 다락방에서 여자 혼자 사는 것도 괜찮다는 생각이 들었다. 몽롱한 기분도, 이 아침의 푸르고 신선한 공기를 들이마시자 사라지고 정말 힘이 난다.

그렇지만 기다리던 편지가, 기껏해야 전당포에서 온 것으로 맡긴 물건이 기한이 넘어 찾을 수 없다는 내용인 것에 정말 마음이 상해서, 양산을 돌리며 행복한 여자인 양 거리로 나가 보았다. 늘 가던 거리의 헌 책방으로 나간다.

"아저씨, 오늘은 좀 비싸게 사 주세요. 조금 멀리까지 가니까…" 이 도자카(動坂)의 헌 책방 영감은, 언제나처럼 사람 좋은 미소 띤 얼굴을 주름 속에 감추고, 내가 내민 책을, 잠시 양손으로 감싸쥐고 보고 있다.

"요즘 제일 유행하는 책이에요. 금방 팔려요."

"아… 슈티르네르의 자아경[26]인가요, 1엔 드리죠."

나는 50전짜리 은화 2개를 손바닥에 쥐고 양쪽 소맷자락에 하나씩 넣고는, 눈부신 거리로 나왔다. 그리고 언제나처럼 식당에 갔다.

정말 언제쯤이면, 다른 사람들처럼, 조촐한 식탁을 둘러싸고, 태평하게 밥을 먹을 수 있는 신분이 되는 걸까 생각한다. 한두 개 동전 정도로는 만족스럽게 먹을 수 없으며 카페 따위에서 일하는 건, 구질구질한 자포자기로 생활이 거칠어지고, 남자가 부양해 주는 건 처량하고, 역시 책을 팔아서는 순간순간의 임시방편밖에 안 된다. 저녁에 목욕탕에서 돌아와 손톱을 깎고 있는데, 미대생인 요시다(吉田) 씨가 혼자 놀러 왔다. 사생하러 갔다면서, 10호짜리 풍경화를 들고, 그림물감 냄새를 풀풀 풍기고 있다. 시인인 아이카와(相川) 씨의 소개로 알게 되어, 별로 싫지도 좋지도 않았지만, 한 번, 두 번, 세 번 오는 게 거듭되자, 다소 부담이 되지 않을 수 없었다. 보라색 전등갓 아래서, 피곤하다며 드러누워 있던 요시다 씨는 맥없이 일어나서는,

눈꺼풀, 눈꺼풀, 살짝 감은 눈을 내리누르고
콕 도려내어 두 눈을 판다.
나가사키(長崎)의, 나가사키의
인형 만드는 이는 무섭기도 하구나!

"이런 노래 알고 있어요? 하쿠슈(白秋)의 시지요. 당신을 보면, 이 시가 생각나요."

풍경 소리가, 살짝 내 마음을 희롱하고 있었다. 서늘한 툇마루로 발을 내밀고 있던 나는, 등불 옆에 무릎걸음으로 다가가 남자의 가슴에 얼굴을 기댔다. 슬픈 듯 심장의 고동 소리가 들렸다. 슬픈 울림 속에 잠시 나는 넋을 잃고 있었다. 애절한 슬픔이다. 여자의 업이라고 생각한다. 내 동맥은 이런 사람에게도 분수 같은 물보라를 뿜어내고 있다. 요시다 씨는 떨며 침묵하고 있었다. 나는 유화물감 속에 잠겨 있다. 기름 냄새를 이때만큼 슬프게 느낀 적은 없었다. 오랫동안

우리들은 정열을 이겨내려 애쓰고 있었다. 이윽고, 키가 큰 요시다 씨의 그림자가 문에서 사라지자, 나는 모기장을 껴안은 채 울기 시작했다. 아아 내게는 헤어진 남자의 추억이 생생했던 것이다…. 나는 헤어진 남자의 이름을 부르며, 마치 참아낼 수 없는 제멋대로인 여자아이같이 왁 하고 소리를 내어 울고 있는 것이다.

(6월 x 일)

오늘은 이웃의 여덟 장 다다미방으로 헤어진 남자의 친구인 이소리(五十里) 씨가 오는 날이다. 나는 무슨 까닭인지, 그 남자가 속셈이 있을 것 같은 생각이 들어 불안했다. 식당으로 가는 길, 지장보살님께 향을 사 바친다. 돌아와서 머리를 감고, 산뜻한 기분으로 단고자카(團子坂)의 시즈에(靜榮) 씨[27] 하숙에 가 보았다. '두 사람'이라는 우리들의 시 팸플릿이 나와 있을 것 같아 힘차게 언덕을 올라갔다. 창의 푸른 커튼을 젖히고, 언제나처럼 창에 기대어 시즈에 씨와 얘기를 했다. 이 사람은 언제 보아도 젊다. 더부룩한 단발을 갸웃거리며, 촉촉한 눈동자를 반짝이고 있다. 저녁 무렵, 시즈에 씨와 인쇄소에 팸플릿을 가지러 갔다. 겨우 8페이지인데도, 마치 과일처럼 신선하고 좋았다. 돌아오는 길에 난텐도(南天堂)에 들러, 모두에게 한 부씩 보낸다. 일하며 이 팸플릿을 오랫동안 계속 만들고 싶다는 생각을 했다. 차가운 커피를 마시고 있는 내 어깨를 두드리고는, 쓰지(辻) 씨[28]가 머리띠를 느슨히 풀며 찬사를 늘어놓았다. "참 좋은 걸 내는군요. 계속하세요." 휘청거리는 쓰지 준(辻潤)의 추태에 미소를 보내고, 나와 시즈에 씨는 행복한 기분으로 밖으로 나왔다.

(6월 x일)

'씨뿌리는 사람'[29]이 이번에 문예전선이라는 잡지를 낸다고 해서, 나는 셀룰로이드 완구 색칠하러 다니던 작은 공장에서의 일을 시로 써서, '여공의 노래' 라는 작품을 제출했다. 오늘은 미야코(都)신문에 헤어진 남자에게 쓴 내 시가 실려 있다. 이제 이런 시 같은 건 관두자. 시시하다. 더 공부해서 훌륭한 시를 쓰려고 생각한다. 저녁부터 긴자의 송월이라는 카페에 갔다. '돈의 시(ドソの詩)' 라는 전람회가 여기서 열리기 때문이다. 나의 서투른 글이 번드르하게 맨 앞에 장식되어 있다. 하시즈메(橋爪) 씨[30]를 만난다.

(6월 x 일)

비가 가늘게 소리를 내며 내리고 있다.

음력 이삼 월 따뜻한 봄[31)]
수양버들이 일제히 꽃을 피운다.
어느 날 하룻밤 봄바람이 규방에 불어오더니
바람에 흩날린 버들꽃 남쪽 집에 떨어지네.
정(情)을 품고 문을 나서나 다리에 힘이 없어
버들꽃 주워드니 눈물이 가슴을 적신다.
가을에 떠났다 봄에 오는 저 제비야
버들꽃 물어다가 보금자리에 들게 하려무나.

등불 아래 늘어앉아서, 백화(白花)를 사랑한 태후의 시를 읽고 있으니, 정말 여행이 좋아졌다. 이소리 씨는 이사를 했기 때문에 언제나 귀가는 새벽 1시 지나서이다. 아래층 사람들은 노동자들이라 9시경에는 잠들어 버린다. 때로 다바타 역을 통과하는 기차 소리가 파도 소리처럼 들려 오지만, 이 부근은 산속에서 사는 것처럼 조용했다. 정말 혼자인 것이 외로워졌다. 양백화(陽白花)처럼 아름다운 사람을 사귀었으면 좋겠다. 책을 덮고 있으면, 초조해져서 나는 아래층으로 내려간다.

"지금 어디 가는 거야?"

"할인이거든요."

"힘도 좋구나…."

굵은 고리무늬가 있는 우산을 펴고, 도자카(動坂)의 활동사진 가설극장에 가 보았다. 간판은 영라자이다. 나는 할인이 되는 영라자에 사랑을 느꼈다. 다이코부네(太湖船)의 동양적인 오케스트라도 비가 내리는 날이었으므로 즐거웠다. 하지만, 결국엔 어디를 가든 외로운 혼자 몸이다. 가설극장이 문을 닫으면, 나는 또 시궁쥐처럼 방으로 돌아온다. "누구 손님이신 것 같은데…." 아주머니의 졸린 목소리를 등뒤로 하고, 피곤해져서 돌아오니, 요시다 씨가 종이를 말면서 포켓에 넣고 있는 참이었다.

"늦게 와서 미안합니다."

"아니요, 저 활동사진 보러 갔다 오는 거예요."

"너무 늦어서, 메모를 남기려던 참입니다."

별로 얘기도 없는 전혀 남인데, 요시다 씨는 내가 잘 봐주기를 일방적으로 원하고 있다. 천장에 머리가 받힐 듯이 키가 큰 요시다 씨를 보고 있으면, 나는 어쩐지 짓눌릴 것 같은 느낌이 들었다.

"비가 꽤 오네요."

이쯤 해서 모르는 척 시침떼지 않으면, 오늘 밤이야말로 어쨌든 폭발할 것 같아 무서웠다. 벽에 등을 기대어, 그 사람은 물끄러미 내 얼굴을 응시하고 있다. 나는 이 남자가 너무나 좋아질 것 같아서 난감해졌다. 그렇지만, 나는 이미 여러 명에게 지긋지긋해졌다. 나는 조용히 양손을 책상 위에 얹고, 등불 밑을 바라보고 있었다. 내 양 손끝이 조금 떨리고 있다. 하나의 막대기를 둘이서 열심히 서로 밀고 있는 기분이었다.

"당신은 나를 놀리고 있는 것 아닙니까?"

"어째서요?"

이 무슨 얼빠진 대답인가. 내 생생한 감상 속에 휩쓸려 있는 것은 아닙니까…. 나는 입 속으로 중얼거리면서, 이 사람을 이대로 오지 못하게 하면 다소 적적한 기분이 들 거라고 생각했다. 아아, 친구가 있었으면 좋겠다. 이런 상냥한 친구가 있었으면 할 뿐인데…. 어느샌가 눈물이 흘러 넘쳤다.

한 편으로는, 큰맘 먹고 죽고 싶다고도 생각했다. 저 사람은 나를 증오해 죽일지도 모른다. 마른침을 삼켰다. 난 스스로가 비참한 생각이 들어 견딜 수 없었다. 헤어진 남자와 몇 개월을 보낸 이 방안에선, 여러 가지 꿈들이 아직 헤엄쳐 다니며 나를 괴롭게 하는 것이다. 이사를 가지 않으면 도저히 견딜 수 없겠다는 생각이 든다. 나는 책상에 엎드린 채 교외의 상쾌한 여름 풍경을 머리 속에 그리고 있었다. 비의 정열은 한층 드높아져, 괴로워서 견딜 수 없다. "나를 사랑해 주세요. 아무 말 없이 나를 사랑해 주세요!" "그러니까, 아무 말 없이, 나도 사랑하고 있는 게 아닙니까…." 적으나마 손을 잡는 거로 이 청년의 마음이 풀린다면…. 나는 이제 남자로 인해 방황하는 게 두렵다. 정조가 없는 나의 몸이지만, 내 일생을 맡길 남자가 어딘가에서 나타나지 않는다고 아직 단정지을 수는 없다. 그렇지만 이 사람은 신선한 피 냄새를 가지고 있다. 두꺼운 가슴, 푸른 눈썹, 태양 같은 눈, 아아 나는 격류와 같은 격렬함에 울고 있는 것이다.

(6월 x일)

외롭다. 시시해진다. 돈을 가지고 싶다. 홋카이도(北海道) 근처의, 아카시아 향기나는 가로수 길을 혼자서 멋대로 걸어 보고 싶다.

"벌써 일어났어요…."

뜻밖에 이소리 씨의 목소리가 미닫이 문 밖에서 들린다.

"예, 일어났어요."

일요일이라 이소리 씨와 시즈에 씨 셋이서 오랜만에, 기치조지(吉祥寺) 미야자키 미쓰오(宮崎光男) 씨의 아메초코 하우스에 놀러 가 본다. 저녁 무렵 현관에서 개와 놀고 있으니, 우에노야마(上野山)라는 서양화를 그리는 사람이 놀러 왔다. 나는 이 사람을 만나는 것이 세 번째다. 내가 어릴 무렵, 지카마쓰(近松) 씨의 집에 여급으로 있을 때, 이 사람은 몹시 거칠고 누추한 모습으로, 소 그림을 팔러 온 적이 있다. 아이가 디프테리아에 걸렸고, 몹시 초라한 행색이었던 것을 기억하고 있다. 구두를 가지런히 놓다 보니, 마치 하마 입같이 구두 바닥이 떨어져 있었다. 그때 나는 작은 못을 가지고 와서, 살짝 고정시켜 드린 일이 있다. 틀림없이 이 사람은 생각지 못했을지도 모른다. 우에노야마 씨는 비틀비틀 술을 마시고 이야기를 잘하고 있다. 밤, 우에노야마 씨는 혼자 돌아갔다.

지구라는 회전의자에 걸터앉아
빙글 하고 한 바퀴 돌자
질질 끄는 빨간 슬리퍼가
한 짝 날아가 버렸다.
외로워…
어이 하고 불러도
아무도 내 슬리퍼를 주워 주지 않아
배짱이라 맘먹고

회전의자에서 뛰어내려
날아간 슬리퍼를 집으러 갈까.

겁쟁이인 나는 손으로 꽉
회전의자를 붙잡고 있다.
어이 아무라도 좋아
맘껏 내 따귀를
나가떨어지게 때려 줘.
그리고 신고 있는 슬리퍼도 던져 줘
나는 푹 자고 싶은 거야.

진정하지 못하고 잠자리 속에서 나는 이런 시를 머리에 그렸다. 아래에서 괘종시계가 3시를 알린다.

(6월 x일)

세계는 별과 사람으로 되어 있다. 에밀 베르하렌[32]의 '세계'라는 시를 읽으니 이런 게 씌어 있다. 온통 하품뿐인 이 세상이다. 나는 이 소심한 시인을 경멸해 줄 것이다. 사람아, 오르기 힘든 저 산이 아무리 높대도, 비약하는 뜻만 간절하다면, 두려워 말지어다 불가능의, 돈이라는 준마(駿馬)를 몰아세워라. 정말 시시한 시지만, 재능이 있는 사람으로 보이게 실로 달콤한 말을 알고 있다. 돈이라는 준마를 몰아세워라 하고…. 창을 가로질러 빨간 풍선이 날아간다. 멍청하다, 멍청하다, 멍청한 건가…. 정말 살기 힘든 속세지요.

고향에서 편지가 온다.

현실주의자가 되어, 자기 생계만큼은 우리에게 걱정을 끼치지 말아 다오. 재주란 것에 도취되어서는 안 된다. 어머니도, 꽤 쇠약해졌다. 한 번 오너라, 너의 빈둥거리는 퇴폐주의에는 찬성할 수 없다. 아버지로부터 5엔의 어음. 나는 5엔짜리 어음을 무릎 위에 놓고서, 정말 감사합니다. 나는 한심스러워져서 먼 고향을 향해 혀를 내밀었다.

(6월 x 일)

앞에 있는 영안실에는, 오늘 밤은 푸른 등이 켜져 있다. 또 군인 한 사람이 죽은 모양이다. 푸른 창의 등을 가로질러 밤샘을 하는 군인의 그림자 2개가 어렴풋이 비치고 있다.

"어머! 반딧불이 날아왔어."

우물가에서 구로시마 덴지(黑島傳治) 씨[33]의 아내가 멍하니 하늘을 쳐다보고 있었다.

"정말?"

뒹굴던 나도 마루 끝에 나와 보았는데, 이미 아무것도 보이지 않았다.

밤. 이웃의 쓰보이(壺井) 부부,[34] 구로시마 부부가 놀러 왔다.

쓰보이 씨가 말했다..

"오늘은 정말 재미있었어. 구로시마와 둘이 시장에 세숫대야를 사러 갔더니, 값도 안 치렀는데, 3엔쯤 거스름돈이랑 대야를 줘서 조금 움찔했지."

"아니! 거 참 부럽네요. 정말로, 크누트 햄슨의 『굶주림』이라는 소설 속에도 양초를 사러 가서, 5크로넬 거스름돈과 양초를 그냥 받아오는 부분이 있었죠."

나도 남편도, 쓰보이 씨의 이야기가 다소 부러웠다. 진흙에 뜬 배처럼, 우리들은 오랫동안 머무르면서도 얼마나 쓸쓸한 것인가. 병영의 시체실과 묘지와 병원과, 값싼 카페에 둘러싸인 이 다이시도(太子堂)의 어두운 집도 싫증나 버리고 말았다.

"그런데, 내일은 죽순 밥 먹지 않을래요?"

"죽순 훔치러 갈까?"

세 남자는 길 쪽으로 향한 대숲이 뒷문 쪽에 있는, 이발소 2층의 이다(飯田) 씨[35]를 꼬여, 언덕 뒤편의 죽순을 훔치러 나갔다. 여자들은 오랜만에 거리의 등불을 보고 싶었지만, 단념하고 다이시도(太子堂)의 축제에 나가 걸어 보았다. 대나무 숲의 좁은 길에 내놓은 노점의 칸테라 등불이 분수처럼 뿜어나고 있었다.

(6월 x 일)

아름답고 투명한 하늘이라, 언덕 위의 숲이 보고 싶어서, 오랜만에 가난한 우리들은 산책을 하러 나가자는 얘기를 했다. 열쇠를 걸어 잠그고, 한 발 늦게 나가 보니, 어느쪽으로 갔는지, 남편의 그림자는 주위에 보이지 않았다. 당황해서 햇빛이 내리쬐는 언덕길을 왔다갔다해 보았지만 정말 이상했다. 기다려도 오지 않는다고 생각하고서 화가 난 남편은 내 등을 세게 때리고는 도로 집으로 들어가 버렸다. 또 화를 낸다. 나는 도둑고양이같이 부엌에서 방으로 들어오자, 남편은 갑자기 수세미랑 공기를 내 가슴에 던졌다. 아아, 이 단순하고도 경솔한 사람을 그렇게도 당신은 증오하는 것입니까…. 나는 우물가에 서서 푸르른 하늘을 보고 있었다. 골목 오른쪽으로 가야 할 게, 왼쪽으로 잘못 갔다 해도 "바보야." 하고 한 마디로 끝나지 않는 것입니까. 내 쓸쓸한 그림자를 보고 있으니, 초등학교 시절, 내 그림자를 보다가 하늘을 보면, 그 그림자가 하늘로 옮겨져 있는 이상한 세계가 있었던 그 무렵이 생각난다. 푸르고 높은 하늘을 나는 언제까지고 쳐다보고 있었다. 아이처럼 눈물이 솟아나와, 나는 땅바닥에 쭈그리고 앉아 버리니, 카이로의 물장사 같은 향수 어린 노래를 부르고 싶어졌다.

아아 전 세계는 아버지와 어머니로 가득한 것이다. 아버지 어머니의 애정이, 유일한 것이라는 것을 나는 생활에 시달리다 보니 잊고 있었다. 하얀 앞치마를 두른 채, 대나무 숲이나 작은 시냇가나 서양식 집 옆을 지나, 터덜터덜 언덕을 내려가니, 증기선 같은 공장 소리가 들려왔다. 아아 오노미치(尾道)의 바다! 나는 바다가 가까운 것 같은 착각을 일으키고, 아이같이 언덕을 뛰어 내려갔다. 그곳은 파출소 옆 공장 모터가 윙윙거릴 뿐, 텅 빈 벌판이었다. 미슈쿠(三宿) 정류소에, 잠시 전차를 타는 사람인 양 서 있기는 했지만, 배가 고파서 눈이 돌아갈 것 같았다.

"이봐요! 한참 전부터 서 계시는 것 같은데, 뭐 걱정이라도 있는 것 아닙니까?"

좀 전부터 멀뚱멀뚱 보고 있던 할머니 두 사람이, 허물없이 다가와선 내 몸을 빤히 바라보고 있다. 웃으면서 눈물을 훔치는 나를 데리고, 이 친절한 할머니들은, 천천히 걸어가면서 신앙의 강인함으로 다리가 굽은 사람이 걷게 된 일이랑 고민이 있는 사람이 신의 아들로 인해 건강하게 생활에 즐거움을 느끼게 되었다는 등, 여러 가지 천리교 얘기를 해 주었다.

강가의 그 천리교 본부는 너무나도 서늘하게 물이 뿌려져 있고, 단풍나무가 시원하게 담장 밖으로 뻗어 나가 있다. 두 노파는 넓은 신전에 공손히 절을 하고는, 이윽고 양손을 펼쳐 이상한 춤을 추기 시작했다.

"고향은 어디신지요?"

흰 옷을 입은 중년의 신주(神主)가, 내게 팥빵과 차를 권하면서, 내 서글픈 모습을 보고 물었다.

"딱히 고향이라고 정한 곳이 없지만, 본적은 가고시마(鹿兒島)현 히가시 사쿠라지마(東櫻島)입니다."

"아, 꽤 멀군요…."

나는 더 참을 수가 없어져서, 맛있어 보이는 팥빵을 1개 집어먹었다. 한 입 베어 물자, 의외로 딱딱해서 가루가 툭툭 무릎 위에 떨어진다. 아무것도 없다. 아무것도 생각할 필요는 없다. 나는 일어나 신전에 절을 하고, 그대로 게타를 신고 밖으로 나와 버렸다. 빵가루가 충치 구멍 속에서, 점점 물크러져도 좋다. 그냥 입에 미각이 있으면 괜찮은 것이다. 집 앞에 가니 그 남자처럼 굳게 닫힌 현관은 입을 다물고 있다. 나는 쓰보이 씨 집에 가서, 발 뻗고 푹 잤다.

"댁에 쌀은 좀 없나요?"

사람 좋은 쓰보이 씨 아내도, 자기들 생활에 찌들어 버린 건지, 내 옆에 눕더니, 쌀을 한 줌 공기에 담아 와서, 살아가는 게 싫어져 버렸다는 얘기까지 했다.

"다이코 씨[36]네는, 신슈(信州)에서 쌀이 왔다고 하니까, 거기에 가 볼까요?"

"거 참 잘됐네…."

옆에 있던 덴지(傳治) 씨 아내는, 손뼉을 치며 아이같이 기뻐하고 있다. 정말로 솔직한 사람이다.

(6일 x일)

오랜만에 도쿄에 나갔다. 신초사(新潮社)에서 가토 다케오(加藤武雄) 씨를 만난다. 문장 클럽 시(詩)고료를 6엔 받는다. 언제나 눈을 감고 지나는 가구라자카(神樂坂)도, 오늘은 멋지고 즐거운 거리가 되어, 가게 하나하나를 나는 즐겁게 보며 지나갔다.

이웃이니

육친이니
애인이니
그게 다 뭘까
생활 속에 먹는 게 만족치 못하다면
그려 놓은 사랑 같은 꽃은 시들어 버린다.
쾌활하게 움직이고 싶다고 생각해도
욕설 잡담 속에
나는 애처롭게 쪼그리고 있다.

양손을 높이 들어올려 보지만
이렇게 사랑스런 여자를 배신하고 가는 인간뿐인가
언제까지고 인형을 안고 침묵하고 있는 나는 아니다
배가 고파도
일이 없어도
오오오! 하고 소릴 질러서는 안 되는 것이지
행복한 분이 눈살을 찌푸리신다.

피를 닦고 고민하다 죽은들
눈도 깜짝할 대지는 아닌 것입니다
진열장에
쪄낸 빵이 있지만

내가 모르는 세상은 이 얼마나
피아노처럼 경쾌하고 아름다울까요.

거기서 비로소
신이여 제기랄 하고 소리치고 싶어집니다.

오랫동안 전차에 흔들리고 있으니, 나는 또 아무 위안도 없는 집에 돌아가야 하는 것이 재미없어졌다. 시를 쓰는 게 단 하나의 좋은 위안이다. 이다(飯田) 씨와 다이코 씨가 노래를 하며 놀러 왔다.

내 사는 곳의
저 아름다운
지저귐 소리를
듣고 싶겠지….

두 사람은 이런 노래를 부르고 있다.
쓰보이 씨 집에서 완두콩 밥을 먹었다.

(6월 x 일)

오늘 밤은 다이시도(太子堂) 축제로, 집 툇마루에서, 앞의 광장 씨름장이 잘 보이기 때문에, 모두 발뒤꿈치를 들고 보고 있다. '서군(西群)! 마에다코(前田河)'[37]라는 사회자의 부름에, 툇마루에 발끝을 세우고 서 있던 우리들은 와아 하고 같이 웃었다. 아는 사람의 이름 같은 걸 부르면 너무나 우스워 견딜 수가 없다. 가난하면 모두 우정 이상으로, 자신을 속속들이 드러내어 하나가 되어 버리는 것 같다. 모두 얘기를 잘했다. 괴담 같은 얘기로 옮아가자, 다이코 씨도 지바(千葉) 해안에서 본 유령 얘기를 했다. 이 사람은 산촌 태생인지 무척 피부가 아름답다. 역시 남자 때문에 고생하고 있는 사람이다. 모두들 새벽 1시가 넘도록 노름을 한다.

(6월 x 일)

하기와라(萩原) 씨[38]가 놀러 왔다.

술은 마셨고 돈은 없고, 요이불 하나를 넝마주이에게 1엔 10전에 팔아 소주를 산다. 쌀이 모자라서 우동 사리를 사서 다 같이 먹었다.

손바닥으로
폭풍우에 젖은 얼굴을 닦는다
친우는 공산주의자가 되기로 했다고 한다.

술을 마시면 귀신처럼 파랗게 되고
커다란 얼굴이여
슬픈 얼굴이여.

아아 젊은 우리들이여, 좋지 않은가, 좋잖아, 노래를 모르는 사람들은, 다쿠보쿠(啄木)를 크게 읊으며 우동냄비를 들쑤시며 소주를 마시고 있다. 그날 밤, 하기와라 씨를 모두 다 같이 보내 주고, 남편이 돌아오자 모기장이 없으므로 우리들은 방문을 꼭 닫고 모기향을 피우고 잠자리에 들었는데, "이봐, 일어나 일어나!" 하고 여러 사람의 발소리가 들리고서는, 보리밟기를 하는 것처럼 바닥이 울리고, 머리가 울린다.

"자는 척하지 말라고…."

"일어나 있지."

"일어나지 않으면 불지른다!"

"이봐! 무를 뽑아 왔어, 안 일어나…."

이다(飯田) 씨와 하기와라(萩原) 씨 목소리가 뒤섞여 들린다. 나는 웃으며 입을 다물고 있었다.

(7월 x 일)

아침, 잠자리에서 멋진 신문을 읽었다.

모토노(本野) 자작부인이, 불량소년소녀 구제를 하신다고 그녀의 동그란 사진이 신문에 크게 실려 있었다. 아아 이런 사람에게라도 매달려 보면, 어떻게 그럭저럭 내가 갈 길이 열리지 않을까. 나도 조금은 불량스럽기도 하고, 아직 23살인 걸. 나는 힘을 내어 벌떡 일어나, 신문에 실려 있는 모토노 부인의 주소를 잘라내어, 아자부(麻布)의 그 저택으로 가 보았다.

젖은 자국이 있어도 유카타(浴衣)는 유카타이다. 나는 유카타를 입고 가슴 가득 상상으로 부풀어 걷고 있다.

"빵을 만드시는, 그 하야시(林)이십니까?"

가정부가 그런 걸 내게 물었다. '천만에요, 빵을 얻으러 온 하야시입니다.' 하고 속으로 중얼거리며,

"좀 만나 뵙고 싶어서…." 하고 말해 본다.

"그렇습니까. 지금 애국부인회에 가 계십니다만, 곧 돌아오시니까."

가정부의 안내를 받아, 육각 모양으로 돌출된 창가 소파에 걸터앉아, 아름답고 우아한 정원을 보고 있었다. 파란 커

튼을 통과하여, 바람마저 상쾌하게 불어온다.

"무슨 일로…."

이윽고 땅딸막한 부인은, 매미 날개같이 얇은 검정 하오리(羽織)를 입고 응접실에 들어왔다.

"그보다 먼저 목욕부터 하시지 않으시겠습니까…."

가정부가 부인에게 묻는다. 나는 불량소녀라고 말하는 게 싫어져서, 남편이 폐병이라 어려우므로 불량소년소녀를 돕고 남은 게 있으면 조금 얻고 싶다고 말해 보았다.

"신문에서 뭐라고 쓴 모양이던데, 아주 조금 그런 사업을 도와주고 있을 뿐이고, 어려우시다면, 구단(九段)의 부인회 쪽에라도 가셔서, 일을 하시는 게 어떨지요…."

나는 점잖게 먼지처럼 밖으로 내보내졌지만, 그녀가 미간을 찌푸리고 어째서 저런 사람을 들어오게 했냐고, 지금쯤 가정부를 야단치고 있을 것을 생각하니, 침을 뱉아 주고 싶은 기분이 들었다. 아니, 뭐가 자선이야, 뭐가 공공사업이란 거야. 저녁이 되자, 아침부터 아무것도 먹지 못한 두 사람은, 어두운 방에 쭈그리고 앉아 목적도 없이 원고를 썼다.

"이봐요, 양식 안 먹을래요?"

"뭐?"

"카레 라이스, 커틀릿 라이스, 아니면 비프 스테이크?"

"돈 있어?"

"응, 우선 먹고 봐야죠, 그러니까 밤에 양식을 주문하면, 내일 아침까지는 돈 받으러 오지는 않겠죠."

처음으로 고기 냄새를 맡으며 양식을 먹고, 줄줄 흐르는 기름을 핥고 있으니, 현기증이 날 정도로 즐거워졌다. 한 입 정도 남기지 않으면 이상해요. 배가 조금 불러 오자, 다시 태어난 듯 우리들은 우리들의 사상에 파란 싹을 틔운다. 취조차 생기지 않을 정도니까 별도리가 없다.

나는 밀감상자로 만든 책상에 기대어 동화 같은 것을 쓰기 시작한다. 밖은 빗소리. 다마가와(玉川) 쪽에서, 끊임없이 대포를 쏘는 것 같은 소리가 들린다. 한밤중인데도, 기력이 좋다. 그렇지만, 언제까지고 이런 벌레 같은 생활을 계속할 것인가. 고개를 숙이고 아이들의 천진스런 이야기를 쓰고 있으니, 금방 눈시울이 뜨거워진다.

삐뚤어진 남자와 인식 부족인 여자로선, 평생 가도 하얀 밥을 먹을 수 있을 것 같지도 않습니다.

(7월 x 일)

가슴 저린 외로움이다. 저녁 무렵, 머리가 벗겨진 남자 말로는, "난 지금부터 매춘부를 사러 가려는데, 그렇지만, 당신이 좋아졌어, 어때?" 나는 하얀 앞치마를 꼬기작꼬기작 말아, 눈물을 입으로 삼키고 있었다.

"어머니! 어머니!"

모든 게 싫어져서, 2층 여급의 방구석에 쓰러져 잔다. 쥐가 떼를 지어 달려간다. 어둠이 눈에 익숙해지자, 어수선하게 보따리가 돌멩이처럼 사방에 뒹굴고 있고, 잠옷이랑 허리띠가, 해초처럼 벽에 널려 있었다. 부글부글 끓는 듯 시끌벅적한 아래층의 잡음에다가, 도깨비라도 나올 것같이, 여급의 방은 적적하다. 뚝뚝 떨어지는 눈물과, 가스같이 빠지는 슬픔의 범람. 뭔가 올바른 생활을 하고 싶다는 생각을 한다. 그리하여 차분한 마음으로 책을 읽고 싶다.

끈질기게 강하게
우리 집의 가난, 술버릇, 노는 버릇,
모두 그거다.
아아, 아아, 아아

칼로 잘라버려 그런 것들
뽑아 버려 날려 버려
내가 몇 번이나 소리쳤던 일인가, 괴롭다.
피를 토하듯 예술을 토해 미치광이처럼 춤추며 기뻐하자.

가이타(槐多)[39]는 이처럼 계속 외치고 있다. 이런 걱정으로 풀이 죽은 추억의 날, 체홉이여, 알츠이바아세프여, 슈니츠라, 내 마음의 고향을 읽고 싶다는 생각을 한다. 일하는 걸 괴롭다고 생각한 적은 한 번도 없지만, 이제는 안식을 취하고 싶다는 생각을 한다. 그렇지만 지금은 모두 동화 같은 얘기다.

어두컴컴한 방안에서, 나는 나오야(直哉)의 『화해』[40]를 떠올리고 있었다. 이런 카페 잡음에 둘러싸여 있으면, 일기를 쓰는 것조차 내키지 않게 된다. 먼저 참새가 지저귀고 있는 곳, 밝은 아침해가 한가로이 비치는 곳, 햇살 받은 푸른 잎의 색깔이 빗물처럼 향기로운 곳, 가이타는 아니지만, 미치광이처럼 혼자 사는 살림살이가 그리워졌습니다.

'모든 게 허무하다.' 어두워서, 나는 그냥 지그시 눈을 감고 있었다.

"이봐! 유미[41]는 어디에 갔지?"

아래층에서 안주인이 부르고 있다.

"유미 있어? 주인 아주머니가 불러요."

"이가 아파서 자고 있다고 해줘요."

야에(八重) 씨가 거칠게 계단을 내려가자, 막막하게 까닭 모를 괴로운 기분이, 차라리 죽어 버렸으면 하고 노래하고 싶어진다. 메피스토펠레스가 슬슬 춤추러 나온 거지! 옛날

훌륭하신 루나찰스키[42]라는 분이, 생활이란 뭔가? 살아 있는 유기체란 뭔가?라고 했다. 루나찰스키가 아니라도, 생활이란 뭘까? 살아 있는 유기체란 뭘까. 영락한 막달라 마리아여, 자기보존 본능을 부숴 버리는 것이다. 나는 깍짓손으로 머리를 베고 누워 죽는 공상을 하고 있었다. 독약을 마시는 공상을 했다. "창녀를 사러 가기보다, 네가 좋아졌어." 얼마나 인생이란 시시하고 상쾌한 것일까. 어차피 고향도 없는 나, 그렇지만 단 하나 어머니를 생각하면, 애절해진다. 도둑이 되어 버릴까. 여자마적이 되어 버릴까…. 헤어진 남자 얼굴이, 뜨거워진 눈시울을 내리누른다.

"이봐! 유미, 사람이 모자라는 거 잘 알고 있잖아. 좀 참고 아래층에 내려와 일 좀 해 줘요."

주인 아주머니가, 목소리를 높이며, 사다리계단을 올라왔다. 아아 모든 것이 전부 연기다, 모래다, 진흙이다. 나는 앞치마 끈을 고쳐 매고, 유쾌하게 노래를 하며, 바다 밑바닥 같은 아래층으로 내려갔다.

(7월 x일)

아침부터 비.

새 코트를 빌려 준 여자는, 결국 돌아오지 않았다. 하룻밤 머무르고, 코트를 빌리고, 나방처럼 여자는 다른 숙소로 가 버렸다.

"당신은 사람이 너무 좋아요, 옛날부터 사람을 보면, 도둑이라 생각하라는 말도 있잖아요."

야에 씨가 하얀 복사뼈를 긁으며 나를 놀리고 있다.

"아니! 그런 말이 있었나, 그럼 나도 야에 씨의 양산이라도 훔쳐 도망갈까?"

내가 이런 얘기를 하니까, 누워 있던 요시(由)가,

"세상에 도둑만 있으면 통쾌하겠어…." 하고 말했다. 요시는 19살로, 사할린에서 태어나 피부가 흰 게 자랑이었다. 야에 씨의 윗통을 벗은 밤색 피부에, 창유리의 파란 비 그림자가 가늘게 비쳤다.

"인간이란 게 시시해."

"그렇지만, 나무도 역시 시시해."

"불이 나건, 큰물이 지건, 나무라면 도망갈 수가 없잖아…".

"바보야!"

"후후후 누군 바보 아닌가?"

여급들의 얘기는 여름날 푸른 하늘처럼 상쾌하다. 아아 나도 새 같은 걸로 태어났으면 좋았을 걸. 전기를 켜고, 다

같이 공 집기 제비를 뽑았다. 나는 4전. 여급들은 아스파라거스같이, 철벅철벅 백분을 바른 채 모두 칠칠치 못하게 뒹굴며 무를 넣고 꿀을 바른 완두콩을 먹고 있다. 비가 깨끗이 개어, 창문으로 서늘한 바람이 불어온다.

"유미 씨, 당신 좋은 사람 있지? 나 그렇게 의심했어."

"있었지만 멀리 가 버렸어요."

"멋있어!"

"어머, 왜?"

"난 헤어지고 싶어도, 그 사람이 헤어져 주지를 않는데."

야에 씨는 아무것도 없는 스푼을 핥으면서, 지금 남자와 헤어지고 싶다고 한다.

"어떤 남자랑 같이 살아 봐도 다 똑같을 거야." 하고 내가 말하자,

"그럴 리 없어, 비누라도, 10전짜리랑 50전짜리는 한참 품질이 틀린데"라고 한다.

밤. 술을 마신다. 술에 취한다. 급료는 2엔 40전, 고맙군, 황송해.

(7월 x일)

마음이 텅 비어 있으면 좌절이 많은 법이다. 심한 빗속에, 내가 탄 자동차는 하치오지(八王子) 가도를 달리고 있다.

더 빨리!

더 빨리!

때로 자동차를 타면 기분이 좋아진다. 비 오는 거리에 등불이 켜지기 시작한다.

“어디 가죠?”

“아무데건 좋아요. 기름이 다 될 때까지 달려요.”

운전대의 마쓰(松) 씨가 머리를 조금 갸웃거린다. 젊은이의 삐딱함일까. 오후부터 쉬는 날인데도 심심하게 지내고 있으니, 자기 차가 있는 운전수 마쓰 씨가 “자동차에 태워 주지.” 하고 말했다. 다나시(田無)라는 곳까지 오자, 진흙에 자동차가 빠져 버려서, 비 내리는 상수리 나무숲 오솔길에, 자동차는 덜컥 멈춰서 버렸다. 멀리 산기슭에, 등불이 보일 뿐이고, 억수같이 내리는 비에 섞여, 땅울림처럼 천둥이 치고 번개가 번쩍였다. 천둥이 치니 상쾌하고 기분은 좋았지만, 낡은 시보레 자동차라, 비가 유리를 두드릴 때, 안개 같은 물방울이 차안으로 들어온다. 그 황혼의 상수리나무 오솔길을, 자동차가 한 대 지나갔을 뿐, 빗소리와 천둥 번개.

"이렇게 비가 오면 길에 나오는 차도 없겠는 걸."

마쓰는 말없이 담배를 피고 있다. 이렇게 착하게 생긴 남자가, 연극 같은 짓을 할 리는 없다. 빗발이 시원해서 기분이 좋았다. 천둥도 비도 찢어질 듯 울린다. 자동차는 비를 맞은 채 한밤 숲속에 멈춰 버렸다.

나는 어쩐지 궁지에 몰린 기분이 들었다. 기계기름 냄새가 나는 마쓰 씨의 작업복을 보고 있자니, 나는 우습지도 않은데 웃음이 터져 나와 참을 수가 없다. 17, 8살짜리 처녀도 아닌데 뭐. 나는 도망갈 길 같은 건 잘 알고 있다.

내가 목소리를 가다듬어 말한 건, "당신은, 아직 날 사랑한다고 말하지도 않았잖아요…. 폭력을 써서 다가오는 애정 같은 거, 난 아주 싫어해요. 나를 사랑한다면, 좀더 점잖게 굴지 않으면 싫어요!"

나는 남자의 팔에 늑대 같은 이빨자국을 냈다. 눈물로 목이 메였다. 져서야 되겠는가. 비 오는 밤이 밝을 무렵, 남자는 더러워진 얼굴 그대로 느긋이 자고 있다.

멀리서 푸른 하늘을 알리는 닭소리가 들린다. 상쾌한 여름 아침이다. 어젯밤의 더러운 남자의 정열 따위는 싹 가신 듯, 바람이 비단 같은 소리를 내며 불어온다. 이 남자가 그 남자였다면…. 웃기는 남자의 얼굴을 자동차에 내던져둔 채,

나는 진흙탕 길을 걸어 내려왔다. 잠시 전인 어젯밤의 피로 때문에, 퉁퉁 부은 눈꺼풀을 바람에 식히며, 오랜만에 나는 시원한 교외의 길을 걷고 있었다. 나는 경멸해야 마땅한 여자라고 소리치고 싶다! 타락한 여자인 듯한 생각이 든다. 숲을 달려 빠져 나오자, 문득 마쓰 씨가 애처롭고 가여운 생각이 들었다. 지친 아이처럼 자동차에서 자고 있는 마쓰 씨를 생각하니, 달려가 일으켜 줄까도 싶었다. 그렇지만 부끄러워할지도 모른다. 나는 마쓰 씨가 조용히 운전대에서 담배를 피우던 것을 생각하자, 역시 싫은 남자라는 생각이 들어, 아아 잘됐다 하고 가뿐해졌다. 누군가, 나를 귀여워해 줄 사람은 없을까…. 멀리 떠나간 남자가 생각나지만, 아아 7월 하늘에 구름이 떠돌아다닌다. 저건 내 모습이다. 들꽃을 꺾어들고, 프로방스의 노래라도 부를까.

(8월 x 일)

여급들에게 편지를 써 준다.

아키다(秋田)에서 막 온, 미키 씨가 연필을 핥으며 잠들어 있다. 술집에서는 주인여자가, 킹 오브 킹즈 한 병을 청주를 넣어 7병으로 만들고 있다. 먼지와, 무더위, 얼음을 많이 먹으면, 머리카락이 빠진다고 하는데, 얼음을 먹지 않는 요시(由)도, 냉장고에서 얼음 덩어리를 훔쳐 와서는 혼자서 와작와작 씹고 있다.

"저! 러브레터 말인데, 어떻게 시작하지?"

야에 씨가 새까만 눈을 이리저리 굴리며 빨간 입술로 말한다. 아키다(秋田)와 사할린, 가고시마(鹿兒島)와 지바(千葉)의 시골 여자들이, 가게 테이블을 둘러싸고 먼 고향에 편지를 쓰고 있다.

오늘은 거리에 나가 허리띠를 만들 모슬린을 샀다. 8자가 필요하니 1엔 2전이 들었다. 뭔가 안정할 수 있는 직업은 없을까 하고, 신문 안내란을 보고 있는데 좋은 자리도 없다. 언제나 늘 오는 의대생들 무리가 들어온다. 발랄한 남자의 체취가 밀물처럼 방안에 흘러 들어와, 학생을 좋아하는 야에 씨는 쓰고 있던 러브레터를 집어넣고, 양손으로 가슴을 누르며 모양을 내고 있다.

2층에서는 요시가, 사할린에 살았던 업(業)이라며, 내가 보기에 부끄러울 만치, 풀풀 냄새나는 약을 넣고는 곤히 누워 자고 있다.

"세상은 재미가 없어."

"조금도 말야…."

나는 요시의 하얀 피부를 보고 있으니, 이상하게 괴로운 기분이 들었다.

"나는 이래 보여도 아이를 둘이나 낳았어요."

요시는 하얼빈의 호텔 지하실에서 태어난 것을 떨쳐 버리려, 여러 곳을 걸어온 듯하다. 아이는 한국의 어머니에게 맡기고, 새로운 남자와 도쿄로 흘러 들어와선, 언제나처럼 남자를 먹여 살리느라 카페생활이라고 한다.

"옷이 한두 벌 생기면, 긴자(銀座)로 나서 볼까 생각중인데."

"이런 거, 언제까지고 할 일이 못 돼요. 몸이 엉망이 돼."

하루오(春夫)의 동창잔월(東窓殘月)의 기(記)를 읽노라니, 어쩐지 모든 게 꿈과 같이라는 한 구절이 눈에 쏙 들어오는 게, 아름답고 부드러운 말이었다. 모든 것이 꿈과 같이 차분히 있고 싶어지는 것이다. 휘발유로 보라색 옷깃을 닦으면서, "유미 씨! 어디로 가든 소식은 주세요." 하고 요시가 눈물을 글썽이며 내게 이런 말을 한다. 모든 것이 꿈과 같이….

"그런 책 재미있어."

"응, 전혀."

"좋은 책 아니야…. 나 다카하시(高橋) 오덴[43]의 소설 읽었어."

"이런 건, 우울해질 뿐이야."

(8월 x 일)

어디 가서 다른 카페라도 찾아볼까 생각하는 날도 있다. 마치 아편이라도 피우는 것처럼, 질척거리는 이 일에 빠진 것도 슬프다. 매일 비가 내리고 있다.

—여기서 우리들은 예술을 이해하는 두 가지 길을 발견한다. 인간이 이 가운데 어떤 길을 택할 것인가. 몽상! 아름다움이라는 작은 오아시스 탐구의 길을 택하든, 아니면 능동적 창조의 길을 택하든 물론, 어느 정도 이상의 높이와 상관이 있다. 이상이 낮으면 낮을수록, 그만큼 인간은 실제적이고, 이 이상과 현실 사이의 심연이 그에겐 보다 덜 절망적이다. 그렇지만 주로 그것은 인간 힘의 양, 에너지 축적, 그의 유기체가 처리하는 영양의 긴장력(緊張力)에 관계된다. 긴장을 가져오는 생활은 그 자연적인 보충으로서 창조, 투쟁의 긴장, 기다림을 가진다—

여자들이 목욕탕에 간 뒤 한낮 여급의 방에서, 루나찰스키의 『실증미학의 기초』를 읽고 있자니, 그런 내용이 있었다.

아아 아무리 노력해도 일거리를 구할 수 없는 지금의 생활과 불안정한 감정이, 나를 괴롭힌다. 나는 어두워진다. 공부를 하고 싶다고 생각한 뒤부터, 터무니없이 칠칠치 못한 부도덕한 야성이, 내 몸 속을 돌아다니고 있다. 진위를 알 수 없는 생활, 사느냐 죽느냐라는 두 갈래 길…. 밤이 되면, 백인의 나라에 팔려온 흑인 같은 쓸쓸함으로 부질없는 노래를 부른다. 모슬린 옷은 땀으로 옷깃에 감기면, 금방 찍 하고 틀어져 버린다. 아무 멋대가리 없는 이 더위로는, 서늘해질 때까지, 모든 것을 맡겨 두고 생존해 있는 것 이외에는 방법이 없다.

아무 조건도 없이 한 달에 30엔이나 주는 남자가 있다면, 풍족하고 괜찮은 생활을 할 수 있겠다는 생각을 한다.

(10월 x일)

한 자 길이의 사방 네모난 천창(天窓)을 바라보다, 처음으로 복숭아 빛이 나는 하늘을 보았다. 가을이 왔다. 요리사 방에서 밥을 먹으면서, 나는 먼 시골의 가을을 너무나 그리워하며 애타게 생각했다. 가을은 좋다. 오늘도 한 여자가 왔다. 머쉬멜로같이 하얀, 조금은 재미있는 여자다. 아아 싫어진다. 왠지 모르게 사람이 그립다. 어느 손님의 얼굴이건 하나의 상품으로 보이고, 어느 손님의 얼굴이건 피곤하다. 별로 할 일이 없어서 잡지를 읽는 척하며, 물끄러미 여러 가지 일들을 생각하고 있었다. 견딜 재간이 없다. 어떻게든 하지 않으면, 내가 나를 완전히 썩게 만들 것 같다.

(10월 x일)

넓은 식당 안을 정리해 버리고서야 내 몸이 된 것 같은 기분이 들었다. 정말로 어떻게든 하지 않으면 안 된다. 거의 매일 밤 생각하면서, 방으로 돌아가지만, 하루 종일 서 있기만 하기 때문에, 피곤해서 꿈도 꾸지 않고 금방 잠에 곯아떨어진다. 외롭다. 정말 시시하다. 일터에서 산다는 것은 괴로운 일이라고 생각한다. 일간, 출퇴근이 되도록 집을 찾아보려 생각하지만 아무래도 나올 수 있을 것 같지가 않다. 밤이 되자 자 버리는 게 아까워서, 어두운 방안에서 물끄러미 눈을 뜨고 있으니, 시궁창 쪽인 듯 모기 소리가 난다.

차가운 눈물이 칠칠치 못하게 흐른다. 울지 않으려 해도 흐느끼게 되는 눈물을 어쩔 수가 없다. 어떻게든 해야겠다 생각하면서, 낡은 모기장 안에 사할린 여자랑 가나자와(金澤) 여자들과 셋이서 베개를 나란히 하고 누운 것이, 내게는 어쩐지 구멍 가게에서 내놓은 가지처럼 쓸쓸했다.

"모기소리가 나네." 옆의 아키(秋) 씨에게 살짝 속삭이자, "정말 오늘 같은 밤은 술이라도 마시고 자고 싶네." 하고 아키 씨가 말했다.

사다리 계단 아래 누워 있던 도시 씨까지, "흥, 그 사람 생각이라도 한 거야…" 하고 말했다. 모두 외로운 산 뻐꾸기다. 싸늘한 가을 바람이 모기장 자락으로 불어온다. 12시다.

(10월 x일)

용돈이 조금 있었기 때문에, 오랜만에 일본머리로 올려 보았다. 일본머리는 좋다. 깔끔하게 다 올리면 눈썹까지 당겨서, 듬뿍 물기 머금은 옆머리를 올리고 앞머리를 빗어 올리면, 앞머리가 더부룩하니 이마 쪽으로 내려와서 다른 사람인 양 나도 아름다워진다. 거울에 추파를 흘려 본대도, 거울만이 홀딱 반해 줄 뿐이다. 이렇게 예쁘게 머리를 올린 날에는, 어딘가에 가고 싶다는 생각을 한다. 기차를 타고 멀리멀리 가 보고 싶다는 생각을 한다.

이웃 책방에서 은화를 1엔짜리 지폐로 바꿔 시골에 부칠 편지 속에 넣어 두었다. 기뻐할 거라고 생각한다. 편지 속에서 지폐가 나오는 건 나라도 기쁜 걸.

도라야키를 사서 모두 다 같이 먹었다.

오늘은 바람이 심하다. 비가 매우 많이 내리고 있다. 이런 날은 외롭다. 발이 돌처럼 딱딱하게 얼었다.

(10월 x 일)

조용한 밤이다.

"넌 고향이 어디지?"

금고 앞에서 자고 있던 나이 든 주인 아주머니가, 얼마 전에 온 도시 씨에게 말을 걸고 있다. 자면서 다른 사람 얘기를 듣는 것도 재미있다.

"저요···, 사할린입니다. 도요하라(豊原)라고 아세요? "

"아아, 사할린에서? 너 혼자 왔니?"

"예."

"거참, 넌 다부진 여자로구나."

"오랫동안, 하코다테(函館)의 아오야기초(青柳町)에도 있었던 적이 있습니다."

"좋은 데 있었구나. 나도 홋카이도(北海島)야."

"그러실 거라고 생각했습니다. 말투에 그쪽 사투리가 있는데요."

다쿠보쿠(啄木)의 시를 생각해 낸 나는 도시 씨가 좋아졌다.

하코다테(函館)의 아오야나기초(青柳町)야말로 슬프구나
친구의 사랑노래
수레국화 꽃

좋은 시라고 생각한다. 살아 있는 것도 즐겁지 않습니까. 정말로 뭔가 인생도 즐거운 것 같은 생각이 들었다. 모두 좋은 사람뿐이다. 초가을이다. 쌀쌀한 바람이 불어온다. 외롭지만 그런 대로 살고 싶다는 욕구가 솟아오른다.

(10월 x 일)

어머니가 예의 그 류머티즘으로, 몸 상태가 나쁘다고 한다. 월급이 전혀 없다.

손님이 잠시 안 오는 틈에 동화를 썼다. 제목 '고기가 된 아이 이야기' 11장. 어떻게든 해서 고향에 보내 드려야지. 늙어서 돈도 없이 의지할 사람도 없는 것은, 얼마나 비참한 일일까. 불쌍한 어머니. 조금도 돈을 달라고 하지 않으셨기 때문에 괜히 어떻게 계시는지 걱정하고 있습니다.

이런 생각을 한다.

"일간 나랑 우리 집에 놀러 가지 않을래, 시골은 참 좋아."

3년이나 이 집에서 여급으로 있는 게이(計)가 남자 같은 말투로 내게 권했다.

"으응, 가고 말고, 아무 때건 재워 주고?"

나는 그때까지는 돈을 조금 모으려고 생각한다. 이런 데 여급이 훨씬 친절하고 마음을 써 주는 것이다.

"난 말야, 사랑이니, 연정이니, 당신에게 반했습니다, 평생 동안 버리지 말아 주세요 따위의 바보 같은 일은 질색이야. 이런 세상에서 당신, 그런 약속 같은 건 아무것도 되지가 않아. 나를 이렇게 만든 남자는 말야, 대의원인가 그랬지만, 내게 아기를 가지게 하구선 끝이야. 우리가 사생아를 가지면 그게 요즘 말하는 모던 걸이야. 잘난 낯가죽…, 바보 같은 속세 아냐? 진심 같은 건 약에 쓸래도 없어. 내가 이렇게 3년이나 이런 일을 하고 있는 건, 내 아이가 불쌍해서야…."

게이 씨의 얘기를 듣고 있으니, 초조했던 기분이, 갑자기 밝아졌다. 멋들어지게 좋은 사람이다.

(10월 x 일)

유리창을 바라보고 있자니, 비가 전차처럼 지나간다. 오늘은 다소 하염없이 기다리기만 한다. 도시 씨는 불경기라고 투덜거리고 있다. 그렇지만 선풍기 받침대에 걸터앉아, 우울한 듯이 살아온 얘기를 하는 걸 보면 정직한 사람이라는 생각이 든다. 아사쿠사(淺草)의 커다란 카페에 있었는데, 친구에게 괴롭힘을 당해 나오고는, 아사쿠사의 점쟁이에게 물으니, 간다(神田)의 오가와초(小川町) 근처가 좋다고 해서 왔다고 한다.

게이(計) 씨가 "어이, 여기는 니시키초(錦町)야." 하고 말하자, "어머 그런가…" 하고 재미없는 얼굴을 했다. 이 집에서는 제일 예쁘고, 제일 정직하고, 제일 깨끗한 이야기를 지녔다.

(10월 x일)

일을 끝내고 목욕을 하자 상쾌한 기분이다. 넓은 식당을 정리하고 있는 사이에, 요리사랑 접시닦이가 목욕탕을 쓰고, 2층 넓은 객실에서 자 버리면, 우리들은 언제까지고 목욕을 즐길 수 있었다. 탕에 들어 있으면, 아침부터 조금도 앉지 못했던 우리들은, 모두가 피곤하기 때문에 멍해져 버린다. 아키 씨가 노래를 하기 시작하면, 나는 높은 자리 위에 아무렇게나 드러누워, 모두가 목욕탕에서 나올 때까지, 노래를 듣는다. ―당신 혼자 몸도 세상도 버렸다, 나는야 첫사랑에 시든 꽃이야― 어쩐지 정말 사랑해 줄 사람이 있으면 하는 생각이 들었다. 그렇지만 남자는 거짓말쟁이가 많지. 돈을 모아 태평스레 여행이라도 할까.

이 아키 씨에 대해서는 재미있는 얘기가 있다.

아키 씨는 대단히 말을 예쁘게 해서 낮에 30전짜리 정식을 먹으러 오는 대학생들은, 마가렛처럼 아키 씨를 환영했다. 아키는 열 아홉에 처녀라 대학생들이 좋아한다. 나는 다른 사람들 뒤에서 아키가 눈을 묘하게 움직이는 것을 보고 있었지만, 거무스름한 눈가, 그리고 생활에 찌든 옷깃의 주름을 보고 있으면, 결코 19살짜리 여자의 젊음은 아니라고 생각된다.

그날 밤, 모두 목욕탕에 갔을 때였다. 아키는 쓸쓸한 듯 맥없이 복도 구석에 언제까지고 서 있었다.

"어이! 아키, 목욕탕에 들어와 땀을 빼지 않으면 몸에 냄새나요."

게이 씨가 칫솔질을 하면서, 큰소리로 부르자, 이윽고 아키는 수건으로 가슴을 가리면서, 살짝 2평 남짓한 탕속으로 들어왔다.

"당신, 아이 낳은 일 있지?" 게이가 이렇게 물었다.

— 정원은 온통 새하얗다!

너 잊지는 않았겠지, 류바? 이봐, 저 긴 가로수길이, 마치 늘어놓은 혁대같이, 어디까지고 똑바로 길게 이어지고, 달밤에는 반짝반짝 빛난다.

너 기억하고 있겠지? 잊지는 않았겠지?

…

그래요. 이 벚나무 정원까지 빚쟁이에게 팔려 버렸으니까. 아무리 이상하다고 해 본들 별 수 없어요. —

하는, 체홉의 『벚꽃동산』의 주인공 가에프의 독백을, 헤어진 그 사람은 자주 읊곤 했다. 나는 어쩐지 찝찔한 추억에 취해, 삐뚜름한 유리창의 큰 달을 보고 있었다.

"예. 저는, 두 살이 되는 남자아이가 있어요."

아키 씨는 아무 망설임 없이, 가슴을 드러내놓고 첨벙이며 욕탕에 들어왔다.

"아, 나, 처녀요 하는 것도 이상하겠군. 나야 당신이 왔을 때부터 짐작하고 있었지. 그런데 당신도 무슨 슬픈 사정이 있어 온 거겠지만, 남편은 어떻게 된 거죠?"

"폐가 나빠서 아기랑 집에 있어요."

불행한 여자가, 여기저기 헤매고 있다.

"아니! 나도 아기를 가진 적이 있어요."

살이 쪄서 모델처럼 하늘하늘한 손발을 씻고 있던 도시 씨가 느닷없이 말했다.

"저는 3개월째에 낙태시켜 버렸어요. 뭐 울화가 치밀지도 않아요. 나는 도요하라(豊原) 시내에서도 모르는 사람이 없을 정도로 화려한 생활을 했었어요. 내가 시집간 집은 지주였는데, 너무나 개방적이라, 내게 피아노를 배우게 해 주었어요. 피아노 교사도 도쿄에서 온 피아노 연주자. 그 녀석에게 완전히 속아서 난 아이를 가져 버렸어. 그 자식 애인 줄은 확실하게 알고 있었으니까 말해 주었지. 그랬더니, 그 자식 말하는 게 좋지. "남편 아기인 걸로 하세요." 그러니 내 분해서, 그런 자식의 아이 같은 거 가지면 안 되겠다 싶어 겨자를 사발 가득 개서 마셨지. 후후후, 어디까지 도망가든 쫓아가서, 남들 앞에서 침을 뱉아 줄 작정이에요."

"아니."

"굉장하구나. 너."

동료다운 찬사가 좀체 끊이질 않았다. 게이 씨는 뛰어나와 목욕물을 몇 번이고, 몇 번이고, 도시 씨의 등에 끼얹어 주고 있다. 나는 숨막힐 듯한 절절함에 감동받았다. 약한 나, 약한 나…. 나는 침을 뱉어 주어야 할 배신한 남자의 머리를 생각하고 있었다. 말도 안 되는 바보는 나다!

사람 좋다는 게 무슨 위안이 되는 걸까.

(10월 x일)

문득 잠에서 깨니, 도시 씨는 벌써 준비를 하고 있다.

"너무 잤어, 빨리 하지 않으면 안 돼요."

목욕탕에 두 사람의 짐을 옮기자, 나는 한숨 돌렸다. 하카타 오비(博多帶)를 소리가 나지 않도록 묶고, 머리를 매만지고, 나는 두 사람의 게타를 툇마루에서 가지고 왔다. 아침 7시인데, 주방은 쥐가 눈을 깜빡이고, 사람 좋은 주인의 코고는 소리도 평화롭다. 게이 씨는 아이가 아파서 어젯밤 지바(千葉)에 돌아가고 없었다. 학생이랑 정식 손님만으로는 돈벌이가 안 되었다. 그만두고 싶다고, 그만두고 싶다고 도시 씨와 둘이서 소곤소곤 서로 얘기했지만, 점심 시간에 몰려오는 학생 손님에 비해 몇 안 되는 여급을 생각하면, 마음 약한 우리 두 사람은 참지 않으면 안 되었다. 돈이 들어오지 않으니, 재미 삼아 이런 일을 할 수도 없는 처지라 우리들은 도망가는 수밖에 없었다. 아침에 아무도 없는 넓은 식당 안은 무서우리 만치 적막하고, 식당 시멘트 연못에는, 빨간 금붕어가 헤엄치고 있다. 방에는 회색으로 더러워진 공기가 가라앉아 있었다. 골목길 쪽 창을 열고, 도시 씨는 남자처럼 휙 하고 땅바닥으로 뛰어내리자, 목욕탕의 높은 창문에서 떨어진 배낭을 집으러 갔다. 나는 책 두세 권과 화장도구를 싼 조그만 보따리뿐이었다.

"아니 이만치나 돼."

도시 씨는 상경하는 사람처럼, 뱀눈무늬 우산과 하늘색 파라솔을 들고 있다. 게다가 나무통 같은 배낭을 들고 있어서, 이건 마치 애절한 영화 속의 한 장면 같았다. 오가와초(小川町) 정류소에서 네다섯 대의 전차를 기다렸지만, 등교 시간인 탓인지, 오는 전차는 모두 학생으로 만원이었다. 오가는 사람의 웃음거리가 되어, 아침의 서늘한 빛을 받고 서 있으니 어젯밤부터 세수도 하지 않아 우리는, 좀 더럽게 보였을 것이다. 참을 수가 없어져서, 우리들은 국수집으로 뛰어들어가 처음으로 피곤한 다리를 뻗었다. 국수집 배달원이 친절하게 택시를 잡아 주어 두 사람은 약속한 신주쿠 청과상 2층까지 갔다. 자동차에 타고 있으니, 살아가는 일에 전혀 자신을 가질 수가 없었다. 너무 피곤해서 축 처져, 물을 무척 마시고 싶었다.

"괜찮아요! 그런 집은 나오는 게 좋아. 자기 의지대로 움직이면 난 후회 같은 건 안해요."

"힘내서 일할게. 당신은 열심히 공부하면 돼요."

눈을 감자, 눈물이 넘쳐흘러 견딜 수가 없었다. 적어도 도시 씨가 말한 게, 감상적인 소녀다운 꿈 같은 일이라 해도, 당장 의지할 곳 없는 내게는 그저 까닭 없이 기뻤다. 아아!

고향에 돌아가자…. 어머니의 품으로 달려가자…. 차창으로 아침의 건강한 푸른 하늘을 쳐다보았다. 지나가는 지붕을 바라보았다. 녹슨 쇠 색깔이 된 가로수 가지 끝에 참새가 날고 있는 것을 바라보았다.

초라하게 타향에서 걸식을 하지만[44)]
고향은 멀리 있어 생각하는 것….

예전에 이런 시를 어딘가에서 읽고 감동한 적이 있었다.

(10월 x일)

가을 바람이 불어온다. 도시 씨는 이전의 남편에게 끌려 사할린으로 돌아가 버렸다.

"추워지니까…." 하며, 가로세로로 갈색에 황색 줄무늬가 있는 비단직물로 된 솜 넣은 잠옷을 부끄러운 듯 놓아두고 도시 씨는 도쿄를 떠나 버렸다. 나는 아침부터 아무것도 먹지 않았다. 동화나 시를 서너 편 팔아도 그것 가지고 한 달 먹고 살 수는 없다. 배가 고프니까 동시에 머리가 몽롱해져, 내 사상도 녹이 슬어 무디어지는 것이다. 아아 내 머리에는 프롤레타리아도 부르주아도 없다. 그저 한줌 하얀 주먹밥이 먹고 싶을 뿐이다.

"밥 좀 먹게 해 주세요."

눈살을 찌푸릴 사람들이 떠오른다. 차라리 거친 바다 파도 속으로 몸을 던져 버릴까. 저녁이 되자, 세속의 모든 것을 모아 밥그릇 딸각거리는 소리가 아래층에서 들려 온다. 뱃속이 꼬르륵거리자, 나는 아이같이 슬퍼져서 저 멀리 밝은 유곽의 여자들이 문득 부러워졌다. 나는 지금 굶고 있다. 많던 책도 지금은 두세 권밖에 없고, 맥주 상자에는, 젠조(善藏)의 '아이를 데리고'[45]라느니, '노동자 세이료프' 나오야의 '화해'가 구겨져 들어 있을 뿐이다.

"또, 요리점에라도 가서 돈을 벌까?"

지긋지긋하도록 질려 버린 나는 오뚜기 인형처럼, 이상하게 흐느적거리는 몸을 일으켜, 칫솔이랑 비누랑 수건을 옷섶에 넣고, 바람 부는 저녁거리로 나갔다. 여급을 구하는 전단지가 나와 있을 것 같은 카페를 차례차례로 들개처럼 찾아다녔다. 그저 먹기 위해서, 그 무엇보다 내 위장은 뭔가 고형물을 원하고 있었다. 아아 어쨌든 나는 먹지 않으면 안 된다. 온 거리가 맛있어 보이는 음식으로 가득 차 있지 않은가! 내일은 비가 올지도 모른다. 습기를 머금은 바람이 표표히 불 때, 흥분한 내 콧구멍에, 상쾌한 가을의 과일 가게에서 너무나도 강렬하게 냄새가 풍겨 온다.

(10월 x 일)

군밤 소리가 그리워질 무렵이 되었다. 유곽을 지나는 군밤 장수의 쉰 목소리를 듣고 있으면, 묘하게도 쓸쓸해져서, 어두운 방에서 혼자 물끄러미 창을 보고 있다. 나는 어릴 때부터 겨울이 되면 자주 이가 아팠다. 어머니에게 응석 부릴 만한 나이였을 때에는, 다다미에 데굴데굴 구르며 울면, 철벅철벅 매실장아찌를 얼굴 가득히 발라주시고, 나는 딸꾹질을 해 가면서 울었다. 그렇지만, 이젠 인생도 절반 가까이 이르러, 여행지 하늘 아래, 이런 쓸쓸한 카페 2층에서 치통을 앓으며 누워 있으니 금방 고향의 들이랑 산이랑 바다, 헤어진 사람들의 얼굴이 떠오른다.

눈물을 머금고 이야기하는 신(神)은, 삐뚜름한 창 밖의 초연한 달님뿐이다….

"아직 아파?

슬쩍 올라온 기미(君) 씨의 커다란 히사시카미[46]가 달빛에 내 위로 검게 그림자 진다. 오늘 아침부터 아무것도 안 먹은 내 콧구멍에 김 냄새를 확 풍기며, 기미 씨는 내 머리맡에 초밥 접시를 놓았다. 그리고, 말없이 내 눈을 보고 있다. 마음씀씀이가 상냥하다고 생각했다. 괜히 눈물이 나, 옆은 이불 밑에서 지갑을 꺼내자, 기미 씨는 "바보!" 하고, 두꺼운 종이라도 두드리듯 가볍게 찰싹 내 손을 때렸다. 그리고 이불자락을 탁탁 하고 반듯하게 해 주고, 살며시 다시 뒷사다리를 내려갔다. 아아 그리운 세계다.

(10월 x일)

바람이 불고 있다.

새벽 무렵 가느다란 물색 뱀이, 슥슥 땅을 기고 있는 뱀꿈을 꾸었다. 거기다 연분홍빛 허리끈이 묶여 있어, 이상하게 일어날 때부터 가슴이 쿵쾅거려 견딜 수가 없다. 굉장히 즐거운 일이 생길 것 같은 느낌이 든다. 아침 청소를 끝내고, 멀거니 거울을 본다. 파랗게 부어오른 얼굴은 생활에 찌들고 황폐해져서, 나는 아아 하고 긴 한숨을 쉬었다. 벽 속에라도 들어가 버리고 싶었다. 오늘 아침에도 진흙 같은 된장국에 식은 밥인가 생각하자, 라면이라도 먹고 싶다. 아무것도 바르지 않은 멍한 내 얼굴을 보고 있으니, 갑자기 초조해져서, 입술에 빨갛게 루즈를 발라 보았다. 그 사람은 어떻게 지낼까, 끊어진 사슬을 살며시 잡으려 했지만, 너희들은 역시 풍경 속 가로수 나무같아…. 신경쇠약이 된 건지, 접시를 여러 장 드는 게 무서워졌다.

가게의 무명발 너머로 서늘한 시멘트 바닥 위에 가게에서, 재수 좋으라고 뿌리는 소금을 쌓아둔 것을 보고 있는데, 여학생 무리가 걷어차니까, 휙 흩어져서는 소금더미가 죽죽 줄어든다. 내가 이 집에 온 지 딱 2주일이 된다. 월급은 꽤 된다. 동료가 두 사람. 하쓰(初)라는 여자는 이름처럼 이런 곳이 처음이고, 이초가에시가 잘 어울리는 정말 예쁜 아가씨다.

"나는 요쓰야(四谷)에서 태어났지만, 12살 때, 이웃 아저씨에게 끌려와, 만주로 보내졌어요. 난 기생집에 바로 팔려서, 그 아저씨 얼굴도 곧 잊어버렸지만…. 난 거기 모모치요(桃千代)라는 아가씨와 넓고 반들거리는 복도에서 자주 미끄럼질을 쳤지요. 마치 거울 같았어요. 본국에서 연극극단이 오면, 모포를 뒤집어쓰고 장화를 신고 보러 갔어요. 땅이 얼어버리면 게타로는 걸을 수가 없거든. 그렇지만 목욕탕에서 나오면, 머리가 띵해져서 정말 이상해요. 난 6년 정도 있었지만, 만주 신문사 사람에게 이끌려 돌아올 수 있었어요."

손님이 먹고 마시고 간 후에, 이런 얘길 했다. 또 한 사람 나보다 하루 빨리 들어온 키가 큰 기미 씨는 모성적이고, 마음씨 좋은 여자였다. 유곽 입구에 있는 이 가게는 의외로 차분히 안정되어 있어서, 나는 두 여자와 금방 친해졌다. 이런 곳에서 일하는 여자들은 처음엔 꽤나 심술궂어서 딱딱하게 서로 조심을 하지만, 사이좋게 지내라는 따위의 말을 안해도 어느 순간 한 번 진심을 서로 보이면, 정신없이 바로 풀려서 십년지기처럼, 자매 이상으로 친해져 버린다. 손님이 안 오면, 우리들은 곧잘 달팽이처럼 동그랗게 둘러앉아 얘기를 했다.

(11월 x일)

어두침침한 하늘이다. 기미 씨와 서로 마주보고 있으니, 옛날에 어디선가 맡은 적이 있는 꽃향기가 난다. 저녁에 전차 길의 목욕탕에서 돌아오자, 언제나 마시러 오는 대학생인 미즈노(水野) 씨가 하쓰(初)에게 술을 따르게 하고선, 마시고 있다. "당신은 이제 알몸을 들킨 거래요." 하쓰는, 웃으면서 옆머리를 빗고 있던 내 얼굴을 거울 너머로 들여다보곤 이렇게 말했다.

"당신이 목욕탕에 가자, 바로 미즈노 씨가 와서 당신에 대해 묻기에, 목욕탕에 갔다고 했죠."

주정뱅이 대학생은 바람같이 가느다란 손을 흔들며, 머리를 탁탁 두드리고 있었다.

"거짓말이야!"

"아니! 방금 그렇게 말했잖아⋯. 미즈노 씨, 전차 길로 서둘러 가길래, 왜 그런가 했더니, 돌아와선, 미즈노 씨가 말야 여탕을 열었대. 그랬더니 주인이 이쪽은 여탕이에요⋯. 해서 말야, 그랬더니, 아아 병원인 줄 알았습니다 하고 한참 있었는데 마침 당신이, 다 벗은 참이었대, 미즈노 씨 되게 좋아하고 있어."

"흥! 꽤나 호색한 같은 얘기군."

내가 무척이나 얼굴이 빨개지니까, 대학생은 얇은 곤약 같은 손을 대고선, "화났어? 용서해 줘!" 하고 말한다. 무슨 소리야. 벗은 걸 보고 싶으면 전등불 아래서 다 벗어 보이죠! 나는 큰소리로 야단쳐 주고 싶었다. 하룻밤 내내 기분이 우울해서 삶은 계란을 7, 8개 탁자에다 부딪쳐서 깨뜨렸다.

(11월 x일)

꽁치 굽는 냄새는 계절을 부르는 소리다. 저녁이 되자, 유곽 안은 오늘도 꽁치 냄새, 창녀는 매일 꽁치만 먹어서 몸에 비늘이 생기는 거겠지. 밤안개가 하얗다. 전신주의 가느다란 그늘에 바늘 같은 그림자가 진다. 상점의 무명발 밖으로 나가, 달려가는 전차를 보고 있으니, 어쩐지 전차를 타고 있는 사람이 부러워져서 콧날이 시큰해진다. 살아 있는 것이 정말 지겨워졌다. 이런 곳에서 일하고 있으면, 너무나도 황폐해져서 나는 물건을 사는 체하다 훔치는 도둑이라도 되고 싶다. 여자 마적이라도 되고 싶어진다.

젊은 언니는 왜 우는 거야
박정한 남자가 그리운 거야….

그 누구든, 그 누구든 나를 비웃고 있다.

"킹 어브 킹즈 10잔 마셔 봐, 10엔 걸었다!"

머리칼이 보기 흉하게 반짝거리는 어떤 주정뱅이가, 문신 같은 10엔짜리 지폐를 탁자에 놓았다.

"별것 아니야." 나는 전등불 아래서 내 비참한 모습을 태연히 드러내며, 그 위스키 10잔을 다 마셔 버렸다. 잘난 척하던 녀석은 멍하니 나를 바라보고 있었는데, 져서 분하다는 듯 웃음지며, 쫓기듯 사라져 버렸다. 좋아한 건 카페 주인뿐이다. 아니 아니, 한 잔에 1엔인 킹 어브 킹즈를 10잔이나 저 아가씨가 마셔 주다니 하고…. 퉤퉤퉤 하고 토하고 싶어질 것 같다. 눈이 뜨겁다. 모두가 증오스러운 자식들뿐이다. 아아 나는 정조가 없는 여자입니다. 한 번 발가벗고 춤이라도 추어 보여 드릴까요. 고상하신 분들이여, 눈살을 찌푸리고, 별이여 달이여 꽃이여 읊조리지만 나는 거칠게 자라, 누구에게도 폐를 끼치지 않고 살아가려 생각하니, 엉엉 하고 울고 있을 수는 없다. 남자에게서 얻어먹으려 생각하면, 나는 그 한 10배쯤은 일하지 않으면 안 된다. 진실한 동지여 하고 부르는 친구조차 비웃고 있다.

노래하는 것을 들으면 우메카와(梅川)여[47)]
잠시 동안의 정을 버려도 좋으니
누구든지 사랑하며 어울려
그건 주베에(忠兵衛)의 꿈이야기

시를 짓고서, 기분이 좋아서, 나는 유리창을 열고 밤안개를 가득히 마셨다. 저런 싸구려 값싼 위스키 10잔에 취하다니…. 아아아 밤하늘을 우러러보라, 현란한 무지개가 걸렸다. 기미 씨가, 큰 눈을 뜨고, 그러면 괜찮아, 그렇게 하면 가슴이 아프지 않아, 네 가슴을 아프게 하지는 않아 하며, 나를 꽉 잡고 2층으로 올라갔다.

상냥하구나 나이도 아직 젊고[48)]

아직 첫사랑의 순수함으로
손에 손을 잡고 가는 사람아
무얼 숨기는가 그 모습

좋아하는 시다. 눈물이 철철 넘쳐흘러, 내 몸과 마음은 멀고 먼 땅끝까지 훨씬 뒷걸음질 쳤다. 슬슬 시계 나사가 풀리기 시작하면, 봄날 저녁[49] 유곽의 되바라진 아이가 와서, "저 어르신! 생각 있으시면…. 저 어르신 생각 있으시면…" 하고 조르고 있다.

이제 존재도 희미한 그런 불구자 같은 건 집어치워 버려! 어쩐지 그런 아이들의 튼 살결에 화장 짙은 얼굴을 보고 있으면, 참을 수 없을 만치 나도 누군가에게 매달리고 싶어진다.

(11월 x 일)

주방에서 세 끼 밥을 먹으면 주인이 언짢아한다고 해서 손님들에게 밥을 사게 하는 건 정말 싫다. 2시가 문 닫는 시간이라 해도, 유곽에서 나오는 손님이 많으면 새벽까지도 모른 척하고 주인은 가게 문을 닫으려 하지도 않는다.

콘크리트 바닥이 이상하게 윙윙거려 동맥이 모두 얼어 버릴 것처럼 살갗에 소름이 끼친다. 썩어서 눅눅해진 시큼한 술냄새가 난다.

"지겹게 되어 버렸군."

하쓰는 맥주로 흠뻑 젖은 소매를 쥐어짜면서 멍하니 서 있었다.

"맥주!"

벌써 4시가 지나 정말 반갑게도 먼 데서 닭 우는 소리가 들린다.

신주쿠역 기차의 기적이 울리자 제일 마지막으로 내 차례에 겉만 번지르르해 보이는 남자가 들어왔다.

"맥주!"

어쩔 수 없이 나는 맥주를 따서, 컵에 넘치도록 따랐다. 지겹게도 험악하게 천장만 보고 있던 남자는, 그 맥주를 한 잔 쭉 들이키고는 너무나 속이 빤히 들여다 보이게 "뭐야! 에비스 맥주야! 마음에 안 들어"라는 말을 내뱉고는 자못 시원스럽게 안개 짙은 도로로 휙 나가 버렸다.

어이가 없고 갑자기 울화가 치밀어서, 남은 맥주병을 들고, 그 남자의 뒤를 쫓아갔다. 은행 옆을 돌아가려던 그 남자의 검은 그림자를 향해서 맥주병을 냅다 탁 내던졌다.

"맥주가 마시고 싶으면, 어디 마시게 해 드리지요."

맥주병은 요란한 소리를 내며 산산조각이 나서 술방울이

튀었다.

"뭐야!"

"바보같으니!"

"나는 테러리스트야."

"아니, 그런 테러리스트도 있나…. 의외로 변변찮은 테러리스트로군."

걱정이 되어 달려온 주인과 자동차 운전수들이 두세 명 오자, 그 별난 테러리스트는 당황해서 골목길로 사라져 버렸다.

이런 장사 따위 그만둬 버리고 싶다….

그래도 홋카이도에서 온 아버지의 편지에는 "지금은 돌아갈 여비도 없으니까 조금이라도 좋으니 보내 달라"고 씌어 있었다.

추위에는 견디지 못하는 아버지, 어떻게 해서라도 4, 50엔은 보내 드려야 한다.

조금만 더 일하면 나도 홋카이도로 건너가서 아버지와 차라리 행상이나 하러 돌아다녀 볼까 하는 생각도 해 본다. 오뎅 가게의 포장마차에 머리를 들이밀고, 젓가락에 어묵을 푹 찌른 하쓰가 가게의 등을 끄고 열심히 찻물에 밥을 말아 먹고 있었다. 나도 흥분 후의 떨림을 가라앉히고, 기미는 내 앞치마를 끌러 주고는 오뎅을 안주로 술을 한 잔 따라 주었다.

(12월 x 일)

아사쿠사는 좋은 곳이다.

아사쿠사는 언제 와도 좋은 곳이다…. 템포가 빠른 불빛 속을 빙글빙글 돌아다니는 나는 떠돌이 카추샤다. 오랫동안 크림을 바르지 않은 얼굴은 도자기처럼 굳었고, 싼 술에 취해 누구 하나 무서운 게 없다. 아아, 나는 여자 주정뱅이입니다. 술에 취하기만 하면 울기 일쑤고, 저린 손발은 제멋대로 따로 놀 것 같은 이 지독한 기분…. 술이라도 마시지 않고서는 세상은 너무나도 바보 같아서, 착실한 얼굴을 하고서는 다닐 수가 없다. 저 사람이 다른 여자가 생겼다고 한들 그게 도대체 뭐란 말인가. 진실은 슬픈 것이지만, 술은 넓은 세상을 모른다고 한다. 거리의 등불이 갑자기 꺼져서 어두워지자, 영화관의 벽에다 일그러진 얼굴을 붙이고, 거칠어진 얼굴을 보고 있자니, 아아, 내일부터 공부를 해야겠다는 생각이 들었다. 꿈속에서 들려 오는 것 같은 영화관 속의 악대. 세상 물정을 모르고 자포자기가 되어 버린 나 자신에게 정나미가 떨어져 화가 치민다. 빨리 나이를 먹고 싶다. 그러면 좀 나아질 듯한 생각이 든다. 술에 취해 휘청거리는 나 자신을 생각하면 길바닥에 벌려놓고 하는 싸구려 연극처럼 내 얼굴을 가리고 싶다. 아사쿠사는 술을 마시기에 좋은 곳. 아사쿠사는 술에서 깨어나도 좋은 곳이다. 한 잔에 5전 하는 단술, 한 잔에 5전 하는 단팥죽, 한 꼬치에 2전인 구운 닭고기는 아무래도 부담되지 않는 멋진 요리일 것이다.

금붕어처럼 바람을 맞고 있는 연극 극장의 깃발을 본다. 그 깃발 가운데에는 나를 사랑했던 남자의 이름도 빛이 바래져 있다.

와하하, 와하하 항상 똑같은 저 소리로 나를 비웃고 있다. 자 여러분 안녕히 계세요. 몇 년 만에 올려다본 밤하늘의 차가움, 내 가타아게는 인조견이 섞여 있는 것입니다. 다른 사람이 어깨에 손을 얹은 것처럼, 휙휙 바람이 피부를 스쳐 갑니다.

(12월 x 일)

아침에 잠자리 속에서 먼저 담배를 피우는 것은 외로움을 잘 타는 여자에게는, 더할 나위 없는 위로가 됩니다. 천천히 원을 그리며 떠올라가는 보라색의 연기는 유쾌하다. 햇빛을 머리에 가득 쬐고, 거기다 오늘은 좋은 일이 있도록…. 빨강에 검정에 분홍에 노랑색 같은 낡은 옷을 다다미 3장짜리 방 가득히 벗어제치고도 마음 편하게 혼자 사는 여자라, 꾸벅꾸벅 졸고 있는 나는 양지의 거북이 새끼 같다. 카페에, 고깃집이니 하는 귀찮은 일보다도, 차라리 포장마차라도 내서 오뎅 가게라도 해 볼까. 누가 웃건, 그가 험담을 하려 하건, 빨간 옷자락을 걷어지르고 어머나, 한 번 놀아 볼까! 하는 심정이다. 포장마차라도 하나 시작해서 어떻게든 올해의 매듭을 짓고 싶은 것이다. 곤약, 튀긴 유부, 어묵에 오뎅, 얼얼한 겨자에다, 입에 머금을 듯 술을 마시고, 싱싱한 시금치 절임이니까, 기력을 냅시다. 하지만 나는 어떤 지점까지 오면, 꼼짝달싹못하고 무너져 버린다. 가령 그것이 보잘것없는 일이라도 그런 공상을 하면 아이처럼 즐거워진다.

가난한 아버지와 어머니에게 기댈 수는 없고, 여기저기 일해 봤자 한 달에 책 한두 권 살 수 있을 뿐이다. 이유 없이 마시고 먹고 그걸로 끝이다. 3장 다다미 방을 빌려서 최소한의 생활은 하더라도, 저축도 어렵게 되어 버렸다. 이렇게 생활에 대책이 안 서고 희망이 없어지니, 정말 도둑질이라도 하고 싶어진다. 그렇지만 근시라 눈이 나빠 단번에 잡혀 버릴 것을 생각하면, 문득 우스워지고 차가운 벽에 나의 가소로움이 부딪혀 돌아온다. 어떻게든 돈을 갖고 싶다. 나의 흐리멍텅한 착각은 한없이 공상에 빠져들어 저녁까지 푹 잠들어 버렸다.

(12월 x일)

기미 씨가 권유해서, 둘이서 또 뭔가 괜찮은 장사를 찾으려고, 조그만 신문 조각을 가지고 요코하마(橫浜)행 전철을 탔다. 지금까지 일하던 카페가 한산해지자 기미도 같이 그곳을 그만둬 버려서 기미 씨는 한동안 이타바시(板橋)의 남편한테 돌아와 있었던 것이다. 기미 씨의 남편은 그녀보다 30살 정도 연상이라 처음에 이타바시의 그 집을 방문했을 때, 나는 그 남자를 기미 씨의 아버지인 줄로 잘못 생각하고 말았다. 기미 씨의 양모와 기미 씨의 아이들. 뭔가 분주한 그 가정은 복잡한 것을 귀찮아하는 성격의 나로선 좀 이해하기 어렵다. 기미 씨도 그런 건 잠자코 별로 이야기도 하지 않는다. 내게 누가 그런 것을 묻는다면 나 또한 가슴이 아플 것이다. 두 사람 모두 말없이 전차에서 내리자, 푸른 바다를 바라보며 언덕으로 나와 보았다.

"오랜만이에요. 바다를 보는 건…."

"춥긴 해도 좋네. 바다는…."

"좋구말구요. 이렇게 남자다운 바다를 보고 있으면 알몸으로 뛰어들고 싶어. 마치 파란 색이 녹아 있는 것 같지 않아요?"

"정말! 무서워."

넥타이를 팔락이며 두 명의 서양인이 관목에 앉아 파도가 거친 경치에 넋을 잃고 있다.

"호텔은 저기에요!"

재빨리 잘 찾아내는 기미 씨가 발견한 것은 하얀 집오리 오두막 같은 작은 술집이었다. 2층의 비뚤어진 창문에는 얼룩투성이 모포가 햇빛을 받고 있다.

"돌아가요!"

"호텔이란 게 이런…."

자주색 옷을 입은 초라한 여자가, 호텔 현관 앞에서 검은 개를 달래고는 혼자서 킥킥 웃고 있었다.

"실망했어…."

두 사람 모두 다시 입을 다물고 저편의 차갑고 막막한 바다를 보고 있다. 까마귀가 되고 싶다. 작은 가방이라도 들고 여행을 한다면 좋을 텐데 하는 생각이 들었다. 기미 씨의 일본식 머리가 바람에 날려 눈 오는 날의 버드나무처럼 사랑스럽게 보였다.

(12월 x 일)

바람이 우는 하얀 하늘이다!

겨울의 멋진 차가운 바다다.
미치광이조차 빙글빙글 춤을 추고
눈이 번쩍 뜨일 것 같은 큰 바다다.
시코쿠(四國)까지 한 줄기 항로다.

모포가 20전, 과자가 10전
3등 객실은 막 죽은 미꾸라지로 만든 추어탕처럼
엄청나게 바글거린다.

물보라다. 비 같은 물보라다.
아득히 보이는 하얀 하늘을 바라보며
11전이 든 지갑을 쥐고 있었다.
아아. 바트 담배라도 피고 싶다.
오오! 하고 소리쳐도
바람이 불어 지우고 가요.

하얗고 커다란 하늘에
나를 배신한 남자의 얼굴이
그토록 크게, 그토록 크게
아아. 역시 쓸쓸한 혼자만의 여행이다!

뱃속을 흔드는 것처럼, 멀리서 증기 기관차 소리가 들린다. 납빛으로 물든 작은 소용돌이가 몇 개인가 바다 저쪽으로 하나씩 하나씩 사라져 가고, 윙윙 소리를 내는 차가운 12월 바람이, 이초가에시로 틀어올린 머리를 뺨에 갖다 붙일 듯 흩어 놓는다. 야쓰구치[50]에 양손을 넣어서, 가만히 내 부드러운 젖가슴을 눌러 본다. 차가운 유두의 감촉이, 이유 없이 서글픈 눈물을 자아낸다.

아아, 모든 것에 실패했다.

도쿄를 떠나 멀리, 푸른 바다 위를 힘차게 달리고 있으니, 교제했던 여러 남자와 여자 얼굴이 하나하나 하얀 구름 사이로 뭉게뭉게 피어올라 나를 빤히 보는 것 같다.

어제는 하늘이 너무나 푸르렀기 때문에, 오랜만에 고향이 그리워져서, 나는 무리를 해서 그만 기차에 타 버렸다. 그래서 오늘 아침은 벌써 나루토(鳴門) 앞바다에 와 있는 것이다.

"손님! 식사요!"

아무도 없는 새벽의 승강구 발판 위에서, 나의 공상은 역시 고향을 뒤로 한 채, 도쿄로 달리고 있다. 고향도 없는 떠돌이 신세인지라 특별히 금의환향할 필요도 없지만 왠지 쓸쓸한 기분이 가득했다. 동굴같이 어두운 3등 선실로 돌아와서, 내 모포 위에 앉았다. 붉은 칠이 벗겨진 쟁반 위에는 맛

없어 보이는 녹미채 삶은 것과 된장국이 놓여 있었다. 침침한 등불 밑, 많은 여행자와 순례자, 아이를 데리고 따라온 어부의 부인 가운데에 섞여서, 나도 어쩐지 근심스럽게 여심(旅心)을 느끼고 있다. 내가 이초가에시로 머리를 묶고 있었기 때문에 "어디서 오셨죠?" 하고 묻는 노파가 있는가 하면, "어디까지 가실 작정입니까?" 하고 묻는 젊은 남자도 있었다. 2살 남짓한 갓난 아기 옆에 붙어서 자고 있던 젊은 엄마가 작은 소리로 고향에서 이전에 들은 적이 있는 자장가를 부르고 있었다.

모두 잠든 동네
잘도 자네요.
아침 일찍 일어나세요.
새벽에 항구의 바람이 몸에 스미니까
밤에는 일찍 자는 거예요.

생활에 지친 도시 한 구석에서 지쳐 있기보다도 이렇게 산뜻한 바다 위에서, 자유롭게 느긋이 숨을 쉴 수 있다는 건, 아아, 역시 산다는 것도 좋은 일이라고 생각한다.

(12월 x 일)

샛노랗게 바랜 미닫이문을 열고, 서서히 그쳤다 내리는 눈을 물끄러미 보고 있으면 그 모든 것을 모조리 잊어버리게 된다.

"어머니, 올해는 꽤나 눈이 이르네요."

"으응."

"아버지도 추워서 고생하고 있겠군요."

아버지가 홋카이도(北海島)로 가신 지 이제 넉 달 남짓 된다. 너무 먼 곳까지 장사를 벌려서인지 생각만큼 돈벌이가 안 되고 내년 봄쯤 시코쿠(四國)로 돌아오겠다는 아버지 편지가 왔다. 이곳도 꽤 추워졌다.

날씨가 추워지면서 나란히 늘어선 낮은 도쿠시마(德島) 거리도, 우동 가게의 국물 우려내는 냄새가 진동하고, 마을을 흘러가는 강물이 희미한 수증기를 토하기 시작했다. 머무는 손님도 점차 줄어들자, 어머니는 가게에 등불을 밝히는 것조차 망설였다.

"추워지면 사람들이 움직이질 않잖아…."

딱히 고향이라고 할 만한 곳이 없는 우리 가족 세 명이, 처음으로 자리잡은 곳이 바로 이 도쿠시마였다. 여자들이 아름답고, 강이 깨끗한 이 도시 한편에, 낡아빠진 여인숙을 시

작하고서, 나는 비로소 봄, 가을을 도쿠시마에서 맞이했지만, 그것도 내가 어렸을 때의 옛날 일이다. 이제 이 여관도 낡을 대로 낡았고, 지금은 어머니 혼자 하는 부업이 되어 버렸다. 아버지와 어머니를 버리고, 도쿄에도 지쳐서 돌아온 내게, 옛날의 서툴게 쓴 연애편지와, 커다랗게 히사시가미[51]로 묶은 사진을 낡은 장롱 바닥에서 꺼내 보면 그리운 옛날의 꿈이 점점 되살아난다. 나가사키(長崎)의 노란 짬뽕 우동과 오노미치(尾道)의 천광사 벚꽃과, 니유강(ニユ川)에서 배웠던 조가시마(城ヶ島)의 노래,[52] 아아, 모든 것이 그립다. 그림을 배우기 시작할 무렵 그린 서툰 데생 몇 장인가가 갈색으로 빛바래져 있다. 창고방에서 그런 것들을 꺼내 보니 옛날에 나는 마치 딴 세계에 있었던 것 같다. 밤, 화로 앞에 마주앉아 가게를 세낸 월금(月琴)[53]연주가 부부가 화로 앞에 마주앉아 초연하고 쓸쓸한 노래를 부르면서 월금을 켜고 있었다.

밖에는 소리를 내며 진눈깨비 같은 눈이 내리고 있다.

(12월 x 일)

오랜만에 해변의 날씨 같다. 2, 3일 전부터 머무르고 있던 나니와부시를 부르는 연예인 부부가 두 사람 다 검은 머리띠를 머리에 두르고, 아침 일찍 나가자, 그을린 넓은 부엌에는 정어리를 굽고 있는 어머니와 나, 두 사람뿐이었다. 아아, 시골도 따분해졌다.

"너도 적당히, 멀리 가지 말고, 여기서 자리잡는 게 어떠냐, 너를 맞아들이고 싶다는 사람이 있는데…."

"그래요? … 어떤 사람이에요?"

"본가는 교토의 성호원이라는 과자집인가 그렇다더라. 나중에 과자집을 상속할 사람이지만, 지금은 여기에 와서 시청에 근무하고 있다고 하는데…. 좋은 남자야."

"…"

"어떻게 할까?"

"만나볼까, 재미있네…."

모든 것이 애들처럼 유치하게도 유쾌했다. 시골처녀가 되어 순진하고 앳되게 얼굴을 붉히고 차를 마시거나, 우물의 두레박을 올렸다 내렸다 할 생각을 하니, 나도 처녀처럼 마음이 들뜬다. 아아 정열의 송충이, 나는 한 남자의 피를 족제비처럼 달라붙어 먹고 싶은 기분이 든다. 추워지자 남자의 살갗이, 이불처럼 그리워지는 것이다.

도쿄로 가자. 저녁 산책길에 어느덧 발이 향한 곳은 역으로 가는 길이다. 역의 시간표를 보고 있으니 눈물이 나와 견딜 수가 없다.

(12월 x 일)

빨간 구두의 끈을 풀고 그 남자가 객실 방으로 올라오자, 이상하게 위가 거북해지는 것 같아서 나는 바로 앞에서 미간을 찌푸리고 말았다.

"당신 몇 살이죠?"

"나 말입니까? 스물 둘입니다."

"아…, 그러면 내가 위군요."

징그러운 눈썹에 입술이 두꺼운 그 얼굴은 어디선가 본 기억이 있는 것 같았지만 생각이 나지 않았다. 문득, 나는 기분이 좋아져서 휘파람이라도 불고 싶어졌다.

달이 밝은 밤이다. 별이 높이 빛나고 있다.

"거기까지 배웅해 드릴까요…."

이 남자는 이상하게 여유 있는 모습이다. 내리는 걸 잊어버린 국기 밑을 빠져 나가, 달이 밝은 거리로 나가자, 탁한 숨을 확 하고 한 번에 뱉아 낼 수가 있었다. 두 구역을 지나도록 두 사람 모두 말없이 걷고 있다. 강물이 묘한 슬픔을 불러일으키며 가슴에 와 닿아 나 자신이 한심스러워졌다. 남자 같은 건 모두 불을 지펴 태워 버려라. 나는 부처님이라도 사랑해 볼까. 나무아미타불 부처님은 이상하게 요염한 눈을 하고 요 며칠간 나의 꿈에 몰래 오신다.

"그럼 안녕, 댁도 착한 신부감 얻으세요."

"예?"

귀여운 남자여, 시골사람은 소박하고 좋다. 내 말을 알아들었는지 모르는지, 긴 달 그림자를 드리우고 이웃마을로 가버렸다. 내일이야말로 짐을 싸서 여행을 가야지….

오랜만에 집 앞에 켜진 여관등을 보고 있자니 불현듯 머리를 얻어맞은 것처럼 어머니가 가여워져서 나는 쇠약해진 올빼미 눈 같은 가로등을 뚫어지게 바라보고 있었다.

"추운데…. 술이라도 마실까."

거실에서 어머니와 마주보며 한 홉의 술을 주고받는 것으로 기분이 좋아진다.

부모와 자식이란 건 좋은 거라는 생각을 하며, 거리낌없는 편안한 기분으로 어머니의 얼굴을 보았다. 쥐가 많은 그을린 천장 밑에 또 어머니를 두고 가는 것이 가엾고 애처로웠다.

"그런 사람은 싫어요."

"마음씨는 좋은 남자 같던데…."

쓸쓸한 희극이다. 아아, 도쿄에 있는 친구들이 모두 그리워하며 기다릴 편지를 한껏 써야지.

(1월 x 일)

바다는 새하얗습니다.
도쿄로 여행 떠난 그날
푸른 밀감 첫 열매를 자루 가득 담아서
시코쿠의 모래 해변에서 덴진마루(天神丸)에 탔습니다.

바다는 심술사납게 거칠어져 있었습니다만,
하늘은 거울처럼 빛나서
당근등대의 붉은 색이 눈에 스며들 정도로 빨갛습니다.
섬에서의 슬픔은
깨끗이 버려 버리려고
나는 차가운 바닷바람을 맞으며
멀리 달리는 범선을 보았습니다.

1월의 하얀 바다와
설익은 밀감의 향기는
그날의 나를
팔려가는 여자처럼 섭섭하게 했습니다.

(1월 x일)

눈 내리는 어두운 하늘이었다. 아침 밥상 위에는 된장국에 고야(高野)두부에 검은 콩이 차려져 있다. 모두 다 싱거운 맛이다. 도쿄는 슬픈 추억뿐이다. 오히려 교토나 오사카에서 살아 볼까 하고 생각한다…. 덴보잔(天保山)의 여인숙 2층에서 언제까지고 울고 있는 고양이 소리를 쓸쓸히 들으면서, 나는 멍하니 엎드려 있었다. 아아, 이렇게도 살아간다는 게 어려운 것인가….

몸도 마음도 지쳤다. 소금기 배인 이불은 마치 생선 창자처럼 미끌미끌하고 더럽다. 바람이 바다를 치고, 파도소리가 높다.

나는 빈털터리다. … 살아가는 재주도 없고 살아가는 풍요로움도 없는 데다, 살아가는 아름다움도 없다. 게다가 남은 것은 핏기 많은 몸뿐이다. 나는 심심하면 한 쪽 다리를 구부리고, 학처럼 빙빙 객실 안을 돌아다녀 본다. 오랫동안 글자를 읽지 않은 눈으로, 하루 1엔부터라고 벽에 붙어 있는 문구를 주워 읽을 뿐이었다.

저녁부터 눈이 내렸다. 이쪽을 봐도 저쪽을 봐도 여행지의 하늘이다. 다시 한 번 시코쿠의 고향으로 돌아갈까도 생각한다. 너무나 쓸쓸한 여관이다. '옛 사랑의 상처에 마시는 해장술' 이라도 즐기며 꼼짝않고 싶은 밤이다. 한 장뿐인 엽서를 들여다보며, 언제부터인가 외운 하이쿠[54]를 갈겨 쓰면서, 도쿄에 있는 많은 친구들을 떠올리고 있었다. 어느 누구건 자기 일에 바쁜 사람들 얼굴뿐이다.

기적 소리가 들리자 나는 창문을 열고 눈 오는 밤의 가라앉은 항구를 바라본다. 파란 등불을 켠 배가 몇 척이나 잠들어 있다. 당신도 나도 방랑자. 눈이 내리고 있다. 그간 잊고 있었던, 멀리 떠나 버린 첫사랑의 남자가 갑자기 그리워졌다. 이런 밤이었다. 그 남자는 조가시마의 노래를 부르고 있었다. 침종(沈鍾)[55]의 노래도 불렀다. 그리운 오노미치의 바다는 이렇게 파도가 거칠지 않았다. 둘이서 뒤집어쓴 망토 속에서, 성냥을 켜, 서로 바라보던 얼굴, 싱거운 이별이었다. 일직선으로 추락했던 여자여! 라는 마지막 편지를 받고 벌써 7년이나 된다. 그 남자는 피카소의 그림을 논하고, 괴테의 시를 사랑했다. 나는 머리를 후려갈기는 강한 손의 통증을 느꼈다. 어디에선가 샤미센 소리가 나고 있다. 나는 멍하니 앉아 언제까지고 휘파람을 불고 있었다.

(1월 x 일)

자아! 맨손으로 무엇이건 다시 하는 거다. 시의 직업소개소 문을 나와서 덴마(天滿)행 기차에 탔다. 소개받은 곳은 모포 도매상이다. 이래 보여도 나는 여학교를 졸업한 여사무원이다. 어두침침하게 달리는 상가를 바라보며 나는 오사카도 재미있다고 생각했다. 아무도 모르는 곳에서 일하는 것도 좋을 것이다. 냇가의 헐벗은 버드나무가 비비대면서 강한 바람에 흔들리고 있다.

모포 도매상은 의외로 큰 가게였다. 내부가 길고 입구가 넓은 그 가게는 왠지 조개껍질처럼 어두웠다. 일하고 있는 일고여덟 명의 점원들은 병적으로 창백한 얼굴로 서서 분주히 일하고 있었다. 제법 긴 복도였다. 모든 게 반짝반짝 구석까지 손질되고, 오사카사람답게 취향이 조촐하고 아담한 객실에, 나는 처음으로 늙은 여주인과 마주앉았다.

"도쿄에서 어떻게 여기로 왔어요?"

엉터리로 본적을 도쿄라고 해 버려서 나는 잠시 어떻게 말해야 좋을지 몰랐다.

"언니가 있어서…."

이렇게 말해 버리자 나는, 또 늘 그랬듯이 귀찮은 마음이 되어 버려서, 거절당한대도 할 수 없는 일이라고 생각했다.

여종업원이 예쁜 과자 접시와 차를 가져왔다. 한동안 차와도 인연이 없었고, 단것도 먹은 적이 없다. 세상에는 이렇게 온화한 집도 있다.

"이치로(一郎)!"

여주인이 조용히 부르자. 옆방에서 아들인 듯 침착해 보이는 스물대여섯의 남자가 막대기같이 들어왔다.

"이 사람이 여기서 일하고 싶어하는데…."

배우처럼 섬세하게 생긴 그 젊은 주인은 반짝이는 눈으로 나를 보았다.

나는 어쩐지 창피를 당하러 온 것 같은 느낌이 들어 손발이 저려 오는 것 같았다. 너무나 인연이 먼 세계다. 나는 빨리 물러나고 싶은 기분으로 가득 찼다. 덴보잔의 선숙(船宿)으로 돌아왔을 때는 이미 날이 저물어 배가 많이 들어와 있었다. 도쿄의 기미한테서 엽서가 와 있다.

"뭘 우물쭈물하고 있어요? 빨리 오세요. 재미있는 장사가 있습니다."

어떤 곤경에 처해 있어도 그 사람은 활기가 넘친다. 오랜만에 나도 발랄해진다.

(1월 x일)

안 될 거라 생각했던 모포 가게에서 드디어 일하게 되었다.

닷새 만에 덴보잔의 싸구려 여인숙을 나와, 짐바구니 하나에 갈 곳 없이 지냈던 나는, 팔려가는 강아지처럼, 모포 가게에 들어가 살게 되었다. 낮인데도 실내에는 소리가 나는 가스등이 켜져 있다. 넓은 사무실 안에서, 많은 봉투를 쓰면서 나는 자주 영문을 알 수 없는 꿈을 꾸었다. 그리고 몇 번이나 실수를 하고는 내 얼굴을 때렸다. 아아, 유령이라도 될 것 같다. 파란 가스등 빛으로 물끄러미 양손을 모으고 바라보니, 손톱 하나하나가 노랗게 물들어서, 나의 열 손가락은 누에처럼 환히 들여다보인다. 3시가 되면 차와, 야쓰하시과자를 수북 담아 가게로 내온다. 점원은 모두 9명 있었다.

그중에서도 어린 사환이 6명인데 배달하러 나가기 때문에, 누가누군지 아직 나로서는 모른다. 여점원은 허드렛일을 하는 구니(國) 씨와 그 위에 이토(絲) 씨, 두 사람뿐이다. 이토는 옛날 궁중 하녀같이 졸린 듯한 얼굴을 하고 있었다. 간사이(關西) 지방 여자는 언행이 부드러워서 무엇을 생각하고 있는지 확실히 알 수가 없다.

"멀리서 오셔서, 이런 곳에 나와 있어요?"

이토 씨는 모모와레로 빗어 올린 머리를 갸웃거리며, 힘을 단단히 주어 실을 바싹 당기면서, 본 적도 없는 것 같은 이불을 깁고 있었다. 젊은 주인인 이치로 씨에게는 19살짜리 신부가 있는 것도 이토 씨가 가르쳐 주었다. 그 신부는 이치오카(市岡)에 있는 별장에 아이를 낳으러 가 있다고 하는데 집은 왠지 맥이 빠진 듯 조용했다. 밤 8시에는 벌써 정문을 닫아 버리고, 지배인과 남자 점원들은 모두 어디로 틀어박혔는지 모두 사라져 버린다. 풀이 잘 먹은 딱딱한 이불에 느긋하게 판자대기처럼 두 다리를 뻗고 천장을 쳐다보고 있으니, 나그네의 비애와 초라한 느낌이 절실해진다.

이토 씨와 구니 씨가 함께 쓰는 침상에 굽 높은 나막신 같은 느낌의 검은 베개가 가지런히 두 개 놓여 있고, 이토 씨의 빨간 전대가 붙어 있는 긴 바지가 이불 위에 내팽겨쳐져 있었다. 나는 마치 남자 같은 기분으로, 그 빨간 긴 바지를 언제까지나 보고 있었다. 다른 사람이 목욕한 후 마지막으로 목욕하고 있는 두 젊은 여자는 웃음 소리 하나 내지 않고 철퍽철퍽 물소리를 내고 있다. 저 하얀 솜털이 난 이토 씨의 아름다운 손과 스치고 싶은 기분이 든다. 나는 완전히 남자가 된 것 같은 기분으로, 빨간 긴 바지를 입은 이토 씨를 사랑하고 있었다. 말없는 그녀는 꽃같이 부드러운 향기를 멀리까지 풍겨 오는 것이다. 눈물이 번진 눈을 감고 눈부신 등불에서 나는 얼굴을 돌렸다.

(1월 x일)

매일 아침 감자죽에도 나는 익숙해졌다. 도쿄에서 먹던 빨간 된장국이 그립다. 통통한 토란을 얇게 잘라서, 겨울 국거리를 함께 끓인 된장국은 맛이 좋다. 소금에 절인 연어를 한 조각씩 껍질을 벗겨 먹는 것도 맛있다.

자른 무의 단면 같은 오사카의 태양을 보고 있으면, 짠 반찬이라도 곁들여 찻물에 맛있는 밥이라도 말아 먹어 보고 싶기도 하고, 사무를 보면서 나는 해맑은 어린이 같은 공상을 해 본다.

눈이 올 무렵이면, 항상 나는 발가락에 동상이 걸려 애를 먹었다. 저녁, 많은 짐상자를 쌓아 놓은 그늘에서, 나는 남들 몰래 숨어서 마음껏 발을 긁고 있었다. 발가락이 발갛게 되고 퉁퉁하게 부풀어오르자, 바늘로라도 찌르고 싶을 정도로 애가 타 견딜 수 없었다.

"아니, 지독한 동상이네요."

지배인인 겐키치(兼吉) 씨가 놀란 듯 물었다.

"동상이라면 담뱃대로 문지르는 게 제일이야."

젊은 지배인은 기운좋게 쑥 담배갑의 통을 벗기고, 몇 번이나 빽빽 피우고는 불이 붙은 것같이 부풀어오른 내 발가락을 담뱃대 머리로 문질러 주었다.

돈 계산 애기만 하는 이런 사람들 사이에도 이런 친절이 있다.

(2월 x 일)

"너는 성(性)이 금(金)인데, 금이라도 병풍의 금박처럼 고귀한 금이니까 깔끔한 일을 해야 돼."

어머니가 곧잘 이런 말을 했지만, 이런 고상한 일은 때때로 따분하다. 쉶증 잘 내고, 마음이 좁아서 금방 사람에게 질려 버려, 남들과 친해지지 못하는 내 성격이 싫어진다. 아아, 아무도 없는 곳에서, 와아! 하고 소리라도 지르고 싶을 만큼 초조해진다.

단 한 권의 와일드, 프로판디스[56]도 즐거움을 갖고 읽는다.

"나는 잿빛의 11월 빗속을 비웃는 군중에 둘러싸여 있었다."

"감옥에 있는 사람들에게는 눈물은 일상 경험의 한 부분이다. 사람이 감옥에 있으면서 울지 않는 날은, 그 사람의 마음이 굳어진 날이고, 그 사람의 마음이 행복한 날은 아니다."

밤마다 이런 글을 보면 정말로 마음이 아파진다. 친구여! 부모님! 이웃이여! 까닭없이 나 자신이 서글퍼지고 내게 정직한 비판을 해 주던 친구가 그리워졌다. 이토 씨의 연애에도 축복이 있으라. 밤. 목욕탕에 들어가서, 물끄러미 천장의 창을 보니 많은 별이 쏟아지고 있었다. 잊어 가던 것을 문득 생각해 낸 것처럼, 곰곰이 외톨이가 되어 바라보고 있다.

늙어 빠진 것 같은 내 마음에 반비례해서, 이 육체의 젊음이여, 붉어진 가슴을 내밀고 욕조 가득 몸을 뻗으면, 문득 여자다워지게 된다. 결혼을 해야겠다고 생각한다.

나는 마음속 깊이 화장분의 향기를 맡았다. 눈썹을 칠하고 립스틱도 진하게 바르고, 나는 거울 속의 모습에 천진난만하게 얼굴에 웃음을 지어 본다. 파란 조갯빛 빗도 꽂고, 분홍색 리본도 드리워 틀어 올려 묶어 보고 싶다. 약한 자여, 그대의 이름은 여자다. 결국 나는 세파에 시달린 더러운 여자입니다. 아름다운 남자는 없는가. 그리운 프로방스의 노래라도 부를까. 가슴이 타는 듯한 생각에 나는 욕조 속의 물고기처럼 부드럽게 몸을 비틀어 보았다.

(2월 x 일)

거리는 봄 상품 선전의 붉은 깃발로 가득 펄럭이고 있다.

여학교 시절 친구 나쓰(夏)의 편지를 받고, 나는 모두 내팽개치고 교토에 가고 싶어졌다.

"꽤나 고생을 했겠지요…"라는 편지를 보자, 아니요, 천만에요, 상냥한 아가씨의 소식은 남자가 아니라도 좋다고 생각한다. 이상하게 젖내가 나고, 무언가 폴폴 좋은 향기가 난다. 이것이 함께 학교를 졸업한 나쓰의 소식이다. 8년간의 세월에, 두 사람 사이는 몇 백리나 떨어져 있었을 텐데, 시집도 가지 않고, 가만히 일본 화가인 아버지의 착한 조수 노릇을 하며 효도를 하고 있는 나쓰, 눈물이 나올 것 같은 좋은 편지였다. 조금이라도 친한 사람 곁에 서 여러 가지 이야기를 하고 싶다는 생각이 들었다.

가게에서 하루 휴가를 얻어 차가운 바람을 맞으면서 교토에 갔다. 오후 6시 20분 교토 도착. 나쓰는 새까만 숄에 창백한 얼굴을 묻고 마중을 나와 주었다.

"알겠어?"

"응."

두 사람은 말없이 차가운 손을 서로 잡았다.

내게 나쓰의 모습은 뜻밖이었다. 마치 미망인인 것처럼 전부 새까만색이고, 입술만 강하게 내 눈에 보였다.

동백꽃처럼 멋진 입술이다. 두 사람은 아이들처럼 손을

꼭 잡고서, 안개 짙은 교토의 거리를 대수롭지 않은 이야기를 나누면서 걸었다. 교고쿠(京極)는 옛날 그대로였다. 교고쿠에 있는 무슨 가게에는, 그 무렵 우리들 가슴을 설레게 했던 예쁜 봉투가 쇼윈도에 나와 있었다. 완만한 교고쿠 거리를 내려가니, 가로로 꺾어진 골목 안에서, 기쿠스이(菊水)라는 우동집을 발견하고 우리들은 오랜만에 밝은 등불 아래 얼굴을 마주보았다. 나는 독립했지만 가난하고, 나쓰는 부모님에게 돈을 타서 쓰는 입장이고, 물론 용돈도 별로 없기 때문에, 두 사람은 지갑을 서로 보이며 기쓰네 우동을 먹었다. 여학생같이 탁 터놓은 기분으로 두 사람은 허리띠를 느슨하게 하고는 한 그릇 더 시켜 먹었다.

"너처럼 주소가 자주 바뀌는 사람도 없어. 내 주소록을 더럽히는 사람도 너뿐이야."

나쓰는 검고 커다란 눈을 깜빡거리지도 않고 나를 보고 있다. 응석부리고 싶은 기분이 가득하다.

마루야마(圓山) 공원의 분수 옆을 두 사람은 마치 연인처럼 달라붙어 걸었다.

"가을에 갔던 도리베야마(鳥辺山) 좋았었지. 낙엽이 지고 있었고, 둘이서 오쥰덴베에[57]의 묘에 참배하러 갔었잖아…."

"가 볼까!" 나쓰는 놀란 듯 눈을 크게 떴다.

"너는 그러니까 고생을 하는 거야."

교토는 좋은 거리이다. 밤안개가 자욱한 저편에 서 있는 나무 근처에서 밤새가 울고 있다. 시모가모(下加茂)에 있는 나쓰의 집 앞이 마침 파출소가 되어 빨간 등불이 켜져 있었다. 문앞에 매달린 등불 아래를 빠져 나가, 살짝 2층으로 올라가자, 멀리 절에서 느린 종소리가 들려 온다. 귀찮은 얘기를 장황하게 하느니보다는 가만히 있자…. 나쓰가 불을 가지러 아래층으로 내려가자 나는 창문에 기대어, 조용히 큰 하품을 했다.

(7월 x 일)

언덕 위에 소나무가 한 그루
그 소나무 밑에서
물끄러미 하늘을 바라보던 나입니다.

새파란 하늘에 노송잎이
바늘처럼 빛나고 있었습니다.
아아, 이 무슨 삶의 고단함인가
먹기도 고생스러워.

그래서 나는
가난한 소맷자락을 가슴에 모으고
고향에 있었을 무렵
그 그리운 동심으로 톡톡 소나무 가지를 두드려
　보았습니다.

이 노송 시가 문득 생각나면, 너무나 쓸쓸해져서 검푸른 나무가 서 있는 사이를 나는 마구 걷는다. 오랜만에, 내 가슴에 앞치마도 없다. 백분도 엷다. 양산을 빙빙 돌리면서, 나는 고향을 생각해 내고 언덕의 그 노송나무를 떠올렸다. 하숙으로 돌아오니, 남자 방에는 큰 책장이 놓여 있었다. 마누라를 카페에 일하게 하고서, 자기는 이런 책장을 샀다. 여느 때처럼 20엔 정도의 돈을 원고용지 밑에 넣어 두고, 아무도 없이 홀가분하니까 편안한 기분으로 장농에서 더러워진 옷을 찾아본다.

"저어, 편지입니다." 그렇게 말하며, 하숙집 여종업원이 편지를 가져왔다. 6전짜리 우표를 붙인 꽤나 두꺼운 여자 편지다. 나는 묘한 기분으로 손톱을 깨물면서, 심상치 않은 쓸쓸함에 가슴이 두근거렸다. 나는 자신을 비웃으면서, 옷장 구석에 숨겨둔 꽤 두꺼운 여자의 편지 다발을 찾아냈다.

'역시 온천이 좋아요' 라든가

'당신의 사와코로부터' 라든가

'그날 밤 머물고 나서 저는' 이라든가

나는 역겨운 듯 달콤한 편지에 떨면서 우두커니 서 있었다.

온천행의 편지에는 나도 돈을 준비하겠지만 당신도 조금 준비하세요라고 적혀 있는 것을 보자, 나는 그 편지를 방 가운데에 내동댕이쳐 버리고 싶어졌다. 원고용지 밑에 놓았던 20엔의 돈을 소맷자락에 넣고는 나는 그대로 문 밖으로 나가 버렸다.

그 남자는 나를 만날 때마다 내가 인정머리 없는 여자라고 하며, 잡지에 쓰는 시와 소설에 자기를 그렇게 나쁜 놈으로 쓰지 않았느냐고 했다.

나는 폐병으로 미치광이같이 보이는, 그 불행한 남자와 살면서 저 랜턴 밑에서

"당신 한 사람에게 모든 것을 바쳤다…" 고 노래하지 않으면 안 되었던 것이다. 해질 무렵, 서늘한 바람을 맞으며, 와카마쓰(若松) 거리의 큰길을 걸어가고 있으니 신주쿠의 카페로 돌아갈 생각도 나지 않았다. 이 돈 다 써 버리고 조금만 남길까? 문득 이런 말이 생각난다.

"있지, 나와 함께 온천에 가지 않을래요."

내가 너무 취해 있었기 때문에, 그날 밤 도키(時)는 쓸쓸한

눈빛으로 나를 보고 있었다.

(7월 x일)

아아, 도처에 청산이 있구나. 남자에게서 사과하는 편지가 왔다.

밤.

도키 씨의 어머니가 뒷문에 와 있다. 도키 씨에게 5엔 빌려 준다. 추잉껌을 씹는 것보다 재미없는 세상, 모든 것이 꽁초같이 되어 버렸다. 저금이라도 해서, 오랜만에 어머니 얼굴이라도 보고 올까 하고 생각한다. 나는 주방에 가는 김에 위스키를 훔쳐 마셨다.

(7월 x일)

생선 가게의 생선처럼 쓸쓸히 잠에서 깬다. 여자 4명이 흐물흐물 망가진 하얀 액체처럼 곯아 떨어져 자고 있다. 나는 베개 맡의, 담배를 피우며 내던진 도키 씨의 팔을 보고 있었다. 아직 17살이라 피부가 복숭아 빛이다. 어머니는 조시키

(雜色)에서 얼음 가게를 하고 있었지만, 아버지가 병이 있어서 이삼 일 걸러 도키 씨한테 뒷문으로 돈을 가지러 왔다. 커튼도 없는 파란 하늘을 비추던 창문 유리를 보면, 경양식 중국식 식당의 빨간 깃발이, 마치 나처럼, 솔솔 부는 바람에 나부끼고 있다.

카페에서 일하게 되자, 남자에게 품었던 환상이 꿈처럼 사라져 버려서, 모두 너무나 품위가 없어 보인다. 이젠 그다지 남자에게 돈들일 필요도 없으니, 오랜만에 고향의 소금기 머금은 바람을 쐬어 볼까. 아아, 하지만 가련한 그 사람이여.

그것은 질퍽질퍽한 길가였다.
망가진 자동차처럼 나는 우두커니 서 있다.
이번이야말로 몸을 팔아서 돈을 마련해
모두를 즐겁게 해 주려고
오늘 아침 아득히 멀리 수십 일 만에 다시 도쿄로
　돌아온 건 아닐까.

어디를 찾아봐도 사 주는 사람도 없고
나는 영화를 보고 50전짜리 장어덮밥을 먹으면 이제
　죽어도 좋다고 했다.
오늘 아침 남자의 말을 생각해 내고

나는 하염없이 눈물을 흘렸습니다.

남자는 하숙을 하고 있고
내가 살면 하숙비가 많아지니
나는 돼지처럼 냄새를 맡으면서
이곳저곳 카페를 돌아다녔다.

애정이든 부모든 세상이든 남편이든
뇌가 사슬에 묶인 나에게는
모두 인연이 먼 듯한 기분이 듭니다.

외칠 용기도 없는 고로
죽고 싶다고 생각해도 그럴 기력도 없다.
나의 옷자락에 달라붙어 장난치던 새끼고양이 데쿠는
 어떻게 했지.
시계점의 쇼윈도에다 나는 여자 도둑이 된 눈매를
 지어 보려고 했습니다.
이 얼마나 겉모습뿐인 인간이 우왕좌왕하고 있는 것인가!

폐병은 말의 똥물을 마시면 낫는다지만
폐병에 시달리는 남자에게 먹이는 건 괴로운 일

차라리 정사(情死)라도 할까.
돈이다. 돈이다. 돈이 필요한 것이다!
돈은 하늘 아래 돌고 도는 것이라지만
내게는 일해도 일해도 돌아오지 않는다.
어떻게든 기적은 생기지 않는 것인가
어떻게 그럭저럭 안 되는 건가
내가 일해서 번 돈은 어디로 달아나 버린 것일까.

그리고 결국은 박정한 인간이 되고
넝마데기 여자가 되고
죽을 때까지 카페의 여종업원에 하녀 따위
　넝마데기 여자로 전락하고 만다.
나는 일하다 죽어야 하는 것일까!
병으로 비뚤어진 남자는
너는 빨간 돼지라고 한다.

화살이든 총이든 날아오너라
마음속 더러운 남자와 여자 앞에
후미코의 창자를 보여 주고 싶다.

일찍이 당신이 너무나 나에게 매정하게 굴었기에 나는 이런 시를 잡지에 써서 당신에게 복수했던 일이 있다. 남는 장사니까 당신이 나에게 안달을 했던 것이라고 좋게 해석했던 엄청난 바보가 바로 나다. 그렇다. 돌아갈 수 있을 정도는 있으니까, 기차를 타 볼까. 저 쾌속선의 물보라도 좋지 않나. 당근등대의 자줏빛과 파란 바다. 싱싱하다. 밤기차, 밤기차. 배웅해 주는 사람도 없이 나는, 장례식 때와 같은 슬픈 마음으로 불행해질 때마다 몇 번 탔던 동해도선에 탔다.

(7월 x 일)

"고베(神戸)에서라도 내려 볼까. 뭔가 재미있는 일이 예상외로 굴러다니는 건 아닐까…."

아카시(明石)행 삼등차는, 고베에서 내리는 사람들뿐이었다. 나는 바구니를 내리고, 먹다 남은 도시락을 잘 챙겨서는 뭔가 떨떠름한 기분으로 고베역에 내렸다.

"여기에서 또 일이 없어서 밥을 굶으면 힌케만[58]은 아니지만, 더러운 세상의 죄야."

뜨거운 햇살이었다. 하지만 나로서는 아이스크림도, 얼음도 살 수 없다. 플랫폼에서 깨끗이 얼굴을 씻고 미지근한 물을 배부르게 마시고는, 더러운 노란 거울에 이싹여뀌처럼 쓸

쓸한 나 자신의 얼굴을 비춰 보았다. 자아, 화살이건 총이건 날아와라. 특별히 목적지도 없기에 나는 도중하차표를 잘 챙기고는 난코산(南公さん) 쪽으로 어슬렁어슬렁 걸어가 보았다.

낡아빠진 바구니 하나
살이 부러진 양산
담배 꽁초보다도 맛없는 여자
내게 필사의 전투준비는 단지 이것뿐입니다.

모래 먼지 속의 난코산의 경내는 언제나 그렇듯 비둘기와 그림엽서가 나와 있다. 나는 물이 말라 버린 육각형 분수의 돌에 앉아, 양산으로 바람을 일으키며 맑고 파란 하늘을 보고 있었다.

몇 년 전일 것이다. 15살 때던가. 나는 터키인의 악기 가게에서 점원을 했던 일을 떠올렸다. 니나라는 2살짜리 여자아이의 보모가 되어 검은 바퀴가 달린 키 높은 유모차에, 자주 그 아이를 태워서는 외국 선박의 선창 쪽을 걸었던 것이다. 비둘기가 발 밑 가까이에 모여들었다. 인간은 다음에는 비둘기로 태어나야 한다. 나는 도쿄생활을 떠올리고 눈물이 흘러 넘쳤다.

일생을 지내며, 도대체 어느 날쯤 내가 몇 천 엔, 몇 백 엔,

몇 십 엔을 하나뿐인 어머니에게 부쳐 드릴 수가 있는 것일까…. 언제쯤에나 나를 사랑해 주고, 행상을 해서, 어머니를 부양하고 있는 불쌍한 의붓아버지를 위로해 줄 수가 있는 것일까…. 어떤 것에도 만족할 수 없는 나. 아아, 모두 생각하자면 머리가 아파지는 이야기이다. "이봐요! 아가씨! 덥죠, 이리로 좀 들어와…." 분수 옆에 비둘기 콩을 파는 노파가, 돼지우리 같은 가게에서 말을 건넸다. 나는 붙임성 있게 웃는 얼굴로, 노파의 친절에 보답하려고, 머리가 받힐 것 같은 거적을 두른 가게로 들어갔다. 문자 그대로 그곳은 오두막 같은 곳인데 바구니에 걸터앉으니 냄새는 났지만 그런 대로 시원했다. 물에 불은 콩이 석유그릇에 담겨 있었다.

유리뚜껑을 덮은 2개의 상자에는 길흉을 점치는 제비, 딱딱한 다시마가 들어 있고, 그런 종류의 물건이 가득 먼지를 뒤집어쓰고 있다.

"할머니, 그 콩 한 접시 주세요."

5전짜리 동전을 내밀자, 쭈글쭈글한 손으로 노파는 내 손을 뿌리쳤다.

"그까짓 것 내버려둬."

이 노파에게 몇 살이냐고 묻자, 76살이라고 말했다. 벌레를 먹은 병아리처럼 얌전하고 귀여운 데가 있다.

"도쿄에 이제 지진은 그쳤어요?"

이빨이 없는 노파는 돈주머니를 쥐어짠 것 같은 입 모양을 하고 상냥한 표정을 짓는다.

"할머니, 드세요." 내가 바구니에서 도시락을 꺼내자, 노파는 싱글벙글 입이 불룩하도록 달걀부침을 먹었다.

"할멈, 꽤나 덥지?"

노파의 친구인 듯 허리가 똑바른 볼품없는 노파가 가게 앞에 웅크리자,

"할멈, 어쨌든 좋은 일은 없나? 그래도 너무 빈둥빈둥거리면 회장도 좋은 얼굴을 하지 않아요. 뭔가 하려고 생각해요."

"그거 좋구먼. 사카에초(榮町)의 여관인데, 이불 세탁이 있다고 하는데 많아도 20전은 내지 않을 거요."

"그럼 됐어요. 두 장 세탁하더라도 나는 충분히 먹고 지낼 수 있어."

뭐든 하려고 하는 노파 두 사람을 보고 있으니, 이런 곳에도 이런 세계가 있구나 하고 서글퍼졌다.

그럭저럭 밤이 되었다. 항구의 등불이 켜지기 시작할 즈음 아무데도 갈 곳이 없는 기분이 들었다. 아침부터 땀에 절은 옷을 입어서인지, 울컥 울고 싶을 정도로 괴로웠다. 이래도 버틸래! 이래도! 무언가 머리를 누르고 있는 것 같아서,

나는 벌써 녹초가 되려나 보다라고 중얼거리며, 정처없이 나뭇가지를 주워들고 처마 밑을 걸어가고 있으니, 바구니 모습이 오이치니 약장수[59]보다도 허무하게 생각되었다. 노파에게 들은 상인 여관은 바로 알 수 있었다. 어쨌든 고향에 돌아간대도 별 도리 없는 나이다. 노파가 밥 짓는 일이라면 있을 거라고 했지만, 해안 길로 나오자, 쯧쯧 혀를 차고 가는 선원 무리가 많았다.

배 타는 일은 강인하고 용감하고 좋은 일이다. 상인 여관이라고 쓰인 등불을 발견하자, 낯이 뜨거워졌지만 숙박료를 물으러 들어갔다. 친절한 주인이 카운터에 있는데 잠만 자는 거라면 60전이면 된다며 여행자의 마음을 헤아리는 듯 "들어오세요." 하고 말해 주었다. 다다미 3장에 파란 벽이 이상하게 쓸쓸했지만, 아침부터 입고 있던 옷을 유카타로 갈아입고는, 나는 여관 주인이 가르쳐 준 근처의 목욕탕에 갔다. 여행이란 무서운 것 같으면서도, 부담이 되지 않는 것이다. 여자들은 마치 연꽃처럼 작은 욕조를 둘러싸고, 희한한 말로 수다를 떨고 있다. 여행지의 목욕탕에 들어가 씩씩한 얼굴을 하고 있기는 하지만 저 파란 벽에 짓눌려서 잘 오늘 밤의 꿈을 생각하면, 나는 문득 슬퍼진다.

(7월 x 일)

창문 밑에서 인부들이 "도련님 간자시[60]를 산다고 했다…"라는 도사후시[61]를 부르며 지나간다. 온화한 아침 바람에, 파도같이 모기장이 날려 올라가 있다. 정말로 아침 잠에서 깨어나는 것은 즐겁다. 향수(鄕愁)를 머금은 도사후시를 듣고 있으니, 다카마쓰(高松)의 저 항구가 그리워졌다. 내 추억에서 더럽혀지지 않은 시코쿠의 고향이여, 역시 돌아가고 싶다…. 아아, 식모살이를 하기로 했으니 갈 수도 없지 않은가. 헤어졌던 남자의 온갖 욕설을, 나는 노래처럼 천장에 내던지고, 한껏 숨을 쉬었다. "어이, 어이." 하고 선원들이 창 밑에서 서로 부르고 있다. 여관 주인에게 부탁하니 오카야마(岡山)행 도중 하차표를 제충용(除蟲用) 국화 중개상에게서 1엔에 사 주어서, 나는 효고(兵庫)에서 다카야마로 가는 배에 타기로 했다.

힘을 내어, 어떤 경우에건 약해져서는 안 된다.

작은 가게에서 기와 모양의 과자를 한 상자 사고는, 나는 낡은 효고의 선박운송업소에서 다카야마행 표를 샀다. 그래, 고향으로 돌아가자. 투명한 파란 하늘에 어머니의 정열이 한 가닥 전선이 되어, 빨리 돌아오라고 나를 부르고 있다. 더러워진 손수건에 얼음 조각을 싸서, 나는 볼에 갖다 대었다. 아이처럼, 아이처럼 언제나 천진난만하게 세상을 건너야지.

(7월 x일)

멍하니 사다리 계단 위의 더러워진 지도를 보고 있으니, 해질 무렵의 햇살 속에서, 지도 위는 적막한 가을이었다. 뒹굴면서 담배를 피우니, 이유도 없이 눈물이 나와 왠지 쓸쓸해진다. 지도 위에서는 단지 두세 치 거리인데도, 가엾은 어머니는 시코쿠의 해변에서 밤낮으로 나를 생각하며 지내고 있겠지. 목욕하고 돌아온 걸까. 아래층에서 여자들의 소란스러운 소리가 난다. 이상하게 머리가 아프다. 별볼일 없는 저녁 무렵이다.

쓸쓸하면 바다 속으로 어지러이 들어가요.
어지러이 뛰어들면 흐르는 바다는 가슴에 메이고
　헤엄치며 흘러가
힘껏 버텨라 바위 위의 남자.

가을 공기가 너무나 푸르러서, 나는 하쿠슈의 이런 노래가 떠올랐다.

아아, 이 세상은 단지 이 정도의 즐거움뿐이었던 걸까.

하나, 둘, 나는 보잘것없고 가련한 내 나이를 손꼽아 헤아려 보았다.

"유미 씨? 전기 켜 줘요." 주인의 짜증스런 목소리가 들린다. 유미라는 이름은 잘도 지었다. 내 어머니는 아와(阿波)의 도쿠시마 주로베에(德島十郎兵衛).[62] 저녁 반찬은 언제나처럼 오징어 삶은 것에다 곤약나물, 옆에서는 주문한 커틀릿이 삼엄한 시위를 하듯 노랗게 튀겨지고 있다. 나의 식욕은 이제 훌륭한 기계가 되어서, 오징어를 씹어 맛을 보기도 전에, 나는 물로 그것을 꿀꺽꿀꺽 목구멍 속으로 삼켜 버린다. 25엔짜리 축음기는, 오늘 밤도 쓱쓱 돌아가고, 참깨 섞은 된장도 좋다. 공휴일이라 아침부터 놀러 나갔던 도코(十子)가 돌아온다.

"너무 재미있었어요. 신주쿠 대합실에서 네 사람이나 나를 기다리고 있었어요. 나는 모른 체하고 보고 있었는데…."

그 무렵, 여종업원들 사이에서는, 몇 명의 손님에게 공휴일을 하루 함께 보내자고 약속을 해서 한 장소에 오게 하고는 약속을 어기는 게 유행이었다.

"나, 오늘은 여동생을 데리고 영화를 봤어요. 내가 내니까 빈털터리가 되어 버렸어. 못 벌면 자릿세도 못 내."

도코는 더러운 앞치마를 가슴에 걸치고, 모두에게 선물로 아마낫토[63]를 대접하고 있다. 오늘은 매달 아픈 그날. 가슴이 답답해서 서 있기가 괴롭다.

(10월 x일)

부러진 연필처럼 여자들은 모두 팔자좋게 자고 있고, 낙서장 끝에 이런 편지를 써 본다.

—살 수 있는 데까지 살아온 기분입니다. 꽤 긴 시간 동안 만나지 못했군요. 간다(神田)에서 헤어지고는… . 무턱대고 슬퍼서 견딜 수 없어요. 넓은 세상에 슬퍼해 줄 사람이 없어졌다고 생각하니 울고 싶어집니다. 항상 외톨이인 탓에, 남에게서 따뜻한 말을 듣고 싶어합니다. 그리고 조금이라도 상냥하게 대해 주는 이가 있으면 기쁜 나머지 눈물이 흘러 넘칩니다. 깊은 밤거리를 큰소리로 노래라도 부르며 걷고 싶군요. 여름부터 가을에 걸쳐, 몸이 나빠져 일하고 싶어도 할 수 없을 만큼 쇠약해졌기에 자연히 먹고 사는 게 곤란합니다. 돈을 갖고 싶습니다. 하얀 밥에 사각사각 씹히는 맛이 좋은 단무지라도 곁들여 먹는다면 말할 것도 없을 텐데, 가난하면 아기같이 됩니다. 내일은 너무 기뻐요. 조금뿐이지만 원고료가 들어옵니다. 그래서 나는 갈 수 있는 곳까지 가 보고 싶습

니다. 지도만 봅니다. 정말 아무 즐거움도 없는 이 카페 2층에서 나를 공상가로 만드는 것은 계단 위의 더러워진 지도뿐입니다. 어쩌면 혼슈(本州)의 동해안 쪽에 있는 이치부리(市振)라는 곳에 갈지도 모릅니다. 죽든 살든 하여튼 여행을 떠나고 싶습니다.

약한 자여라는 말은, 전부 내게 해당되지만 그래도 좋아요. 야생적이라 예의범절을 모르는 나는, 자연에 몸을 던지는 수밖에 없습니다. 이런 상태로는 고향에 생활비를 보낼 수도 없고, 내가 아는 사람들에 대해서 미안한 일투성이입니다. 나는 꾹 참고 웃으며 살아왔습니다. 여행을 가면 당분간 시골의 하늘과 흙에서 건강하게 소생할 때까지 일하고 올 작정입니다. 몸이 안 좋은 것은 무엇보다 나를 힘들게 합니다. 게다가 그 사람도 병들었고 싫어지는군요. 돈을 가지고 싶습니다. 이카호(伊香保) 쪽에 허드렛일 하는 하녀라도 할까 싶어 담판을 했지만, 1년 동안에 가불 100엔으로는 너무하다는 생각이 듭니다. 뭣 때문에 여행하느냐고 하겠지만, 어쨌든 지금 이대로의 상태로는 나는 폭발해 버릴 겁니다. 사람들의 배려 없는 험담 속에 살아왔지만, 이제 무슨 소릴 해도 괜찮아요. 나는 녹초가 되어 버렸습니다. 겨울이 되면 한 열 배쯤 강해져서 만나 뵙겠습니다. 어쨌든 가는 데까지 가겠습니다. 나의 아내이자 남편인 단 하나의 샛노란 시 원고를 가지고 혼슈 동해안에 갔다 오겠습니다. 몸조심하시고 안녕히 계세요.

한동안 소식을 끊고 있어서 미안합니다.

건강은 여전하십니까. 신경이 날카로워져 있는 당신에게 이런 편지를 드린다고 당신은 한심스러운 듯 웃으시겠지요. 저, 정말 눈물이 납니다. 아무리 헤어졌다고 해도, 병중인 당신을 생각하면 슬퍼집니다. 힘들었던 일과 즐거웠던 추억도 당신의 삐뚤어진 처사를 생각하면 원망스럽고 시시해집니다. 1엔짜리 2장을 넣어 두었습니다. 노여워 마시고 어딘가에 쓰세요. 그 여자와 함께 있지 않다고 하더군요. 내가 너무 생각이 지나쳤을까. 가을이 되었습니다. 내 입술도 차갑게 얼어 갑니다. 당신과 헤어지고 나서부터….

다이 씨도 뒤에서 일하고 있습니다.

어머니, 돈이 늦어 죄송합니다.

가을이 되어 여러 가지 일이 있어 늦었습니다.

몸 건강하세요. 저도 건강합니다. 일전에 보내 주신 꽃으로 된 약, 하는 김에 조금 더 보내 주십시오. 달여 먹으면, 머리에 피가 오르는 병이 낫고, 향기가 좋습니다.

돈은 항상 그랬듯이 도장을 찍어 놨으니 그대로 우체국에 찾으러 가세요.

아버지 소식 있습니까. 무슨 일이든 때가 될 때까지 편히 계시고, 저도 올해는 운이 나쁜 해라서 그냥 가만히 있습니다.

무엇보다도 몸 건강하시길 기원합니다. 봉투를 넣어 두겠습니다. 답장 주세요.

나는 눈물로 얼굴을 적시고 말았다. 흐느껴도 흐느껴도 울음 소리가 그치지 않는다. 이렇게 혼자가 되어 이런 황망한 카페 2층에서 편지를 쓰고 있으면, 가장 마음에 걸리는 것은, 늙은 어머니뿐이다. 내가 어떻게든 될 때까지 돌아가시지 말고 있어 주세요. 이대로 그 해변에서 돌아가시는 것은 너무나도 비참하다고 생각한다. 내일 우체국에 가서 제일 먼저 보내 드리자. 허리띠 주머니 안에는 구겨진 1엔짜리가 6, 7장이나 들어 있다. 저금통장엔 나왔다 들어갔다 해서 돈이 얼마 없다. 목침을 베고 엎드려 있으니, 유곽에 2시를 알리는 딱따기 소리가 딱딱 울렸다.

(10월 x일)

창 밖은 우수에 젖은 가을 경치이다. 작은 바구니 하나에 짐을 챙겨 나는 오키쓰(興津)행 기차를 탔다. 도케(土氣)를 지나자 조그만 터널이 있었다.

삼프론 옛날 로마 순례의
알 수 없는 구멍을 나와 남쪽으로 향한다.

내가 좋아하는 반리(萬里)[64]의 노래이다. 삼프론은 세계에서 가장 긴 터널이라고 들었지만, 이런 목적도 없는 혼자만의 여행에서 터널은, 왠지 가라앉은 기분이 든다. 바다에 가는 게 두려워졌다. 그 사람의 얼굴과 어머니 생각이 위안이 된다. 바다까지 달리는 것이 무서워졌다. 미카도(三門)에서 하차한다. 등불이 켜진 역 앞은 뽕나무 밭, 드문드문 초가지붕이 눈에 띈다. 나는 바구니를 든 채 멍하니 역에 서 있었다.

"여기에 여관이 있을까요?"

"이 앞 조사(長者) 마을까지 가시면 있습니다."

나는 히아리하마(日在濱) 항구 해변을 똑바로 걷고 있었다. 10월의 소토보슈(外房州) 바다는 검게 거칠어져, 무섭기까지 한 바다의 정열이 나를 흥분시켰다. 오직 바다와 하늘과 모래 해변뿐이다. 거기다 주변은 저물기 시작했다. 이 대자연을 보고 있으니, 왠지 인간의 힘이란 작고 보잘것없다는 생각이 들었다. 멀리서 개 짖는 소리가 난다. 잔무늬가 있는 직공옷을 입은 처녀가, 검은 개 한 마리를 끌고 노래를 하며 서둘러 왔다. 파도가 큰 물보라를 일으키자, 개는 겁을 먹은 듯이 바짝 머리를 들어올려 바다를 향해 짖었다. 천둥 같은 바다 소리와 검은 개의 으르렁거리는 소리는 왠지 무서운 느낌이 들었다.

"이 주위에 여관은 없습니까?"

이 해변에 단 한 명, 눈에 띄는 이 가련한 소녀에게 나는 물어 보았다.

"저희 집이 여관은 아니지만 괜찮으시면 묵으세요."

전혀 불안해하지 않고 그 처녀는 나를 안내해 주었다. 엷은 보라색 소라 껍질로 고동 소리를 불며 처녀는 나를 집으로 데리고 가 주었다.

히아리 해변 변두리, 마치 조샤 마을에 걸린, 해변의 작은 난파선 같은 찻집이다. 이 찻집의 노부부는, 기분 좋게 목욕물을 데워 주기도 했다. 이런 느긋한 자연 그대로의 모습으로 살아갈 수 있는 세계도 있다. 나는, 도시의 그 거친 황량한 술집의 공기를 떠올리는 것조차 무서웠다. 천장에는 무슨 물고기인지, 물고기 꼬리지느러미를 말린 것이 붙어 있다.

이 방의 전기도 어둡거니와 여행중인 내 마음도 어둡다. 그렇게 동경했던 혼슈 동일본의 가을을 볼 수 없었지만, 이 소토보슈는 혼슈 동일본보다도 경치가 호쾌하다. 이치부리에서 오야시라즈(親不知)에 걸친 민가의 지붕에는, 단무지 담글 때 눌러 두는 돌같이 생긴 게 많이 놓여 있었다. 선로에까지 하얀 물보라가 이는 황량한 마을, 무너진 벼랑 뒤에 삐죽삐죽 피어 있는 엉겅퀴꽃, 모두 몇 년 전쯤의 그리운 추억이다. 나는 바닷내음 나는 이불에 기어들어가서는 바구니에서 클로로포름병을 꺼내서 한두 방울 손수건에 떨어뜨렸다. 이대로 사라져 없어지고 싶은 지금의 마음에, 주욱 여러 가지 생각에 숨이 막혀 참을 수가 없어 나는 지독한 클로로포름 냄새를 꽃향기 맡듯 코에 갖다 대고 있었다.

(11월 x 일)

천둥 같은 바닷물 철썩이는 소리와 창문을 두드리는 으스스하고 쓸쓸한 빗소리에, 내가 멍하니 눈을 뜬 것은 10시경이었을까. 클로로포름의 식초 같은 냄새가 아직 방안에 흐르는 것 같아서 나는 살짝 창을 열었다. 바닷물이 들어온 물가에는 파랗게 물든 듯한 비가 연기 피어오르듯 내리고 있었다. 촉촉한 아침이다. 안채에서 말린 정어리를 굽는 냄새가 난다. 낮부터 머리가 너무 아파서, 아가씨와 둘이서 검은 개를 데리고, 히아리 항구 방향으로 산책하러 나가 보았다. 물가에 가까운 어부의 집에서는, 여자와 아이들이 삼삼오오 무리 지어 있고, 생정어리를 대나무 꼬챙이에 찔러 꿰고 있었다. 대나무 꼬챙이에 끼워진 생정어리가 멍석 위에 널려 있고, 비 개인 뒤 엷은 태양은 그 위에 빛을 퍼뜨리고 있었다. 처녀는 바구니 가득 정어리를 받자, 그 주변의 잡초를 뽑아 덮었다.

"이것으로 10전이에요." 돌아오는 길, 처녀는 무거운 듯 바구니를 내 앞에 내놓고 이렇게 말했다.

밤에는 생정어리 초무침에 해초를 삶은 것에 날달걀. 진수성찬이었다. 아가씨는 노부(信)라고 하는데, 날씨 좋은 날은 지바에서 기사라즈(木更津)에 걸쳐 물고기 말린 것을 팔러 나간다고 한다. 가게에서 차를 후루룩 마시면서, 노부부와 노부와 잡담을 하고 있으니, 물색 게가 문지방 위를 조르륵 기어간다. 생활에 지칠 대로 지친 나는, 돌멩이처럼 변화 없는 이 사람들의 생활을 보고 있으니, 왠지 부러워진다. 바람이 부는 걸까. 덧문이 난파선처럼 흔들려서, 체홉의 소설에라도 나올 것 같은 고풍스런 해변의 여관이다. 11월에 들어서자, 이 근방에선 벌써 발바닥이 차갑다.

(11월 x 일)

후지를 보았다
후지산을 보았다
빨간 눈이라도 내리지 않으면
후지를 좋은 산이라 칭찬하는 일은
적합하지 않다.
저런 산 따위에 져서야 되겠는가
기차 창에서 몇 번이나 떠올렸던 회상
예민한 산의 마음은
내 망가진 생활을 협박하고
내 눈을 차갑게 내려다본다.

후지를 보았다
후지산을 보았다.
까마귀야
저 산 지붕에서 정상으로 날아 넘어서 가라
새빨간 입으로 한 번 비웃어 주어라.

바람이여!
후지는 눈의 대비전(大悲殿)이다.

휙 휙 불어 흐트려라.
후지산은 일본의 이미지이다.
스핑크스이다.
꿈이 짙은 향수이다.
악마가 사는 대궁전이다.

후지를 보아라
후지산을 보아라
호쿠사이(北齋)가 그리고 싶어한 당신 모습 속에
젊은 너의 불꽃을 보았지만
지금은 오래되어 썩은 흙만두
부리부리한 눈을 항상 하늘로 향해 있는 너
왜 불투명한 눈(雪) 속에 숨어 있는 거냐.

까마귀여 바람이여
저 새하얗게 맑은
후지산의 어깨를 두드려 주어라
저것은 은(銀)의 성이 아닌
불행이 숨어 있는 눈의 대비전이다.

후지산이여

당신에게 머리를 숙이지 않는 여자가 여기에
 혼자 서 있다.
당신을 비웃고 있는 여자가 여기에 서 있다.

후지산이여, 후지여
세찬 너의 불 같은 정열이
윙윙 울려
고집 센 이 여자의 머리를 쳐서 되돌려 놓을 때
나는 유쾌하게 휘파람을 불며 기다리고 있겠다.

나는 또 도로아미타불이다. 가슴에 앞치마를 걸치면서 2층의 창을 열러 가자, 멀리 건너편에 희미하게 후지산이 보였다. 아아, 저 산 밑을 나는 몇 번인가 불행한 생각을 하며 갔다가는 돌아왔던 것이다. 하지만, 설령 짧은 여행이라도, 이틀간 그 쓸쓸하고 고요한 소토보슈(外房州)의 풍경은 내 영혼과 육체의 더러움을 가시게 하고, 아름답게 해 주었다. 들판 가운데 한 그루 삼나무인 나는, 적어도 이런 즐거움이라도 없으면, 견딜 재간이 없다. 내일부터 단풍 날이라, 우리들은 미치광이 같은 빨간 옷을 입는다고 한다. 도시 사람들은 계속해서 이런 부끄럽지도 않은 우스운 취향을 느닷없이 잘도 생각해 낸다는 생각이 든다. 또 새로운 여자가 와 있다.

오늘도 가면처럼 백분을 칠하고, 이중의 웃음으로 속이는 건가 … 덧없는 세상이라고 하는 말을 잘도 알아맞힌 것인가.

집을 비운 사이, 어머니가 무명내의 2장을 보내 왔다.

(1월 x 일)

카페에서 취객으로부터 받은 반지가 뜻하지 않게 도움이 되어, 값이 13엔으로 쳐지자 나와 도키는 센다기(千駄木) 거리를 쇼핑을 하며 걸었다. 중고 가게에서 화로와 작은 다리의 낮은 밥상을 사기도 하고, 단무지와 밥공기, 차 마시는 도구까지 갖추자, 나중에는 반달치 정도 방세를 넣는 것이 고작이었다.

13엔이란 돈은 싱겁기도 하지.

차가운 숨을 내뱉으며 두 사람이 무거운 짐을 양쪽으로 들고 돌아왔을 때는 약 10시가 가까웠다.

"잠깐! 앞집 말이에요. 가요를 가르치는 선생이에요. 봐요…. 멋지네."

우산을 써서
덮어 가리네 유곽의 눈꽃보라

스케로쿠(助六)가 지나갈 때면
에도(江戸)의 봄은 보라색꽃 내음으로 가득 찬다네.

엎어지면 코 닿을 골목 건너편 2층집에서 가부키의 '스케로쿠가 돌아온 에도의 벚꽃(助六由縁江戸櫻)'을 켜는 가라앉은 샤미센 소리가 들려 온다. 빠끔히 열린 덧문 그늘에는, 이웃집의 등불이 밝게 비치는 미닫이의 가는 문살이 보인다.

"목욕은 내일 하기로 하고 잡시다. 이불은 빌린 건가?"

도키는 탁 하고 미닫이를 잠갔다. 방석은 다이와 내가 같이 살던 때 쓰던 것인데, 다이가 고보리(小堀) 씨[65]댁에 시집갔기 때문에 남아 있었다. 그 사람은 냄비고 식칼이고 요이불이고 모두 놔두고 가버렸다. 가장 그립고, 가장 싫은 추억이 남은 혼고(本鄕)의 술집 2층을 나는 떠올리고 있었다. 동거하던 군인 출신 남자와 2층에서 기저귀를 빨던 그 부인과 사람 좋은 술집 부부, 일이 정리되면 그때의 일기라도 꺼내 읽을까.

"어떻게 되었을까. 다이는?"

"그 사람도 이번이야말로 행복하게 되었을 거야. 고보리 씨는 아주 듬직하고 좋은 사람이니까 누가 와도 지지 않을 거에요…."

"언젠가 날 데리고 놀러 가 줘요."

두 사람은 아래층 아주머니에게서 빌린 이불을 덮고 잤다. 일기를 쓴다.

13엔의 내역
다리 낮은 찻상 1엔
상자 모양의 화로 1엔
시클라멘 한. 통 35전
밥공기 20전 2개
국그릇 30전 2개
고추냉이 절임 5전
단무지 11전
젓가락 5전 5벌
차 마시는 도구, 쟁반 1엔 10전
모모타로(桃太郎)[66]
도자기 15전
접시 20전 2개
방세 하루에 6엔 (다다미 3장 9엔)
부젓가락 10전
떡 굽는 석쇠 12전
알루미늄 국자 10전
밥주걱 3전

휴지 1다발 20전

살색 세안수 28전

제사 술 25전 1홉

인사용 메밀국수 30전 (아래층에)

1엔 16전 잔금

"겨우 이것만으로는, 걱정이 되네…."

나는 연필심으로 뺨을 찔러, 뾰족하게 코가 높은 도키의 얼굴을 이쪽으로 향하게 하고 일기를 썼다.

"숯은 있어?"

"숯은 아래층의 아주머니가 단골집에서 월말에 지불하기로 하고 가져다 준다고 하던데."

도키는 안심한 듯이, 땋은 머리를 가느다란 손가락으로 들어올리고, 내 등에 기대고 있다.

"괜찮다면, 내일부터 많이 일하고 힘을 내서 공부해요. 아사쿠사를 관두고, 히비야(日比谷) 주변의 카페라면, 다니기에 좋을 거라고 생각해, 술 손님이 많다고 하던데…. 그 주변은…."

"통근하면 둘 다 즐거울 거야. 혼자서는 밥도 맛이 없잖아."

나는 번잡했던 오늘 하루를 생각했다. 하기와라(萩原) 씨와 세쓰(節) 씨에게 쌀 2되를 받기도 하고, 화가인 미조구치(溝口) 씨는 모처럼 홋카이도에서 보내왔다는 떡을 보자기에 다 나누어 주기도 하고, 반지를 전당포에 가지고 가 주기도 했다.

"당분간 두 사람이 열심히 일해요. 정말로 힘을 내서…."

"조시키(雜色)의 어머니가 계신 데엔 월 30엔이라도 보내면 되는 거니까."

"나도 조금은 원고료가 들어오니까, 묵묵히 일하면 돼."

눈이 오는 소리일까. 창문에 무엇인가 사사사 하고 부딪히는 소리가 난다.

"시클라멘은 냄새가 싫어."

도키는 베개맡의 붉은 시클라멘 화분을 살짝 밀고는 머리꽂이랑 빗도 머리맡에 빼고, "자, 자장자장 할까나." 하고 말했다. 어두운 방안은 꽃향기만이 너무 강해서 우리들을 괴롭혔다.

(2월 x 일)

쌓이는 옅은 눈 쌓이는가 보면은
사라져 흔적 없는 허망함이여

버들가지마냥 흔들리지는 않아도

봄은 마음의 어스름한 새벽에….

도키의 노래 소리에 문득 문을 뜨니, 머리맡에 하얀 맨발이 나란히 보인다.

"아니, 벌써 일어났어?"

"눈이 내리고 있어."

일어나 보니 따뜻한 물도 데워져 있고, 창 밖의 널빤지 위에선 밥이 보글보글 하얗게 끓어 넘치고 있었다.

"숯은 벌써 온 건가?"

"아래층의 아주머니에게 빌렸어."

부엌일을 한 적이 없는 도키가, 보기 드물게도 그릇을 닦고 있었다. 몇 년 만인가, 정말 오랜만에 고양이 이마만한 찻상에다, 한가롭고 편안하게 차를 마셨다.

"야마토(大和) 회관 사람들 말이야, 당분간 아무에게도 있는 곳을 알려 주지 말자."

도키는 고개를 끄덕이며 작은 화로에 손을 쬐고 있다.

"이렇게 눈이 오는데도 나가?"

"응."

"그러면 나도 시사 신문의 시라키(白木) 씨를 만나고 와야지, 동화를 보내 놨으니까."

"돈을 받으면, 뜨거운 걸 만들어 둬. 여기저기 가 볼 거라서 나는 늦어질 거야."

처음으로 이웃의 6조 다다미 방의 헌옷 가게 부부에게도 인사를 한다. 공사판 십장이라는 아래층 아줌마의 남편도 만났다. 모두 느낌이 좋고 서민다운 사람들이다.

"우리 집도 전에는 도로에 면해 있었어요. 그런데 불이 나서 말이죠, 이렇게 들어와 버려서…. 우리 앞집엔 첩살이하는 여자, 골목 막다른 데는 기요모토(清元) 씨 댁인데, 이 남자는 예능을 가르치는 선생이거든요. 시끄럽기는 시끄럽지요만…."

나는 이를 검게 물들인 아주머니를 신기한 듯 보고 있었다.

"첩인가 하는 그 사람, 잠깐 봤지만 어쩐지 좋은 사람 같았는데."

"하지만 아래층 아줌마가 당신에 대해서 말하길, 이 부근에선 찾을 수 없는 참한 아가씨라고 하더군요."

두 사람은 비슷하게 이초가에시로 올린 머리를 나란히 하고는 눈 오는 마을로 나갔다.

눈은 마치 김빠진 거품처럼 눈이랑 코랑 온 얼굴을 다 덮어 버릴 만큼 마구 내리고 있었다.

"돈벌이는 힘들군요." 눈아 자꾸자꾸 내려라 내가 묻힐 만큼. 나는 끈질기게 우산을 빙빙 돌리며 걸었다. 모든 창문에 불이 켜져 있는 야에스(八重洲)의 큰길은 보라색이랑 붉은색 코트를 입은 퇴근길 여자들이 눈을 헤치며 걷고 있다. 코트도 입지 않은 내 옷소매는 함빡 젖어 버려서 비참한 두꺼비 같다. 시라키 씨는 귀가한 후인가, 그것 봐! 이런 것 때문에 역시 카페에서 일하는데 도키는 공부를 하라고 한다.

신문사의 넓은 접수처에 나는 비참한 마음으로 먹물도 모자라 희미한 글씨로 늘상 쓰는, '형편이 어렵기 때문에…" 라는 뻔한 내용의 편지를 써 놓고 왔다.

하지만 시사신문사의 문은 재밌구나. 빙글빙글 마치 물레방아 같다…. 빙글 두 번 밀면 앞으로 되돌아온다. 우체국이 웃고 있었다. 너무나도 작은 인간들이여, 빌딩을 올려다보니 너 하나 따윈 살아 있든 죽든 똑같지 않느냐고 말하는 것 같다.

하지만 저 빌딩을 판다면 쌀이나 집세도 평생 지불하고 고향에 긴 전보를 칠 수 있을 것이다. 벼락부자가 된다고 말해 주면 매정한 친척도 차가운 친구도 모두 놀라겠지. 비열한 후미코야 꺼져 버려라. 도키는 꽁꽁 언 채, 이 눈 속을 떠돌이개처럼 걷고 있을 텐데….

(2월 x 일)

아아, 오늘 밤도 기다리는데 지쳤다. 화로에 차를 데워 뒤늦게 밥을 먹는다. 벌써 1시가 지났는데도…. 어젯밤은 2시, 엊그제밤은 1시 반, 늘 12시 반이면 정확히 돌아오는 도키니까 별다른 일은 없겠지만…. 밥상 위에는 쓰다 만 원고지가 두세 장 흐트러져 있다. 이제 집에는 11전밖에 없다.

꼬박꼬박 내게 맡긴 돈이 10엔 남짓 되는데 도키는 그 돈을 어느새 갖고 나가 버렸다. 어제도 물어 보지 못했는데 도대체 어찌 된 일인지 걱정된다.

찌고 또 찌고 하니까 찜통의 밥은 물에 젖어 있었다.

대합찌개 냄비의 된장도 굳어 버렸다. 나는 원고도 안 써지고 해서 책상을 화장대 옆으로 밀어 놓고, 쓸쓸히 이부자리를 편다. 아아 미장원에도 가고 싶다. 벌써 10여 일이나 이초가에시로 올리고 있었더니 머리가 가려워 견딜 수 없다. 돌아오는 사람이 쓸쓸할 것 같아서 전기를 켜고 보랏빛 수건을 걸어둔다.

3시.

아래층 아줌마가 중얼중얼하는 소리에 잠을 깨자, 도키가 술에 취한 듯 커다란 발자국 소리를 내며 올라왔다. 곤드레만드레 취한 것 같다.

"미안해요!"

창백한 얼굴에 머리칼을 흐트리고 보라색 코트를 입은 도키가 이불자락에 푹 쓰러지자, 마치 응석꾸러기처럼 울기 시작했다. 나는 말을 좀 하려고 그렇게 준비하고 기다렸지만 한마디도 못한 채 잠자코 있었다.

"안녕, 도키!"

젊은 남자의 소리가 창 밑에서 사라지고는, 골목 입구에서 바보 같은 자동차의 경적소리가 났다.

(2월 x 일)

두 사람 모두 볼 낯 없는 기분으로 밥을 먹었다.

"요즘은 좀 게을러졌으니까 당신은 계단을 닦아요. 나는 세탁을 할 테니까…."

"예, 내가 할 테니 여기 가만히 있어도 돼요."

잠이 부족해 부석부석한 도키의 눈꺼풀을 보고 있으니 너무나 가여웠다.

"도키, 그 반지는 어떻게?"

가느다란 약지에 하얀 돌이 빛나고 받침은 백금이었다.

"그 보라색 코트는 어떻게 된 거예요?"

"…"

"도키는 가난이 싫어져 버렸구나?"

나는 아래층의 아주머니와 얼굴을 마주하는 게 살갗이 아픈 느낌이었다.

"아가씨! 도키 씨 좀 어떻게 된 것 같애."

수돗물과 함께 아저씨의 말이 아프게 가슴에 와 닿았다.

"이웃에 체면이 있지, 밤중에 자동차를 빵빵거리다니 마을의 촌장이니까 조금이라도 뜬소문이 나면 시끄러워서 말야…."

아아, 지당하신 말씀이죠. 빨래를 하는 등뒤로 웅웅 말소리가 들려온다.

(2월 x 일)

도키가 돌아오지 않은 지 오늘로 5일째다. 오직 도키의 소식을 기다리고 있다. 그녀는 그 반지와 보라색 코트에 진 것이다. 살아갈 목적이 없는 저 여자가 추락해 가는 길인지도 모른다는 생각이 든다. 가난은 결코 수치가 아니라고 그토록 말했는데도…. 열 여덟의 그녀는 빨간색이든 보라색 코트든 가지고 싶었던 것이겠지. 나는 갖고 있던 5전 동전으로 막과자를 5개 사 와서 마루 가운데에서 옛날 잡지를 읽으며 먹었다. 가난은 수치가 아니라고 했지만 아직 막과자 5개는 전혀 내 위장을 다스려 주지 않는다. 손을 뻗어 찬장을 열어 본다. 흰나물 남은 걸 집어, 하얀 밥을 혀로 맛보는 공상을 한다.

아무것도 없다.

눈물이 난다. 전기라도 켜 보자…. 막과자로는 소용없는 듯 배가 쪼르륵쪼르륵 애타게 소리를 내고 있다. 이웃의 헌옷 가게 방에서는 꽁치를 굽는 강렬한 냄새가 난다.

식욕과 성욕! 도키처럼 되고 싶지는 않지만, 하다못해 밥 한 공기라도 얻어먹을 수 있다면.

식욕과 성욕! 나는 울고 싶은 기분으로 이 말을 곱씹고 있었다.

(2월 x 일)

아무 말 말고 용서해 주십시오, 반지를 받았던 사람에게 협박을 받아 아사쿠사의 기생집에 있습니다. 이 사람에게는 아내가 있지만 헤어지겠다고 합니다. 웃지 말아 주세요. 그 사람은 청부업자로 지금 42살입니다.

옷도 많이 맞추어 주었어요. 당신에 대해서도 이야

기하니 40엔 정도는 매달 보내 드린다고 합니다. 난 기쁩니다.

읽기 괴로운 도키의 편지를 읽으며 속아넘어간 도키 신세가 애처로워서 나는 하염없이 눈물을 흘렸다. 이가 쇳조각처럼 딱딱 맞부딪쳤다. 내가 그런 걸 언제 부탁했단 말인가! 바보, 바보, 이렇게도 이렇게도 저 열 여덟살짜리 여자는 여렸던 것일까…. 눈이 둥그렇게 부어 올라서 아무것도 안 보이게 될 만치 흐느껴 운 나는 도키에 대해 마음으로 불러 보았다.

거처를 알리지 말아요, 아사쿠사의 기생집이라니 무슨 소리야.

마흔 두 살짜리 남자라니!

옷, 옷,

반지에 옷이 다 뭐냔 말야. 신념 없는 여자야!

아아, 하지만 들에 핀 백합처럼 가련했던 그 귀여운 모습. 부드러운 복숭아빛 살결, 검은 머리, 그 여자는 아직 처녀였는데, 어째서 첫 키스를 그런 시정잡배 같은 남자에게 줘 버렸던 것일까…. 사랑스러운 머리를 갸웃거리며 "봄은 마음의 어스름 새벽에…". 나에게 노래해 주었던 그 소녀가, 마흔 둘의 남자여 저주받아라.

"하야시 씨 등기예요!"

이상하게 힘이 넘치는 아주머니의 소리에 계단에 놓여 있던 봉투를 집어들자 시사신문사의 시라키(白木) 씨로부터의 등기였다. 일금 23엔! 동화 원고료였다. 당분간 배고픔을 느끼지 않아도 된다. 가슴이 뛴다. 아아 기쁘다. 신이여, 너무나 행복한 탓일까, 오히려 쓸쓸해 견딜 수가 없다. 신이여, 신이여, 기뻐해 줄 동료가 마흔 둘의 남자에게 안겨 있다니….

시라키 씨의 늘 그렇듯 친절한 편지가 들어 있다. 항상 하는 얘기지만, 건강하게 고군분투 정진하기를 기원합니다. 나는 창문을 활짝 열고, 우에노(上野)의 종소리를 들었다. 밤에는 맛있는 초밥이라도 먹어야겠다.

제2부

오노미치 시절—첫사랑의 배신과 떠도는 청춘

(1월 x 일)

나는 들판에 내던져진 빨간 공
세찬 바람이 불면
넓은 하늘 높이
독수리처럼 날아오른다.

아아, 바람아 불어라.
불타는 듯한 공기를 쓸며
오오, 바람아 빨리
빨간 공인 나를 두드려다오.

(1월 x일)

눈 오는 하늘,

무슨 일이 있어도 섬에 갔다 오지 않으면 안 된다. 섬에 가서 그 사람을 만나고 와야지.

"벌써 한물갔는데, 바보짓을 하는 구나."

나 혼자서 섬에 가는 것을 어머니는 찬성하지 않는다.

"그러면 이번에 섬에 갈 때는 어머니가 데리고 가 주세요. 아무래도 만나서 이야기하고 오고 싶은데…."

나에게 사아닌[67]이란 소설을 선물해 주고 사랑을 가르쳐 준 남자가 아닌가. 도쿄에 처음으로 데리고 간 것도 그 남자. 믿고 있기만 하면 된다고 했던 그 남자의 말이 가슴에 와 닿는다. 부두에는 배가 닿은 것일까, 낮은 구름 위로 배의 연기가 길게 뻗쳐 있었다. 갯바람이 가슴속에서 커다랗게 부풀어 오른다.

"좋아하는 마음이 없어졌는데 일부러 그리 따라갈 것 없어…. 재난이라고 생각하고 엄마랑 다시 도쿄로 가는 게 낫지…."

"하지만 한 번 만나서 얘기를 하고 오고 싶어요, 누구라도 오해라는 건 있는 거니까."

"생각해 봐라. 이미 작년 11월부터 소식이 없잖아, 어쨌든 지금은 정월이잖아. 진정으로 생각이 있으면 올 텐데, 그 사람은 좀 마음이 좁아. 소용없어. 닭띠는 왠지 싫어."

나는 남자와 처음으로 도쿄에 머물던 1년 남짓한 생활을 떠올렸다.

늦은 봄인 5월의 일이었다. 산책하러 갔던 조시가야(雜司ヶ谷) 묘지에서 몇 번이고 몇 번이고 배를 부딪히며 울었던 내 모습이 떠올랐다. 나 혼자만을 도쿄에 남겨 두고 내팽개친 채 함흥차사가 되어서 연락도 대충이던 남자였다. 이런 사람의 아이를 낳으면 안 되겠다고 생각했던 나는 모든 게 허무하고 무서워져서 달려가 비석에 배를 쿵쿵 부딪혔던 것이다. 남자의 편지에는 미국에서 돌아온 누나 부부가 너무나 완고하게 반대한다고 했다. 집을 나와서라도 나와 함께하겠다고 해 놓고 졸업할 때까지 1년간의 대학 생활을 나와 함께 그 조시가야에서 보냈던 사람인데도 졸업하자 자기 혼자 돌아가 버렸다. 그렇게 굳게 믿고 있었는데. 의붓아버지도, 어머니도 잊고, 일했었는데, 나는 얕고 어린 사랑의 나날이란, 물거품보다 덧없다는 생각이 들었다.

"이삼 일 지나 나도 장사하러 갈 텐데, 너도 한 번 가서 만나 보면 되잖아…."

주판을 튕기던 아버지는 이렇게 말해 주기도 했다. 오노미치의 집은 이층이 다다미 여섯 장 두 칸, 아래층은 수건과 담배를 파는 늙은 부부가 살고 있다.

"이 집도 꽤나 오래 됐군요."

"네가 태어났을 때 이 집을 지었지. 14, 5년이나 이전의 일이구나. 그때 이 길은 아직 바다였는데 매립을 해서 바다가 훨씬 저쪽으로 가 버렸어."

메이지(明治) 37년에 지은 그을린 해변의 집 2층에 셋방을 얻어 우리 가족, 3명의 방랑자는 편안함을 느끼고 있다.

"기차에서 보면, 이 오노미치는 매우 아름다웠었는데."

항구 마을은 생선도 야채도 맛있고 두 번째 오노미치로 돌아온 것을 언제나 즐거워하고 있다고, 어머니는 도쿄의 나에게 편지를 보내 왔었다. 오노미치에 다시 돌아와 보니 집은 달라졌어도 모든 것이 반가웠다. 고리짝에서 책을 꺼내 정리해 보니 옛날에 사랑에 관한 책을 많이 읽었다는 생각이 들었다. 옆방은 목수 부부, 안주인은 매춘부 출신의 화장이 짙은 여자였다. 오늘 밤, 마을에는 추위에 먹이가 없는 동물에게 먹이를 주는 행사가 있어서, 어둡고 추운 항구에는 초롱불이 여기저기 떠다니고 있었다. 찹쌀팥밥에 기름에 튀긴 두부, 목수의 안주인은 분 냄새 짙은 손에 가득 이런 것을 갖고 와 주었다.

"할머니는 2, 3일 사이에 섬에 가시죠?"

"이번 15일이 공장에서는 계산하는 날이니까, 메리야스를 좀 가지고 갈까 생각하고 있지만….”

“우리 집도 배 쪽은 일이 생기지가 않으니까, 뭔가 장사라도 하려는데 무명버선 재생품이라고 들었는데, 어떤 거예요?”

“그거면 괜찮겠는데, 직공들은 요즘은 경기가 좋을 테니 물건만 좋으면 사지요. 장사가 재미있을 테니 나하고 가 봐요. 내가 도와드려도 좋고요.”

“그러면 할머니와 같이 갈 테니 부탁드립시다.”

배 고치는 목수일도 요즘 공임이 싼 데다 일하는 사람이 많고 추운 해변에 나가는 것은 돈벌이가 안 된다는 이야기다.

저녁.

선착장에서 일하던 가네다(金田) 씨가 『자연과 인생』[68]이라는 책을 갖다 준다. 가네다는 나의 초등학교 친구이다. 책 읽기를 좋아하는 사람이다. 복숭아 빛의 매끌매끌한 책갈피가 붙어 있고, 표지에 갈대 싹 같은 그림이 그려져 있었다.

“이기면 권력자, 지면 역적이라고 이름을 뒤집어쓰게 되니, 내려 쌓이는 눈을 지는 꽃잎인 양 차서 흩트린다.” 이런 구절들을 어두워질 때까지 부두의 비료하적장에서 읽는다. 보라색 외출용 두루마기를 입은 소녀 이야기, 비 온 다음날 밤의 곰보 여자이야기 등, 뭔가, 젊은 내 가슴에 향기를 가져다 준다. 가네다는 지렁이 장난이 재미있다고 한다. 10시쯤

산(山)의 학교에서 돌아오니 아버지가 화투를 치러 가서 아직 돌아오지 않는다고 어머니가 걱정하고 있었다. 이런 추운 밤에도 목조선은 바다로 나가는 걸까, 아버지를 마중하러 마을에 나가니 선창계단에 붙은 작은 증기선에서 하얀 여자 얼굴이 귀신처럼 아물거리고 있었다. 차라리 나도 거친 바다에 몸을 던져 자살해서 그 남자에 대한 정열을 보여 줄까 하고 생각한다. 그렇지 않으면 눈 딱 감고 곧장 아래로 떨어져 그 여자들의 무리 속에 들어가 볼까 하고 생각했다.

(1월 x일)

섬에서 어머니와 헤어지자 나는 바위가 있는 바닷가를 따라 그 남자의 마을 쪽으로 갔다. 1엔 주고 산 과자상자를 소중히 안고 인노시마(因の島)의 욕조같이 좁은 마을 거리를 빠져 나가자, 1월의 춥고 차가운 푸른 바다가 막막하게 끝없이 펼쳐져 있었다. 어쩐지 가슴이 뜨거워지는 느낌이다. 그 사람과는 벌써 3개월이나 만나지 않았는데, 도쿄에서의 그 괴로웠던 생활을 이 남자는 바로 생각나게 해 주겠지. 언덕 위는 온통 밀감밭이 가득하고, 열매가 익은 레몬나무가 왠지 소녀 시절의 풍경 같아서 너무나 기뻤다.

소 2마리, 썩은 초가 지붕. 레몬의 언덕. 애완용 당닭이 꽃처럼 무리 지어 있는 정원. 1월의 태양은 이런 곳에도 안개처럼 아름다운 햇살을 퍼뜨리고 있었다. 다다미를 올린 앞쪽 방에는 그 사람의 하오리가 걸려 있었다. 이런 한가로운 곳에 사는 사람들이 어떻게 나에 대해서 이러니저러니 말을 하는 것일까. 잠자코 모래먼지가 쌓여 있는 툇마루에 앉아 있으니 그 남자의 어머니인 듯, 낡아 찌들어 거무스름한 지푸라기 인형 같은 노파가 닭을 쫓으며 뒤쪽에서 나왔다.

"저는 오노미치에서 왔습니다…."

"누구를 찾아왔지요?"

목소리에 뭔가 쌀쌀맞고 가시 돋힌 데가 있었다. 나는 누굴 찾아왔는지 질문을 받자 소녀처럼 눈물이 넘쳤다. 오노미치에서의 이야기, 도쿄에서의 이야기, 나는 1년 남짓 했던 그 사람과의 생활을 이야기해 보았다.

"나는 아무것도 모르겠으니 나중에 또 누구 다른 사람이랑 얘기해 봅시다."

"본인과 만나게 해 주지 않겠습니까?"

안에서 그 사람의 아버지인지 육십 가까운 노인이 담뱃대를 빼끔거리며 나온다. 결국은 미국에서 돌아온 누나부부가 반대한 까닭이다. 게다가 본인도 요즘 조선소의 서무과에 근무하기로 결정되었기 때문에 너무 행복을 깨지 말아 달라고 하는 것이었다. 이런 낡아빠진, 레몬나무를 심은 산기슭에 몇 만 엔의 재산을 가지고, 그날그날 먹는 것도 절약하는 서민 생활, 너무 인정이 없다고 생각했는지 그 사람의 아버지는 오늘은 제사니까 밥이라도 먹고 가라고 했다. 여자가 나이를 먹으면 어째서 매정하고 무자비하게 되는 걸까. 노파는 뚱하니 허리에 새끼로 띠를 두르고 외양간으로 들어갔다. 새까만 곤약나물 조림과 유부, 토란, 잡어 조린 것, 이 정도가 제삿상 대접이다. 오라는 소리를 들으며 툇마루에서 눈물을 머금고 있는데, 황폐한 논둑길을 걸어 그리운 얼굴이 돌아오고 있다.

나를 보자 맘이 약한 남자는 놀라서 눈이 휘둥그레졌다.

"당분간은 혼자 일하고 싶다고 하니 돌아가도 화내지 말고 느긋하게 기다리고 있어요. 무엇보다 저 녀석 누나 말이 집 한 칸 꾸미지 못한 집 딸은 받아들일 수 없다고 해서…."

아버지의 이야기다. 그 사람은 잠자코 머리를 숙이고 있었다.

어떤 고난에도 그토록 용감하다고 생각했던 남자가 한 마디도 않고 잠자코 있으니 내가 백만 마디를 한들 움직일 것 같은 부모들이 아니다. 나는 처음으로 막막하다는 생각을 했다. 남자와 여자의, 그토록 피와 살이 타들어 갈 것 같던 약속이, 이렇게 맥없이 무너져 가는 것인가 하고 생각했다. 나는 과자상자를 그곳에 두고는 밀감 밭에 비치는 노란 빛을 받으며 마을길로 나왔다. 그 남자는 일찍이 자기 입으로 이런 얘길 한 적이 있다.

"당신은 오랫동안 고생만 해서, 자주 사람에 대해 의심을 하지만, 아이가 된 기분으로 나를 믿어 줘…."

파랗고 차갑게 빛나는 1월의 해변으로 나오자, 나는 멍하니 바다를 보고 있었다.

"어머니가 이런 걸 받을 이유가 없으니, 다시 돌려드리라는군요."

전에는 내게 그토록 매달렸던 사람이 지금은 잔뜩 겁을 먹은 모습으로, 부들부들 떨고 있다.

"받을 이유가 없다구요? 그럼, 자, 바다에라도 던져 주세요. 못하면 내가 하겠습니다."

남자에게서 과자 상자를 받아, 나는 힘껏 바다에 던져 버렸다.

"식구들이 너무 완고해서 이길 수도 없고, 집을 나온다 해도, 시골에서야 아는 사람의 배려로 일이 있지만, 도쿄 같은 데서는 대학을 나와도 먹고 살 수가 없으니까."

나는 잠자코 울고 있었다. 도쿄에서 1년간 나는 일을 하며 이 남자에게 걱정을 끼치지 않으려 마음을 썼던 일을 쓸쓸히 생각해 냈다.

"아무래도 좋잖아요. 화가 나 내가 과자 상자를 바다에 던졌다고 해서 당신에게 집을 나와 달라고 말하는 건 아니에요. 나는 조만간 다시 혼자 도쿄로 돌아가겠습니다."

해변의 더러운 해초를 밟으며 걷고 있으니 남자도 개처럼 언제까지고 나를 따라왔다.

"배웅 따윈 안 해도 돼요. 그렇게 눈앞에서만 상냥한 행동 같은 건 관두세요."

마을 입구에서 남자와 헤어지자, 차가운 바람이 몸속에 사납게 몰아치는 듯한 느낌이 들었다. 만나면 이것도 얘기해야지, 저것도 얘기해야지 하고 생각했었던 것이 너무도 쉽게 부서져 버렸다. 도쿄에서 그렸던 이미지가 얼토당토않은 것이었다는 생각에 나는 머리를 꼿꼿이 세우고는 회색으로 꾸불꾸불 이어진 산들을 쳐다보았다.

조선소 입구에서는 가게를 낸 아버지와 어머니가 목수의 아내와 벌써 가게를 닫고 있었다.

"어이, 이 버선은 종이로 만들었나. 신으면 바로 찢어져요."

약으로 검게 염색을 했기 때문에 신으면 바로 찌지직 찢어지는 것 같다.

"아주머니! 나는 이제 집에 갈래요. 모두 다 화를 내며 올 것 같아서 무서워…." 목수의 아내가 재생품인 그 무명버선을 1켤레 70전에 파는 것은 너무 심했다. 목수의 아내가 다음 배로 돌아간다고 해서 나도 동행이 되어 함께 선착장에 간다.

"자아, 배를 띄웁시다!"

선장이 종을 울리자 리큐(利久)게타[69] 소리를 짜각짜각 울리며 걷던 목수의 아내는 선창과 배를 이은 건널판을 건널 때 아직 반이나 남아 있는 버선 보퉁이를 덜컥 바다 속으로 떨어뜨려 버렸다. "너무 비싸게 팔아 치워서 벌을 받은 거예요."

목수 아내는 아이쿠 하며 나무작대기 끝으로 보자기 꾸러미를 건져내고 있었다.

모두, 모든 것이 지나가 버린다. 배는 내가 지나갔던 해변 앞바다에 나가, 등불이 켜진 듯 레몬나무 가득한 산이 저무는 어스름한 빛으로 희미해지고 있었다. 3개월이나 마음속으로 의지하며 그렸었는데, 바다의 갯바람을 맞으며 언제까지고 나는 갑판에 나와 있었다.

(1월 x일)

"너는 생각이 좀 흐릿해서 안 돼!"

아버지는 도쿄로 가려고 자루에 짐을 싸던 내 뒤에서 말했다.

"하지만, 아버지 이런 곳에 있어도 별수가 없는 일이고, 어쨌든 가족이 모두 도쿄에 갈 테니 먼저 간대도 똑같은 거예요."

"우리들과 함께 가는 거라면 모르지만, 혼자서는 위험할 텐데."

"게다가, 너는 아무 방침도 없이 뭣이건 해 버리니까."

물론이지요. 방침이라니, 아무리 착실하게 세워도 믿을 수 없지 않은가. 방침 따위 세우지 않는 것이 지금의 내 기분이다. 목수의 아내가 바나나를 사 주었다. "기차 안에서 도시락 대신에 먹어요." 정거장의 검은 울타리에 기대어서 어머니는 눈물을 흘리고 있었다.

아! 좋은 아버지! 좋은 어머니! 나는 멋진 벼락부자가 되는 상상을 했다.

"어머니! 어머니는 세상이니 의리니 인정이니 곧잘 말을 하지만, 세상이니 의리니, 인정이니 하는 게 얼마만치 우리를 구해 줬다는 거예요? 우리 가족 세 사람의 세상 같은 건 아무데도 없으니까, '그까짓 것' 하고 생각해 주세요. 벌써 그 남자와도 깨끗이 헤어졌으니까요."

"우리 가족 3명이 함께 못 산다는 거야…."

"나는 일해서, 엄청난 부자가 될 거예요, 못 믿을 게 사람이니까. 나는 나 혼자서 아주 몸이 가루가 되도록 일할 거예요."

언제까지나 나의 마음에서 사라지지 않는 어머니. 도쿄에서 뭐라도 일자리가 생기면 어머니께 전보라도 쳐서 기쁘게 해드리고 싶다. 점점, 햇살이 비쳐드는 항구 마을을 가로질러 기차는 산파(山波)의 늘어선 해변을 따라 달리고 있다. 나의 추억에서, 민들레 솜털처럼 여러 가지가 바다 위로 날아갔다. 바다 위에는 헤어진 사람의 모습이 커다랗게 무지개처럼 떠 있었다.

(6월 x 일)

뜨거운 태양이 구름을 뚫고 하늘에 빛나고 있다. 허리띠 사이에 챙겨둔 이력서 2통은 땀에 푹 젖어 버렸다. 덥다. 신토미가시(新富河岸) 다리에서 커브를 그리며 전차는 신토미

자(新富座)에 꽂히듯 썩은 나무다리를 건너간다. 사카모토초(坂本町)에서 내리자, 더러운 공원이 눈앞에 있었다. 돈이라도 있으면 얼음을 잔뜩 먹고 가겠지만, 아아, 이 축축한 땀 냄새는 경멸받을 게 틀림없다. 자루가 긴 파라솔 손잡이에 볼을 대고, 공원의 더러워진 벤치에 앉아, 서늘한 바람이 불기를 바라며 바람을 쐬고 있었다.

"어이, 아가씨, 5전쯤 나한테 안 줄래…."

놀라서 뒤돌아보자, 때가 낀 수건을 머리에 감은 부랑자가 내 뒤에 서 있었다.

"5전? 난 2전밖에 없어요. 전차 차표 1장이랑 2전뿐인데…."

"그러면, 2전 줘."

서른은 족히 넘겼을 이 건장한 남자가, 땀이 밴 2전을 나에게서 받고는, 공중변소 쪽으로 가 버렸다. 저 사람에게 2전을 줘서, 저 사람은 저렇게 기뻐서 갔으니, 내게도 반드시 좋은 일이 있을 것임에 틀림없다. 완구상자를 뒤집어 놓은 듯한 공원 안에는, 나무처럼 먼지를 뒤집어쓴 사람이, 여기저기서 어정거리고 있다.

가야바초(茅場町)의 교차로에서 조금 오른쪽으로 들어간 곳에 이와이라는 증권사가 눈에 띄었다. 어슴프레한 철격자가 들어 찬 사무실에는 백수 같은 남자와, 부산스레 뛰어다니고 있는 사환. 마치 다른 인종이 사는 곳으로 온 것 같은 느낌이었다.

"월급은 도시락 딸려서 35엔으로 하구요. 출근은 9시, 퇴근은 4시입니다. 그런데 주산은 할 수 있습니까?"

"주산이라뇨?"

"부기 말입니다."

"조금은 할 수 있습니다."

월급이 도시락 포함 35엔이라니! 얼마나 멋진 무지개 같은 세상일까. 35엔, 이것만 있으면 나는 효도도 할 수 있다.

어머니!

어머니!

당신께 10엔이나 보내면 당신은 딸의 출세에 가슴 벅차하시겠지요.

"예, 부기든 뭐든 하겠습니다."

"그러면 해 보세요. 그리고 2, 3일 지나고 결정합시다."

하얀 실크 와이셔츠가, 돛처럼 선풍기 바람에 부푼 이 대머리 남자는 나를 사무용 책상 앞에 데려다 주었다. 마치 바위같이 커다란 사무 책상 앞에 서자, 35엔짜리 우울이 몸에 스며들어서, 부기든 뭐든 할 수 있다고 했던 것에 대해 두려운 생각이 들었다. 어린 남자 사무원이 가져온 서양식으로 철한 커다란 장부를 펼치자, 그것은 복식 부기로, 내가 조금 알고 있던 부기와는 아득히 인연이 먼 것이었다. 눈앞이 캄캄하고 땀이 난다. 태어나서 일찍이 본 적도 없는 것 같은 긴 숫자의 행렬, 숫자를 매일 써넣기도 하고, 주산으로 계산을 하게 되면 나는 단 하루 만에 완전히, 미치광이가 되어 버릴 것이다. 하지만, 나는 주판알을 아주 능숙한 듯이 탁탁 튀기다가 어린 시절 산수에서 '미'를 받았던 일을 떠올리고, 가슴이 철렁 내려앉는 듯한 기분이 들었다. 이런 긴 숫자가 얼마만큼 우리들 인생에 필요한 것일까. 문득 머리를 들자, 사환이 팥빙수를 간식으로 가져왔다. 나는 한심스럽게도, 기뻐서 눈물이 날 것 같았다. 얼음과 숫자, 빨강과 파랑의 직선, 부기봉으로 머리를 톡톡 두들기면서, 엉터리로 숫자를 써넣은 것이 두려워진다.

돌아와 보니 전보가 와 있었다.

출근할 필요가 없다.

그래! 그렇게 큰 숫자를 매일매일 계산해야 되는 그런 직장에는, 나도 가고 싶지 않아요. 그런 큰 숫자에 깔려 죽을 것 같은 생각이 드는 걸 보면 벼락부자가 되는 꿈은 이룰 수 없을 것 같다.

(6월 x 일)

2층에서 보니, 붉은 칸나꽃이 이웃집 정원에 피어 있다.

어젯밤, 왠지 모를 슬픔으로, 전전긍긍하며 울던 내 눈에, 하얀 구름이 무척이나 예뻤다. 이웃집 정원의 칸나꽃을 보니까, 어젯밤의 슬픔이 또다시 솟아 올라와, 뜨거운 눈물이 흐른다. 새삼스레 생각해 보아도, 생활다운 것도, 연인다운 연인도, 공부다운 공부도 할 수 없었던 칠칠치 못한 나 자신이, 바람 없이 잔잔한 날의 배처럼 쓸쓸하다는 생각이 든다. 이다음에, 아주 좋아하는 사람이 생긴다면, 눈을 감고 바로 죽어 버려야지. 다음에 생활이 편해지면 행복이 스르륵 도망가지 않은 동안에 바로 죽어 버려야지.

칸나꽃의 아름다움은, 순간적인 아름다움이지만, 아아 그 신세가 부럽다. 다음 세상에는 이런 빨간 칸나꽃으로라도 다시 태어나야지. 낮부터 지요다바시(千代田橋) 옆의 증권사에 가 본다.

-12345678910-

이토록 숫자를 몇 번이나 쓰고는, 나는 많은 지원자들과 문 밖으로 나가게 되었다. 여사무원 임용이라 했지만, 또 부기기록을 시키는 것일까. 하지만 많은 지원자들을 보니 나는 당분간 찬바람 속에서 놀아야 할 것 같다. 아카시(明石) 여자도, 모직 옷을 입은 여자도, 한발짝 밖으로 나가자 눈싸움을 그만두었다.

"어느쪽으로 가시죠?"

나는 이 고기떼 같은 여자들과 헤어져서 긴자까지 걸어 보았다. 긴자를 걷고 있으니, 왠지 전당포에 가야겠다는 생각이 든다. 어떤 진열장 안의 작은 수족관에서는 줄기같이 가느다란 은어가, 몇 마리나 헤엄치고 있었다. 긴자의 포장도로가 강이 된다면 재미있을 거라는 생각을 한다. 긴자의 집들이 산이 된다면 좋겠는데…. 그리고, 그 산 위에 눈이 반짝인다면 얼마나 좋을까…. 빨간 벽돌이 깔린 길 한 쪽 구석에 2전짜리 팽이를 팔고 있는 지저분한 영감이 있었다. 인간이란 이런 모습을 하고서까지 살아야 하는 걸까. 숙명이라든지 운명 같은 것. 그것은 여우에 홀려 생긴 정신병이겠지요. 영감님! 나폴레옹 같은 전술가가 되서, 그런 2전짜리 팽이에 안주하는 일은 그만두세요. 팽이 장수인 노인의 동정을 강요하는 눈을 보고 있으니, 이상하게 비웃어 주고 싶어진다. 저런 사람과 동족이라니, 아아, 더러운 것과 아름다운 것을 구분지을 수도 없는 착각 투성이의 엉성한 긴자여…. 집으로 돌아오면 당분간 이력서 쓰기는 그만두겠다.

하늘과 바람과

강과 나무
모두 가을의 종자.
흘러서 날아서

밤.

전기를 끄고 다다미에서 뒹굴고 있으니, 구름도 없는 밤하늘에 커다란 달이 떠 있다. 비뚤어진 달에, 손가락을 동그랗게 구부려 들여다보니, 검은 옷을 입은 배우 같은 달님! 어딘가에서 얼음을 자르는 소리와 풍경 소리가 들린다.

"나는 이렇게 아직 청춘입니다. 정열이 있어요. 달님!" 양손을 들어 무엇인가 꼭 껴안아 보고 싶은 쓸쓸함. 나는 달빛 아래 내 알몸의 어깨를 이때만큼 아름답게 느꼈던 적은 없다. 벽에 기대면 남자 냄새가 난다. 쿵쿵 몸을 부딪히며, 뭔가 분한 마음에, 몸 안의 피가 거꾸로 서는 듯하다. 하지만, 멍하니 눈을 뜨자, 피가 서는 소리가 말끔히 사라지고, 이웃에서 틀어놓은 축음기의 마주르카[70]의 피치카토[71]가 많이 들어간 폭풍 같은 노랫소리가 아름답게 흘러 나온다. 웅장한 바이올린 소리를 듣고 있으니 미래가 없는 나 자신이지만 죽어서는 안 된다는 마음이 솟구쳐 올랐다.

(6월 ×일)

그저께 갔던 증권사에서 속달이 왔다. ×일부터 회사에 나오기를 바란다. 나는 가슴이 두근거렸다. 오늘부터 증권사의 점원이다. 눈앞이 환해지는 것 같은 기분이 들었다. 파라솔을 20전에 넝마상에 팔았다.

히타치(日立)상회, 이것이 내가 지금부터 근무할 곳이다. 옆이 환전소, 앞이 지요다바시(千代田橋), 옆이 닭고기집, 다리 건너편이 담배 가게, 전차에서 내리자, 여러 가지가 풍요롭게 보였다. 하기타니 후미코(萩谷文子), 이 사람이 내 동료인데, 책상에 처음으로 마주하게 되자, 둘 다 웃어 버렸다.

"인연이 있었군요."

"예, 정말로 잘 부탁해요 네."

이 사람은 하카마를 입고 왔는데, 나도 하카마를 입지 않으면 안 되는 건가…. 두 사람의 일은 단골 손님에게 안내장을 내는 일과, 간단한 주산을 배우는 일이었다. 동료인 그녀는, 기후(岐阜)의 소학교 교사 출신으로 '네' 하고 말할 때의 발음이 이상하게 강하다.

"그렇죠네~." 사환 둘이서 흉내를 내고선 웃는다. 빵가루로 튀긴 연어나, 파란 강낭콩, 토란줄기 조림의 점심 도시락도 맛있다. 붉은 옻칠이 벗겨진 도시락을 양손에 쥐고서, 나는 멀리 있는 어머니 생각을 했다..

2엔 매입 3엔 판매!

자전거로 달려 사환이 돌아오자, 가게 사람들은 바쁜 듯이 그것을 흑판에 적기도 하고 전화를 걸고 있었다.

"안에 손님에게 차 한 잔 드리세요."

중역인 듯한 사람이 내 어깨를 두드리며 안을 가리킨다. 차를 가지고 문을 열자, 검은 안경을 낀 피부가 흰 여자가 온도계표 같은 종이에, 빨간 연필로 기록을 하고 있었다.

"아니! 이거 고맙습니다. 그런데, 여기엔 여자도 있군요. 더우시죠…."

온통 검은 색 복장을 한 여자는, 허리춤에서 50전 은화 2장을 내서는, 아이스크림이라도 들라고 말하며 내 손바닥에 얹어 주었다. 이런 돈을 월급 이외에 받아도 좋은 것인지 모르겠다. 앞의 중역인 듯한 사람에게 물어 보자 주는 것은 받아 두라고 말해 주었다. 퇴근길에 다리 위에 서서 아직 높이 떠 있는 해를 바라보며, 이렇게 편한 근무라면 공부도 할 수 있겠다고 생각했다.

"당신은 아직 혼자예요?"

하카마를 입고 구두 소리를 내며 걷던 그녀는, 기분 좋게 휘파람을 불며 나에게 물었다.

"난 스물 여덟이에요. 35엔으로는 먹고 살 수가 없어요."

나는 잠자코 웃고 있었다.

(7월 x 일)

일도 거의 익숙해졌다. 아침 출근은 특히 즐겁다. 전차를 타니, 직장 여성들이 둥근 비닐테두리를 붙인 핸드백을 갖고 있다. 월급을 받으면 나도 사고 싶은 물건이다. 아래층의 아주머니는 요즘 기분이 좋다. 회사에 가니, 아직 동료들은 보이지 않고, 젊은 중역인 사가라(相良) 씨가 혼자서, 2층의 넓은 중역실에서 신문을 읽고 있었다.

"안녕하세요."

"야아!"

사무복으로 갈아입으면서, 펜과 잉크를 책상에서 내놓고 있으니

"여기 선풍기 켜 줘요." 하고 부르고 있었다.

나는 휴지통을 받침 삼아, 높은 여닫이문 위쪽 가로대의 스위치를 돌렸다. 하얀 방안에 거품이 이는 듯한 선풍기 소리, "어머?" 나는 사가라 씨의 양팔에 안겨 있었다. 아무런 마음의 준비도 없는 내 얼굴에 커다란 남자의 입김이 닿자,

나는 두 발로 선풍기를 차 버렸다.

"와하하… 이건 장난이야."

나는 계단을 뛰어내려가서는, 어두컴컴한 화장실 안에서 쏴악 물을 틀었다. 뺨을 강하게 내리누르던 남자의 입술이, 아직 단단하게 들러붙어 있는 것 같아서, 거울을 보는 것이 혐오스러웠다.

"이건 장난이야."

몇 번이나 얼굴을 씻어도 이 말이 끈질기게 달라붙어 있었다.

"화났어요! 바보군. 당신은."

아아, 물을 틀고 있는 나를 보고, 내려온 사가라 씨는 웃으며 지나갔다.

낮.

검은 안경을 쓴 부인과 함께 매장으로 가다. 높은 베란다 같은 곳에서 딱따기 소리가 딱딱 울리면 양복을 입은 젊은 남자가 양손을 벌려 팡팡 손뼉을 치고 있다.

"사세요! 사!" 베란다 밑에는 감자를 짓이긴 것 같은 사람들의 머리, 부인은 검은 안경을 치켜 올리면서 메모지에 뭔가 적는다.

부인을 자동차가 있는 곳까지 배웅하자, 또, 작은 축의금 봉투에 1엔짜리 지폐가 들어 있는 것을 받는다. 어쩐지 이런 행운도 또, 스르륵 빠져 나갈 것 같다. 돌아오니, 주가로 내기를 거는 도박꾼들과 사환들이 주사위로 공집기 제비를 뽑고 있었다.

"네, 하야시 씨! 우리도 하지 않을래요? 재미있을 것 같은데요."

밥공기를 엎어서는, 주사위를 흔들고, 모두 잔돈을 서로 내놓고 있었다.

"어이, 언니! 들어와요…."

"…"

"들어오면 좋은 걸 보여 줄께. 태어나서, 처음으로 홍겨워할 만한 것을 보여 줄게. 어때."

하얀색 실크 윗도리를 번지르르하게 입은 도박꾼이, 내 손에서 펜을 가지고 저편으로 가 버렸다.

"어머! 그건 좋은 건데…. 그러면 들어갈게. 돈은 별로 없으니 조금만요."

"그러면 보여 줘."

동료는 펜을 버리고 모두의 옆으로 가자, 큰 환성이 일어난다.

"자아! 하야시 씨 오세요."

나도 소리에 끌려서 가게 안으로 들어가 본다. 웃옷 뒤에 가득 그려진 새빨간 그림에 나는 두 손으로 얼굴을 가렸다.

"용기가 없구먼…."

모두들 뛰어나오는 내 뒤에서 웃고 있었다.

밤.

혼자서 신주쿠 거리를 걸었다.

(7월 x 일)

"아, 여보세요 ××집입니까? 저는 스자키(須崎)인데요, 네. 오늘은 갈 수 없으니까, 내일 밤 가신다고 합니다. ×× 씨에게 그렇게 전해 주세요, 네."

또, 중역이 어딘가 기생집에 전화를 걸라고 한 것이다. 하기타니(萩谷) 씨가 습관적으로 붙이는 '네'가 윙윙 울리고 있다.

"네! 하야시 씨 오늘 밤 스자키 씨가 말이죠, 아사쿠사에서 한턱 낸다고 하던데…."

우리들은 사무를 일찌감치 처리한 뒤, 급사 한 명을 데리고 스자키와 하기타니와 나, 네 사람이 자동차에 탔다. 이 스자키라는 남자는 조슈(上州)의 지주로 고풍스런 하얀 하마치리멘(浜縮緬) 허리띠를 빙빙 두른, 돼지같이 살찐 남자였다.

"요정에라도 갈까나!"

나도 하기타니도 웃음을 터뜨렸다. 고기와 술을 먹고 마시는 만큼, 이 돼지 같은 남자의 자화자찬을 듣고, 탁자 위에는 작은 접시의 행렬이다. 나는 가슴속이 후끈후끈 막힐 듯했다. 요정을 나오면 다음은 신나게 춤추는 데쿄자(帝京座)이다. 나는 머리가 아팠다. 빨간 속치마와 하얀 장딴지, 군중과 무대 모두 한 덩어리가 되어 무언가 웅웅거리며 외쳐댄다. 이런 세계를 들여다본 적도 없는 나는 이상하게 침착할 수가 없었다. 극장을 나오니, 탄산음료와 아이스크림 가게가 빽빽히 늘어선 아사쿠사다. 조슈 태생의 이 중역은 "와! 축제 같은데." 하며 주변을 두리번두리번 바라보고 있었다. 나는 머리가 아파서 도중에 돌아가게 되었다. 하기타니는 이상하게 스자키 씨와 헤어지고 싶어하지 않았다.

"둘이서 요릿집에라도 갈 생각이겠죠."

급사는 스자키 씨로부터 받은 전차표를 두 장 나에게 찢어 주었다.

"안녕, 내일 봐."

집으로 돌아오자, 야채 가게와 쌀 가게, 석탄 가게의 계산서가 와 있었다.

일당으로 받아도 조금 남아, 다음달이 되면 고향에 조금 보내야겠다. 아래층에서 녹말 반죽을 하고선 초대를 한다. 잠자리에 든 것이 11시. 오늘 밤도 이웃집에서 마주르카가 흘러나온다. 흥분되어 잠을 잘 수 없다.

(9월 x 일)

오늘도 또 저 구름이다. 뭉게뭉게 피어오르는 구름의 흐름을 나는 낮에 모기장 속에서 바라보고 있었다. 오늘이야말로 주니소(十二社)로 걸어가야지. 그렇게 아버지와 어머니의 모습을 보고 와야겠다. 나는 배낭에 기대고 있는 옆의 대학생에게 말을 걸었다.

"신주쿠까지 가는데 괜찮을까요?"

"아직 전차도 자동차도 없어요."

"당연히 걸어서 갈 겁니다"

이 청년은 잠자코 기분 나쁜 어두운 구름을 보고 있었다.

"당신은 언제까지 노숙을 할 생각입니까?"

"그저, 이 광장의 사람들이 물러날 때까지 있겠습니다. 나는 도쿄가 원시로 바뀐 것 같아서 무척 재미있어요."

이 엉터리 철학자 녀석

"부모님이 계신 곳에서 당분간 머물 겁니까⋯."

"제 부모님은 나처럼 가난해서 셋방살이를 하기 때문에, 오래는 있지 못해요. 주니소 쪽은 타버리지는 않았겠지요."

"글쎄, 교외는 조선인이 큰일이라고 하더군요."

"그래도 갔다 오겠어요."

"그렇습니까. 스이도바시(水道橋)까지 배웅해 드릴까요."

청년은 땅에 꽂았던 양산을 집어서 빙빙 돌리며 구름 사이로 안개처럼 내려오는 재를 털었다. 나는 다다미 4장 반짜리 모기장을 접고는, 무너진 하숙으로 달렸다. 하숙집 사람들은 모두 물건을 챙기고 있었다.

"하야시 씨 괜찮습니까. 혼자서⋯."

모두가 걱정해 주는 것을 뿌리치고 나는 면보자기 한 장을 갖고, 때때로 작은 지진이 일어나고 있는 길로 나갔다. 네즈(根津)의 전찻길에는 지렁이처럼 노숙하는 무리가 늘었다. 청년은 새카맣게 떼지은 인파를 가르고, 빙빙 양산을 돌리면서 걷고 있다. 나는 하숙에 어젯밤 돈을 지불하지 않았던 것을 왠지 기적처럼 생각하고 있다.

태양을 상대로 장사를 하던 아버지를 생각하면, 이 30엔 남짓한 월급도 소홀히 쓸 수 없다. 도중에 1되에 1엔 하는 쌀을 샀다. 그 밖에도 아사히를 5개 샀다. 말린 우동 건더기를

50전어치 샀다. 어머니가 얼마나 기뻐하실까 하고 생각한다. 쨍쨍 내리쬐는 더위 속에 양산이 없는 나는 청년의 긴 그림자를 밟고 걸었다.

"깡그리 이렇게 타버렸군요."

나는 쌀을 두 되 등에 지고 걸었더니 생쥐 썩은 체취가 풀풀 나서 느낌이 좋지 않았다.

"수제비라도 먹을까요?"

"저, 늦어지니까 그만두겠어요."

청년은 한동안 멈춰서서 땀을 닦고 있었는데 양산을 빙빙 돌리더니 그것을 내게 내밀고서 말했다.

"이걸로 50전 빌려 주지 않겠습니까?"

나는 동화 얘기 같은 이 청년의 행동에 호의의 미소를 보냈다. 그리고 기분 좋게 복숭아 빛의 50전 짜리 지폐를 두 장 꺼내서 청년의 손에 얹어 주었다.

"당신은 배가 고팠군요…."

"하하…." 청년은 그렇다고 말하며 명랑하게 웃었다.

"지진이란 건 멋지군요!"

주니소까지 바래다 준다는 청년을 억지로 거절하고, 나는 혼자서 전찻길을 걸었다. 그렇게 아름다웠던 여인들이 단 2, 3일 사이에 모두 재투성이가 되어 복숭아 빛 속치마를 내놓고 맨발로 걷고 있었다.

주니소에 닿았을 때는 해질 무렵이었다. 혼고에서 여기까지 40리는 될 것이다.

나는 막대기처럼 뻣뻣해진 다리를 아버지의 셋집으로 옮겼다.

"저어, 엇갈렸군요. 오늘 이사가셨어요."

"저, 이런 난리통에도요?"

"아니오, 우리가 여기를 정리하고 고향으로 돌아가기 때문에요."

나는 암담해졌다. 번지고 뭐고 아무것도 들어 두지 않았다고 하는, 간사이(關西) 지방 사람답게 박정하게 생긴 머리카락이 성긴 이 여자가 원망스런 생각이 들었다. 나는 제방 위의 둑길 옆에 쌀 보자기를 던지듯이 내려놓고는 그곳에 아무렇게나 드러누웠다. 눈물이 번져 나와 견딜 수가 없다. 멀리 이어진 제방의 토끼풀은 군대처럼 모두 땅바닥에 웅크리고 있다.

별이 빛나기 시작했다. 노숙을 하기로 마음먹고, 가능한 한 사람이 많은 쪽으로 제방을 내려가니, 맨 처음 비뚜름한 이발소 앞에 포플러로 둘러싸인 광장이 있었다. 거기에는 작은 가족이 두세 무리 있었다. 내가 그곳으로 가자.

"혼고에서 왔다니, 힘들었겠군요…." 하고 사람 좋아 뵈는 이발소 아주머니는 가게에서 거적을 가지고 와서 나를 위해 잠자리를 만들어 주기도 했다.

키 큰 포플러가 유유히 바람에 살랑거리고 있다.

"여기서 비라도 맞는다면, 큰일인데요."

밤에 순찰을 나간다는 늙은 주인 아저씨가 머리에 띠를 매면서 하늘을 보고 중얼거렸다.

(9월 x 일)

아침.

오랜만에 거울을 보았다. 낡은 이발소집 거울 속의 나는 마치 시골뜨기 가정부 같다. 나는 쓴웃음을 지으며 머리칼을 그러올렸다. 기름기 없는 머리칼이, 뿔뿔이 이마에 흘러내렸다. 이발소 주인에게 쌀 2되를 사례로 주었다.

"이러시면 안 돼요."

아주머니는 쌀을 흔들흔들 안고 1마장이나 한참 쫓아왔다.

"사실은 무거워서…"

그렇게 말해도, 아주머니는 어려울 때가 있을 거라며, 쌀 2되를 내 등에 억지로 얹어 주고 말았다. 어제 왔던 길이다. 변함없이, 다리가 너무나 아팠다. 와카마쓰(若松) 마을까지 오자, 무릎이 아팠다. 모든 것에 천진난만하게 부딪혀 보자.

나는 통조림 상자를 가득 싣고 있는 자동차를 보니, 염치를 생각할 겨를도 없이 큰소리로 불러 봤다.

"태워 주지 않겠습니까?"

"어디까지 갑니까?"

나는 벌써 두 손을 통조림 상자에 걸치고 있었다. 준텐도(順天堂) 앞에서 내리게 되자, 나는 4개의 아사히를 던지듯이 운전수에게 주었다.

"고마워요."

"아가씨 잘 가요." 모두 좋은 사람들이다.

내가 네즈의 곤겐사마(權現樣) 광장에 돌아왔을 때는, 대학생은 예의 모습 그대로, 그 큰 박쥐우산 아래서, 꺼림직한 구름을 쳐다보고 있었다. 그리고, 그 우산의 한 편 구석에는 셔츠를 입은 아버지가 침울하게 담배를 피우며 나를 기다리고 있었다.

"엇갈렸던 것 같구나…." 하고 아버지가 말했다.

두 사람 모두 벌써 눈물을 흘리며 어쩔 줄을 몰라했다.

"언제 왔어요? 밥은 드셨어요? 어머니는 어떻게 지내세요?"

잇따른 나의 말에, 아버지는 어젯밤, 조선인으로 오인받으면서 결국 혼고까지 와서는 나와 엇갈렸던 일과, 지쳐서 돌아갈 수가 없어서 학생과 이야기를 하며 밤을 지새웠던 일

따위를 얘기했다. 나는 아버지에게 쌀 2되와, 절반이 된 아사히와 우동봉지를 쥐어주고는, 땀이 배서 축축해진 10엔짜리를 1장 꺼내어 건넸다.

"받아도 될까?"

아버지는 어린아이처럼 기뻐하고 있다.

"너도 함께 들어가지 않을래?"

"번지만 들어두면 괜찮아요. 이삼 일 내에는 또 가니까…."

길에서 소리치며 사람을 찾고 있는 사람의 소리를 듣고 있으니, 나도 아버지도 안타까웠다.

"산파 안 계십니까… 누구 산파 모르십니까?"

하고 산파를 찾아 부르고 있는 사람이었다.

(9월 x 일)

길모퉁이 전신주에, 처음으로 신문이 붙기 시작했다. 오랜만에 그리운 소식을 듣는 것처럼 나도 많은 사람들의 머리 뒤에서 신문을 들여다보았다.

"나다(灘) 지방의 주조가로부터, 거래처에 한정해서, 술운반선(酒船)에 오사카까지 무료로 태워 드립니다. 정원 50명."

이 얼마나 멋진 글인가. 아아 내 가슴은 기쁨으로 터질 것 같았다. 내 가슴은 공상으로 부풀었다. 술집에서 죽더라도 상관없다고 생각했다.

여행을 가자. 아름다운 여행, 고향으로 돌아갈 테다. 바다를 보고 와야지.

나는 홑옷을 두 벌 정도 보자기에 싸서는, 그것을 허리띠 위에 지고, 그야말로 유유히 아무에게도 말하지 않고 조용히 하숙을 나와 버렸다. 만세이바시(万世橋)에서 승합짐마차를 타고, 마치 부서진 제기의 채처럼, 끄덕끄덕 머리를 흔들면서 멀리 시바우라(芝浦)까지 흔들리며 갔다. 차비 70전 남짓, 비싼 것 같기도, 싼 것 같기도 한 느낌이었다. 마차에서 내릴 땐 엉덩이가 마비되어 버렸다.

수제비, 삶은 팥, 지에밥, 과일, 이러한 너저분한 먼지를 뒤집어 쓴 노점 앞을 지나가자, 비료 썩는 냄새가 푹푹 나고, 시바우라의 항만에는 갈매기처럼 해병들이 무리 지어 있었다.

"나다 지방 술운반선이 나가는 곳은 어디입니까?"

하고 사람에게 물어서 보트가 가득 늘어서 있는 판잣집 옆 천막 안에 그 사무소가 있다는 것을 알았다.

"당신 혼자입니까?"

사무원인 사람들은 초라한 내 행색을 말똥말똥 보고 있

었다.

"예, 그렇습니다. 아는 사람이 술집을 하고 있어서, 신문을 보여 주었습니다. 꼭 태워 주세요…. 고향에서 모두 걱정하고 있어서."

"오사카 어디입니까?"

"오노미치입니다."

"이런 때는 어쩔 수 없지. 태워 드릴 테니, 이걸 떨어뜨리지 않도록 가지고 가세요."

반들반들한 후쿠무스메(富久娘) 상표 뒤에, 나의 도쿄 주소와 이름과 연령, 행선지 적은 것을 건네주었다. 이것 참 재미있는 일이다. 몇 년 만에 오노미치에 가는 것이다.

아아, 그 바다, 그 집, 내 사람, 아버지와 어머니는 빚이 산더미 같아서 무슨 일이 있어도, 오노미치에는 가지 않을 것처럼 말하고 있었지만, 소녀 시절을 보냈던 그 바닷가 마을을 외톨이인 나는 사랑처럼 그리워하고 있다.

"상관없어. 아버지든 어머니든 모르면 괜찮을 거야."

갈매기 같은 해병들 사이를 빠져 나가서, 술 냄새 나는 술 운반선에 탈 수 있었다.

70명 정도의 승객 중에, 여자로 말하면 나와 거래처의 딸인 것 같은 물색 옷을 입은 처녀와, 아름다운 무늬의 유카타(浴衣)를 입은 여자 3명뿐이다. 아가씨 두 사람은 파란 돗자리의 위에 줄곧 누워서 잡지를 읽기도 하고, 과일을 먹거나 했다.

나와 비슷한 연령인데도, 나는 늘 오래된 술통 위에 앉아 있을 뿐이고, 그녀 둘은 나를 봐도 한 마디도 말을 걸어주지 않는다. "아, 귀하신 몸들이시군." 너무도 쓸쓸해서 소리를 내어 중얼거려 보았다

여자가 적기 때문에 선원들이 내 얼굴을 보고 있다. 아아, 이런 때야말로, 아름답게 태어났더라면 좋았을 텐데 하는 생각이 든다. 나는 안타까워져 배밑으로 내려갔는데, 거울을 잃어버렸기 때문에 니켈 비누상자를 무릎에 문질러서, 얼굴을 비추어 보았다. 최소한 옷이라도 갈아입어 보자. 우물 정(井)자 모양의 유카타로 갈아입자, 조용했던 내 귓가에 철썩 철썩 파도 소리가 울린다.

(9월 x 일)

이제 5시쯤 되었을까, 제각각 요란한 사람들의 숨소리와 모기에 시달려서 밤중 내내 나는 잘 수가 없었다. 나는 살짝 갑판 위로 나와선 후- 하고 숨을 쉬었다. 아름다운 새벽이

다. 우유빛의 서늘한 물보라를 일으키며 이 낡은 술운반선은, 유유히 바람을 가르며 달리고 있었다.

"더워 죽겠네!"

기관실에서 올라온 늠름한 선원이, 그을은 웃통을 쫙 펴고, 서늘한 바닷바람을 호흡하고 있다. 아름다운 풍경이다. 마도로스의 부인도 나쁘지는 않다는 생각이 든다. 무의식적으로 아름다운 포즈를 취하고 있는 그 선원의 모습을 물끄러미 보고 있었다. 그 하나하나의 포즈가 괴로웠던 옛날의 격정을 불러일으켰다. 아름다운 새벽이었다. 기요미즈(淸水)항이 꿈처럼 가까워졌다. 뱃사람의 부인도 나쁘지는 않다.

오전 8시 반, 된장국과 밥과 야채 절임으로 아침식사가 끝난다. 차를 마시고 있으니, 선원들이 소리치며 갑판을 달려갔다.

"비스킷 구웠으니, 오세요!"

상갑판으로 나가, 구워낸 비스킷을 나는 양소맷자락 가득히 받았다. 아가씨들은 빈민에게라도 주는 듯이 바라보며 웃고 있다. 저 사람들은 내가 여자인 것을 모르고 있는 것 같다. 2일째인데도 아직 한 마디 말도 걸어 주지 않는다. 이 배는 아무 항구에도 머무르지 않고, 곧장 오사카로 서둘러서 달리고 있어서 너무나 기쁘다.

요리사가 "잘 잤어요!" 하고 말을 걸었기에, 나는 어젯밤 모기에 시달려서 잘 수 없었던 이야기를 했다.

"실은, 그곳은 술을 쌓아 놓는 곳이라서 모기가 많아요. 오늘은 선원실에서 주무세요."

이 요리사는 이제 마흔 정도일 것 같은데 나와 키가 비슷해서 너무 이상하다. 나를 자기의 방에 안내해 주었다. 커튼을 당기자 반침 같은 침실이 있다.

이 요리사는, 카네이션 우유를 펑펑 따서 내게 여러 가지 과자를 만들어 주었다. 작은 소년이 내 짐을 정리해서 옮겨 오자, 나는 그 침실에 편안하게 엎드려 누웠다. 머리를 조금 들자 베개 머리맡의 둥근 창문 저편에 큰 파도가 물보라를 일으키고 있다.

오늘 아침의 아름다운 기관사도, 비스킷을 우적우적 씹으면서 잠깐 들여다보고 지나간다. 나는 부끄러워서 잠자는 척하고 얼굴을 덮고 있었다. 고기를 굽는, 맛있어 보이는 기름 냄새가 나고 있었다.

"저는요, 외항선의 주방장이었습니다만, 도쿄의 지진을 한번 보고 싶어서 배를 쉬고 여기에 따라왔어요."

무척 정중한 어투로 말하는 사람이다. 나는 높은 침대 위에서, 다리를 늘어뜨리고 맛있는 요리를 먹었다.

"나중에 몰래 아이스크림을 만들어 줄게요." 정말로 이 사람은 좋은 사람 같다.

고베에 집이 있고, 자식이 아홉이라고 푸념을 했다.

배에 등불이 들어오자, 오늘 밤은 모두 배 밑바닥에 모여서 술자리가 한창이라고 한다. 요리사들은 부산을 떨며 바쁘다. 나는 등불을 끄고, 창문에서 강물처럼 흘러 들어오는 바닷바람을 들이마시고 있었다. 문득 나는, 내 발끝에 따뜻한 사람의 살갗을 느꼈다. 사람의 손이다! 나는 베개 머리맡의 스위치를 돌렸다. 구릿빛 커다란 손이, 커튼 밖으로 물러나가는 참이다. 이상하게 몸이 딱딱 떨려온다. 어째야 좋을지 몰라서 나는 크게 기침을 했다. 이윽고 커튼 밖에 화난 요리사의 목소리가 들렸다.

"건방진! 더러운 시늉을 하면 용서 못해!"

스윽 하고 커튼이 열리자, 번쩍번쩍 하는 요리칼 같은 것을 들고, 요리사가 젊은 남자의 등을 찌르며 들어왔다. 그 부은 얼굴은 알아차릴 수 없었지만, 구릿빛 손으로는 확실히 알 수 있었다. 뭔가 무시무시한 싸움이 당장에라도 있을 것 같아서, 그 요리칼이 움직일 때, 나는 섬뜩한 생각에, 몇 번인가 요리사의 어깨를 눌렀다.

"버릇이 됩니다!"

기관실에서 그리운 엔진 소리가 들려온다. 손을 떼면서 나는 입을 다물고 엔진 소리를 듣고 있었다.

(2월 x 일)

아아, 모두 개한테나 먹혀 버려라. 뒹굴며 거울을 보고 있으니 일그러진 얼굴이 소녀처럼 보여서, 몸이 이상하게 뜨거워진다.

이렇게 머리칼을 흐트리고, 칙칙한 붉은색의 낡은 꽃무늬 이불 속에서 윗몸을 내밀고 있으니까 내 가슴에 여름 바다처럼 물거품이 인다. 땀 범벅인 얼굴을 다다미에 갖다 대기도 하고, 붙여 보기도 하고, 드러난 발을 거울에 비춰 보기도 하고, 나는 내려꽂힐 듯 격한 정열을 느끼고는 이불을 걷어차고, 창문을 열었다.

—지난 일을 회상하면, 모든 게 안타깝고, 가난, 소외감, 애달픔, 비참한 일들, 빈약하고, 춥고, 부족하고, 덧없고, 따분하고, 기댈 데 없고, 의지할 데 없는 것, 포착하기도 표현하기도 말하기도 어렵고, 잊기 쉽고 변하기 쉽고, 진실로 의지할 곳 없는 인간세상인가! 하는 것. 요컨대 부처가 될 수는 없어도 이 세상은 쓸쓸하다.—

초콜릿 색깔의 아틀리에의 연기를 보고 있으니, 하쿠슈(白秋)의 이런 시가 문득 생각난다. 3층 창문에서 내려다보고 있으니, 가와바타(川端)미술학원 여자모델의 알몸이 커튼 틈으로 보인다. 파란 페인트가 벗겨진 교사(校舍) 뒤 씨름판 양지에서는, 루바시카[72]끈이 긴 미술 학생들이 멋대로 한가로운 씨름놀이다. 위에서 휘파람을 불자 망토를 입은 그들은 모두 3층을 올려다보았다. 그 씨름판 위에 이 3층 여자가 '뛰어내려갑니다.' 하고 소리를 지르면 모두 기뻐서 박수를 쳐 줄 것이다. 가와바타 미술학원 옆의 돌담이 있는 아파트로 이사와서, 오늘로 이제 열흘 남짓, 차가운 하늘에는 매일 초콜릿색 스토브 연기가 올라가고 있다.

나는 20통쯤이나 되는 이력서를 썼다. 본적을 가고시마현 히가시사쿠라지마 후루사토 온센바(鹿兒島縣, 東櫻島, 古里, 溫泉場)라고 쓰면, 너무 멀어서 아무도 신용을 해 주지 않을 것 같아서 도쿄로 본적을 고쳐 쓰니 무척이나 마음이 가볍고, 설명도 필요없다.

장지문에 후두둑 모래 바람이 부딪히자, 밑의 씨름장에서, 미술학원 학생들은 캐러멜을 돌멩이처럼 3층으로 던져 준다. 그 맛있었던 캐러멜…. 옆방의 여학생이 돌아온다.

"잘하고 있네!"

내 방문을 난폭하게 차고, 도구를 그곳에 집어던지고는 내 어깨에 손을 얹고서

"잠깐, 화가분들, 더 던져요. 한 사람 더 늘었으니까…." 하고 말했다.

밑에서는 놀러가도 괜찮은가 하는 사인을 미술학생들이

보내고 있다. 그러자 이 열 일곱 살 난 여학생은 손가락을 2개 내보였다.

"그 손가락은 무슨 뜻이야?"

"이거! 아무것도 아니에요. 오세요라는 의미로 받아도 좋고, 안 돼 안 돼라는 의미래도 좋아."

이 여학생은 불량한 아버지와 단둘이 이 아파트에서 셋방살이를 하고 있는데, 아버지가 돌아오지 않으면, 내 이불 속으로 기어들어오는 불쌍한 소녀였다.

"우리 아버지는 사쿠라 가루비누의 사장이에요."

때문에 나는 비누보다도, 이 가루비누를 받은 적이 많다.

"있죠, 한심하죠. 전 월사금을 못 내기 때문에, 학교를 그만둬 버리고 싶어요."

화로가 없어서, 풍로에 접은 휴지를 태워서 재를 일으킨다.

"아래층 7호에 이사온 여자말이에요. 시계점 주인의 첩이라나, 주인아줌마가 꽤나 추켜올려 줘서 알미워…."

그녀는 이름이 몇 개나 되기 때문에 알 수는 없지만, 스스로는 베니가네라고 말했다. 베니의 아버지는 오랫동안 하와이에 있었다고 하는데, 맥주상자로 만든 큰 침대에서 베니와 자곤 했다. 무슨 일을 하는 사람인지 짐작할 수는 없지만, 방에 사쿠라 비누 빈 봉지를 많이 갖고 들어오는 적도 있다.

"나와 우리 아버지, 이렇게 항상 방긋방긋 웃고 있지만, 사실은 무척 쓸쓸해요. 당신이 신부가 돼 주지 않을래요."

"바보구나! 베니는…. 나는 그런 할아버지는 아주 싫어해!"

"하지만, 우리 아버지는요, 당신을 혼자 놔두기에는 아깝다면서, 젊은 여자가 혼자서 빈둥거리는 건 무척이나 손해라고 하던데."

3층짜리 건물인 이 텅빈 아파트에 불이라도 안 나나. 뒹굴면서 신문을 보고 있으면, 으레 눈이 가는 곳은, 기생과 마누라 구하기, 돈대출과 여종업원란이 눈에 띈다.

"언니! 이번에 도키와 극장에 안 가 볼래? 세 프로 동시상영이라 아침부터 볼 수 있어요. 나, 가극 배우가 되고 싶어 죽겠어요."

베니는 벽을 손등으로 치면서 리골레토를 콧노래로 솜씨 좋게 부르고 있다.

밤. 마쓰다 씨가 놀러온다. 나는 이 사람에게 10엔이나 빚이 있고, 그것을 갚을 수 없는 것이 무척 괴롭다. 미싱 가게의 다다미 2장짜리 방을 나와 이런 가난한 아파트에 이사온 이유 중 하나는 마쓰다 씨의 친절로부터 도망치고 싶었기 때문이었다.

"바나나 드시라고 갖고 왔습니다. 드실래요?"

이 사람이 말하는 것은, 하나하나가 뭔가 의미 있는 듯한 말투로 들린다. 정말은 좋은 사람이지만, 인색하고 끈질겨서 하는 일이 사소한 일뿐이다. 나는 이런 사람이 가장 싫다.

"난 내 자신이 조그맣기 때문에 결혼한다면 키 큰 사람과 할 거예요."

늘 이렇게 말해 두는데 이 사람은 매일같이 놀러 온다. 잘 있어요! 이렇게 말하고 돌아가면, 너무나 미안한 기분이라 다음에 만날 때면 상냥하게 말을 걸어 줘야겠다고 생각하고 있어도 막상 만나게 되면, 셔츠가 눈에 띄게 하얀 것까지도 너무 울화가 치민다.

"계속 돈을 못 갚아서, 정말로 미안하게 생각하고 있습니다."

마쓰다 씨는 술에라도 취해 있는 건지, 부자연스럽게 엎드려서 한숨을 쉬고 있었다.

사쿠라 가루비누 방에 가는 것은 싫지만, 내가 좋아하지도, 격에 맞지도 않는 사람의 눈물을 보고 있는 것이 괴로워 살짝 문옆으로 갔다. 아아, 10엔이라는 돈 때문에 이렇게 답답한 눈물을 보지 않으면 안 되는 것일까. 그 10엔이 모두, 미싱 가게 아줌마의 품으로 들어가 있고, 나에게는 그냥 지나쳐 갔을 뿐인 10엔이었는데도…. 셀룰로이드 공장의 일, 자살한 지요 씨의 일, 미싱 가게의 다다미 2개짜리 방에서 맞은 가난한 설날. 아아, 모두 지나 버린 일인데도, 작은 남자의 뒷모습을 보고 있으니, 똑같은 꿈을 꾸고 있는 착각이 일어난다.

"오늘은 어떻게든 말하고 싶어서 왔습니다."

마쓰다의 품속에는 면도칼 같은 것이 보였다.

"누가 나쁜 사람이죠? 이상한 시늉은 그만두세요."

이런 곳에서 좋아하지도 않는 이런 남자에게 죽임을 당하는 건 시시하다고 생각했다.

나는 나를 버리고 간 섬 남자의 일이 갑자기 생각나자, 이런 아파트의 한 쪽 구석에서 나 혼자 괴로이 그 남자 생각을 하고 있는 것이 안타까웠다.

"아무 짓도 하지 않겠습니다. 이것은 나 스스로에게 다짐해 두려는 것입니다. 죽어도 좋다는 심정으로 이야기하러 왔습니다."

아아 나는 늘, 마쓰다의 상냥한 말에는 질려 버린다.

"어쩔 수 없는 일 아니예요. 헤어져 있지만, 언제 돌아올지도 모르는 사람이 있어요. 게다가 나는 무척이나 별난 사람이라 안 돼요. 돈도 꾼 채로 돌려주지 못해 무척 괴롭게 생각하고 있습니다만, 사오 일 지나면 어떻게든 해 볼테니까…."

마쓰다 씨는 일어서더니 미친 사람처럼 당황스레 계단을

내려가 돌아가 버렸다.

밤새, 섬 남자의 오래된 편지를 꺼내어 읽었다. 이것이 모두 거짓말이었을까 하고 생각한다. 뒤흔들리는 것 같은 심한 바람이 분다. 요컨대 부처가 아니라도 모두 쓸쓸하다.

(3월 x 일)

꽃 가게 유리창으로 보이는 평지꽃의 금빛이 넓은 시골 들판을 생각나게 했다.

그 꽃집의 옆을 돌아가자, 산원 ××하고 페인트 간판이 걸려 있었다. 몇 번이나 망설이다가 결국은 산파라도 되어 버릴까 하고 생각하여, 물어물어 찾아온 센다키초의 ××산원. 찌그러진 격자문을 열자 현관의 다다미 3장짜리 방에, 여자가 3명이나 고다쓰[73]를 쬐며 빈둥거리고 있었다.

"뭐죠…."

"신문을 보고 왔습니다만…. 조수 견습 구한다고 했었죠."

"이렇게 좁은데 여기서는 아직 조수를 둘 작정인가…."

2층의 건조대에는, 마른 기저귀가 반쯤 열린 덧문에 펄럭펄럭 부딪히고 있었다.

"여기는 여자뿐이라 꺼릴 것 없어요. 내가 여기저기 돌아다니니까. 사무를 봐 주면 좋겠습니다."

이 초라한 산원의 주인치고는, 너무 아름다운 여자가 나에게 뜨거운 홍차를 권해 주었다. 아래층 여자들이 주인이라고 말했던 사람이 이 여자일까…. 비싼 향수 냄새가 나고, 2층의 다다미 4장 반짜리 이 방만은, 사치스런 도구가 갖춰져 있었다.

"실은요, 아래층의 여자들은 모두 본성이 나빠서 아이라도 낳고 나면, 그대로 도망가 버릴 것 같은 여자뿐입니다. 그래서 오늘부터라도 내가 없는 동안 지켜 줬으면 합니다만, 사정이 어떤지?"

기름기 반지르르한 하얗고 부드러운 손을 볼에 대고, 나를 보고 있는 이 여자의 눈에는, 뭔가 번쩍이는 차가움이 있었다. 말투는 너무나 친한 듯하면서, 눈은 먼 곳을 보고 있다. 그 아득히 먼 곳을 보고 있는 그녀의 눈에는 하늘도 없고 산도, 바다도, 게다가 인간의 여수 따윈 전혀 없다. 중국 인형의 눈 같은, 냉랭하게 바닥을 알 수 없는 야심이 빛나고 있었다.

"예. 오늘부터 조수를 해 주시면 되겠습니다."

낮. 검은 목도리에 볼을 묻고 여주인이 나갔다. 소녀가 부엌에서 양파를 기름으로 볶고 있다.

"잠깐! 질리겠어. 또 양파에 짠 국이야?"

"하지만 이것밖에 드릴 게 없는 걸요…."

"흥! 매일 50전씩 받고 있으면서 마치 강아지인 양 착각하고 있군요."

꼼짝 않고 서로 쏘아보던 눈동자를 차가운 웃음으로 바꾸자, 그녀들은 담배를 피워대면서

"조수님! 좀 더럽지만 추우니깐 이리로 오지 않겠어요!"

하고 말했다.

무엇인지 바닥을 알 수 없는 우울함을 느끼며 장지문을 열자, 어수선한 다다미 3장의 현관에 여자가 6명쯤이나 앉아 있었다. 이렇게 많은 임신부들은 도대체 어디서 온 것일까….

"조수님! 당신은 고향이 어디죠?"

"도쿄입니다만."

"어머나, 그렇군요. 잠깐, 이거 말린 고마메[74)]잖아요."

여자들은 아하하 하고 웃으면서 무언가 나에 대해서 서로 이야기하고 있었다. 점심 밥상 위엔 양파 볶은 것에 간장을 끼얹은 것이 나온다. 그 외에는 순무 절임에 묽은 된장국, 8명의 여자가 원숭이처럼 작은 탁자를 둘러싸고 젓가락을 움직인다.

"아이, 아이 하면서 하루 연장시켜 나한테서 돈 뜯는 것만 생각하고 있어요. 그리고 영양식에 비타민 B가 필요하다니,

매춘부 주제에!"

여급이 3명, 시골 기생이 1명, 식모가 1명, 미망인이 1명이라는 내력의 여자들이 가 버린 후, 소녀가 6명의 여자들에 대한 설명을 해 주었다.

"우리 선생님은 산파가 본업은 아니에요. 저 여자들은 전부터 우리 선생님에게 저렇게 신세를 지고 있는데, 신세값만이라도 엄청난 것이겠지요."

매춘부라고 험담했던 여자의 말이 이해되자, 나 자신이 일직선으로 추락한 것 같은 기분이 들고는 갑자기 마쓰다 씨의 얼굴이 떠올랐다. 불운한 직업만 찾아 헤맨 나다. 이제 아무 말 말고 그 사람과 함께 살까 하고도 생각한다. 아무렇지 않은 척하며 현관으로 나간다.

"어쩐 일이예요? 짐을 들고서, 벌써 돌아가는 거야…."

"저. 선생님이 올 때까지는 돌아가면 안 돼요…. 우리가 꾸중들어요. 게다가 뭘 들고 가시는지 모르겠고."

이 무슨 형편없는 여자들인가, 무엇이 우스운지 모두 눈꼬리에 차가운 웃음을 띠고 내가 사라지면 동시에 입을 크게 벌려 웃을 것 같았다. 어느새 누가 온 건지, 현관 옆 정원에는 빨간 남자 신발이 한 켤레 놓여 있었다.

"보세요, 책 한 권과 낙서장이에요. 아무것도 훔치지 않았어요."

"하지만 아무 말 없이 돌아가면 선생님이 잔소리하세요."

여급인 듯한 여자가 가장 불쾌했다. 배가 부르면, 여자는 비뚤어져서 이렇게 동물적으로 되는 건지 그녀들의 눈은 마치 원숭이 같았다.

"곤란하든 말든 맘대로 하세요."

바깥의 저녁 노을을 받으며 꽃 가게의 유채꽃 앞에 와서야, 비로소 나는 크게 숨을 내쉬었다. 아, 유채꽃이 피는 고향, 저 여자들도 이 유채꽃에 대한 향수를 모르는 것일까…. 하지만, 몇 년이고 칠칠치 못한 생활을 도쿄에서 계속했다면, 나 자신의 모습도 저렇게 됐을지도 모른다고 생각한다. 거리의 유채꽃이여, 청순한 마음으로 올곧게 살고 싶다. 어떻게 됐든 목표를 정하고 싶은 것이다. 지금 보고 온 여자들에게서, 실로 노골적이라 아무 멋도 없는 까칠한 인정을 느끼자, 나를 버리고 간 섬의 남자가 저주스럽기조차 해서 추운 3월의 해질녘 거리에서 망연히 나는 서 있다. 양파와 가래침 같은 악취, 도대체 저 여자들은 누구를 저주하며 살아가고 있는 것일까….

(3월 x 일)

아침. 섬의 남자가 어음을 보내 왔다. 어머니의 엽서 한 통과 함께. 믿을 수 없는 나 따위 믿지 말고 좋은 인연이 있으면 결혼해요. 내 생활은 당분간 부모의 신세를 지는 것이라, 나 자신도 나를 알 수 없어. 당신에 대해 생각하면 참을 수 없지만, 두 사람 사이는 평생 절망적일 거야. 남자의 부모들이 다른 지방 사람의 딸 따위는 허락하지 않는다고 말했던 것을 떠올리자 나는 어린아이처럼 자꾸 눈물이 나왔다. 자, 이 10엔짜리 어음을 마쓰다 씨에게 돌려줘야지. 그리고 상쾌한 기분이 되고 싶다.

"아버지가 규슈에 가니까, 나는 너에게 갈지도 모른다. 기대하고 기다려 줘." 엄마로부터의 편지

힘껏 소리를 질러 초등학생 같은 기분으로 책을 읽고 싶다.

비둘기, 콩, 팽이, 기대하고 기다리고 있으라고!

우체국에서 돌아와 보니, 이웃인 베니의 방에는 형사가 두 사람이나 와서 뭔가 찾고 있었다. 창을 열자, 3월의 햇볕을 흠뻑 쬐며 미대 학생들이 씨름을 하기도 하고 벽에 기대기도 한다. 저렇게 한가롭게 지낼 수 있다면 즐겁겠지. 나도

그림을 그린 적이 있었어요. 고갱이라든지 디피 같은 것을 좋아했지만 괴로워질 때가 있습니다. 피카소에 마티스, 이런 사람들의 그림은 보고 있으면 살고 싶다는 생각이 듭니다.

"그곳 아파트에 빈방은 없습니까?"

신선하고 밝은 청년들의 웃음 소리가 터져 나오고, 일제히 남자들의 눈이 나를 향했다. 그 눈에는 하늘과 산과 바다, 여수(旅愁)가 물기 어린 듯 반짝거려 아름다웠다.

"두 칸 비어 있습니까?"

나는 베니 흉내를 내며 손가락 2개를 내 보였다. 베니 방에서는 뭔가 가택 수색을 받고 있는 듯하다. 맥주상자 침대를 옮기는 소리가 난다.

초조한 마음, 여자는 괴롭다. 사는 것은 괴롭다.

(3월 x일)

아래층 부엌에 내려가니 누가 사 온 것인지, 아네모네가 핀 작은 화분이 창가에 놓여 있었다. 더러운 부엌 작은 창에 스커트를 한껏 펼친 아이 같은 귀여운 꽃의 모습이다. 벌써 4월이 오는데도 눈이라도 내릴 것 같은 추운 하늘, 아, 오늘은 뭔가 따뜻한 것이 먹고 싶어진다.

"언니, 있어요?"

요를 깔아 놓은 채 그 위에서 부업으로 자작나무 서표에 그림을 그리고 있으니, 학교에서 돌아온 베니가 문을 열고 들어왔다.

"잠깐, 아주 좋은 일을 찾았어. 보세요…."

베니는 조그맣게 접은 신문지를 내 앞에 펼치며 손가락으로 가리켰다.

지방행 여배우 모집. 가불 가능….

"좋겠죠, 처음에는 시골에서 열심히 수업받고, 언제라도 도쿄로 돌아올 수 있잖아. 언니도 함께 가지 않을래?"

"나? 여배우 같은 건 별로 하고 싶지 않아. 옛날에 아마추어 연극을 조금 한 적이 있지만, 내겐 맞지 않아. 연극이라니…. 그런데, 네가 그런 일을 하면 아버지가 걱정하지 않을까?"

"괜찮아. 그런 나쁜 아버지, 요즈음은 7호실 첩에게 가루비누 같은 걸 주기나 하고."

"그런 건 괜찮지만 아버지도 형사가 오거나 하면 안 되잖아."

낮. 베니의 이력서를 대필해 준다. 아래층 제일 구석 어두운 방을 빌린 목수집 아이가, 고구마를 간장으로 구운 것을 가지고 왔다.

베니의 아버지가 소개해 준 자작나무 서표 그리기는 아주 재미있다. 모양을 놓고서, 그림 물감을 온통 바르기만 하면 된다. 클로버도 백합도 튤립도 삼색제비꽃도 마음대로, 이 봄의 화원(花園)은 아파트 지붕 안에도 피어, 나의 밥벌이가 됩니다. 격렬한 사랑의 추억을, 격한 우정을, 이 자작나무 서표들은 어디로 가지고 가는 것일까…. 다다미 3장 넓이의 방 안 가득 멋진 파라다이스입니다.

밤.

가스카마치(春日町) 시장에 가서 쌀 한 되를 사 온다. 계단 아래까지 내려가는 것이 아주 귀찮아서 3층 창에서 몰래 밥을 지었다. 석공의 아내는 판매용 석재(石材)처럼 아주 성가시게 아침 점심 저녁으로 아파트를 기숙사처럼 돌아본다. 여자가 40살이 되면 사소한 일도 남이 하는 짓이 성에 차지 않을지 모른다. 흥, 이런 지저분한 아파트 따위 불타 없어져 버려라. 밖으로 난 창에서, 부글부글 밥을 짓고 있으니 창 아래 미술학원에서는 야학이라도 있는지 커튼 그늘에 콩테를 움직이고 있는 여자의 머리가 보인다. 자기가 좋아하는 공부를 할 수 있는 사람은 부럽다. 같은 그림 그리기라도 내가 하는 것은 개성이 없는 페인트 칠장이의 그림같다. 셀룰로이드 색칠도 그랬고…. 내일은 날씨가 좋으면 이불을 말리고 이 단정치 못한 화원을 청결하게 해야지.

(3월 x 일)

어젯밤 늦게까지 부업을 해서 잠이 깬 것은 9시경이었다. 이불 끄트머리에 엽서가 두 통 와 있다. 병으로 입원해 있다는 마쓰다 씨의 것과 오는 ×일 만세이바시(万世橋)역에 마중나오기를 바라며, 하얀 손수건을 들고 있어 주시면 좋겠다고 하는 식의 내 앞으로 온 엽서였다. 누가 보낸 건지 전혀 알 수 없어서 여러 가지 생각 끝에 갑자기 베니에게서 온 거라는 생각이 떠올랐다. 아버지에게도 알려지지 않도록, 독신자인 내 이름을 이용했을지도 모른다고 생각했다. "흰 손수건을 들고 있어 주시면 좋겠습니다"라는 말이 마음에 걸린다. 매춘굴에 싸구려로 팔리는 것이 고작일지도 모른다. 전에 혼고의 뒷거리에서 본 싸구려 여자들이 생각났다. 베니는 세련되지 못하고 순수한 여자라서 그런 무리에 빠지면 정말 끔찍한 일이다.

오늘은 바람이 강하다. 우에노(上野)의 벚꽃은 피었을까…. 벚꽃도 몇 해나 보지 않았지만 빨리 쑥쑥 어린 싹이 트면 좋겠다. 저녁 무렵 베니의 아버지가 시내에서 돌아왔다.

"하야시 씨, 애는 어디 갔습니까?"

"아, 뭐더라, 오늘은 여기저기 돌아다닌다고 했는데…."

"못 말리겠군. 추운데."

"베니는 벌써 학교를 그만뒀습니까, 아저씨?"

외투를 벗으면서 내 방문을 연 베니의 아버지는 능글맞게 웃으면서

"학교는 신학기부터 그만둘 겁니다. 아무래도 차분하지 못한 애라서…."

"애석하군요. 영어 같은 것도 할 줄 알던데…."

"엄마가 없기 때문이지요, 그럼 하야시 씨가 엄마가 되어 주세요."

"아저씨하고보다 베니와 더 나이가 가깝기 때문에 싫어요."

"하지만 오한 조우에몬(お半長右衛門)[75]이라고 있지 않습니까?"

나는 불쾌해서 입을 다물어 버렸다. 이런 토목공사 노동자와 상대해서 말을 하는 것조차 쓸데없는 짓일지도 모른다. 이윽고 베니가 코가 빨갛게 되어선 돌아왔다.

"언니, 우동사리 많이 사 왔으니까 줄게요."

"응, 고마워. 아빠가 일찍 돌아왔어."

베니는 한 쪽 눈을 찡긋하고 픽 웃으며, 올라서서 벽 너머로 "아빠." 하고 불렀다.

"엽서가 와 있어. 흰 손수건을 들고 있으라고 씌여 있어. 향수 같은 것을 뿌려 가면 좋겠네."

"어머 너무해!"

7호실에서는 첩이 샤미센을 뜯고 있다. 강가에서 아이들이 '활동연극을 지금 그만두라' 는 둥 일요학교에서 배운 이상한 노래를 부르고 다녔다. 오늘 원고지를 260장 썼다. 마쓰다 씨, 무슨 병으로 입원했을까? 멀리서 생각하면 눈물이 날 만큼 좋은 사람인데, 만나면 부루퉁한 마쓰다 씨의 온정주의, 이게 가장 싫다. 일간 뭐라도 가지고 문병하러 가려고 한다. 밤에 류노스케(龍之介)의 『희작삼매(戱作三昧)』를 읽었다. 마술, 이것은 동화처럼 센티멘털한 것이었다. 인도인과 마술, 일본의 대숲과 비 오는 밤인가…. 안개가 자욱하고 바람이 조용해진다. 베니는 무슨 노래인가를 하고 있다.

(4월 x 일)

베니가 돌아오지 않는 날이 계속된다.

"너무 걱정하지 말라고, 애한테서 엽서가 왔지만 벌써 4일이나 되어서."

베니의 아버지는 걱정스런 눈을 힘없이 끔뻑거리고 있었다.

오늘은 화창하게 갠 좋은 날씨다. 벌써 퇴원했을지도 모르겠지만, 식물원 안의 마쓰다 씨가 입원한 병원에 갔다. 외과병원이었다. 공장에서 돌아오는 길에 트럭에 부딪혔다고 하면서, 마쓰다 씨는 어깨와 발에 크게 붕대를 감고 있었다.

"3주 정도면 낫는다는군요. 원래 건강해서 아무것도 아니에요."

마쓰다 씨는 유이쇼세쓰(由井正雪)[76]처럼 머리가 길어서, 오싹해질 만치 흉한 모습이었다. 옛날에 독초라는 영화를 봤는데 거기에 나오는 곱추를 꼭 닮았다. 좀 감상적인 기분으로 이 사람과 같이 살아도 좋겠다고 자주 생각했었지만 싫었다. 다른 일로라도 진실은 되돌릴수 있는 것이다. 귤을 까주었다.

병원에서 돌아오니, 베니가 내가 늘 깔아 두는 이부자리에 누워 뒹굴고 있었다. 허리띠도 버선도 벗어 흐트려놓고 있다. 베니는 벌렁 누워 천장을 보고 있었다. 피곤한 것 같았다. 급속도로 변한, 여자의 모습이었다.

"아빠에겐 아무 말 하지 말아요."

"밥이라도 먹을래?"

베니는 자기 방에 아무도 없는데, 이상하게도 돌아가는 것을 무서워하고 있었다.

석간신문에는 벌써 벚꽃이 피었다는 뉴스가 나와 있었다. 오노미치의 센코지(千光寺) 벚꽃도 좋을 거라는 생각이 갑자기 든다. 길가에 늘어선 그 벚꽃 속에서 내 애인이 큰 사과를 베어 물고 있었다. 울창한 벚꽃 가로수, 바다 위에서도 발그레한 벚꽃이 울창하게 보였다. 나는 그림을 그리는 그 애인을 너무나 사랑했지만, 내가 빨리 만나러 가지 못한 것을 오해하고서, 그 사람은 마을의 간호사와 결혼해 버렸다. 베니처럼 뭐든지 무턱대고 과감하게 행동하지 않으면 버림을 당하고 만다. 벚꽃은 또 새로운 모습으로 피기 시작한다. 이윽고 베니는 아버지가 돌아왔기 때문에 허리띠와 버선을 양손에 껴안고 남의 집에 가는 것처럼 천천히 돌아갔다. 특별히 고함 소리도 들려오지 않는다. 저 아버지는 의외로 현명할지도 모른다는 생각이 든다. 베니가 버리고 간 종이조각을 펴봤더니 여관 계산서였다.

14엔 73전. 숙박비, 얏쓰야마(八ッ山)호텔, 시나가와(品川)에 갔던 걸까? 둘이서 14엔 73전, 게다가 이것이 4일간 숙박비, 얏쓰야마호텔이라는 비뚤어진 풍경이 눈에 떠오른다.

(4월 x일)

바싹 마른 은방울꽃도 튤립도 그리는 데는 질려 버렸다. 자작나무 서표를 코에 대어 보면 향기로운 산 냄새가 난다. 산속 깊은 곳에 이 나무가 있는 거라면 그 잎사귀는 어떤 모양일까…. 적막한 그 모습을 마음으로 그리면서 나는 매일 이렇게 물감을 척척 칠하고 있다.

집 한 채를 경계로 풍경이나 정물(靜物), 나체를 그리고 있는 미술학도와 틀 속에 그림물감을 칠해 그것으로 먹고 사는 여자. 신문을 보니 아루스의 기타하라(北原)[77]라는 사람 집에서 하녀를 구한다고 나와 있다. 공부를 하게 해 주는 걸까 하는 생각이 든다. 좀더 많이 물어 보고 싶다. 계획성 없는 생활 같은 건, 정말 견딜 수 없으니까….내일은 가 봐야지. 오후에 베니가 목욕을 가고 없는 사이에 하얀 손수건의 남자가 나를 찾아왔다. 베니는 어떤 식으로 말한 것일까. 계단 아래로 내려가니 기름을 발라 반들거리는 머리에 안경을 쓴 남자가 우뚝 서 있었다. "접니다만." 방으로 안내하자 키가 큰 남자는 곧 양반다리를 하고 담배에 불을 붙였다.

"아, 그림을 그리시는군요."

"아니오, 부업이에요."

이런 남자는 너무 싫다. 그 남자 눈 속에는 다른 사람을 바보 취급하는 데가 있다. 부업을 하는 여자의 모습이 샌드위치맨같이 보일지도 모른다.

"어제 신에쓰(信越)여행에서 돌아왔습니다만 도쿄는 따뜻하군요."

"그래요?"

신극은 대단히 호평을 받는다는 얘기였다. 외출했던 베니는 곧 돌아왔다.

그녀는 여자답게 마치 소리나지 않는 꽈리열매같이 다소곳이 대답하고 있었다.

"당신도 연극을 했지만 연극을 조금 도와주실 수 없겠습니까? 여배우가 부족해서 역부족입니다."

"여배우 같은 거 도저히 성격에 맞지 않아요. 내 일만으로도 겨우 살아가는데 무대에 서다니 내게는 너무 성가셔서 도저히 할 수 없습니다."

"당신은 꽤나 재미있는 얘기를 하는군요."

"그래요?"

"이제부터 자주 놀러 오겠습니다. 괜찮습니까?"

십칠팔 세의 아가씨라고 왜 이런 심미안이 없는 것일까. 더러운 남자 앞에서 베니는 눈을 또록또록 굴리고는 말없이 있다. 밤에 베니는 내 방에 와 있겠다고 한다. 베니의 아버지는 돌아오지 않는다. 너무 쓸쓸해서 체홉의 『갈매기』를 읽었다.

베니는 이부자리 안에서 "재미있네"라고 말한다.

"자기가 후회하지 않으면 뭘 하건 괜찮지만, 하찮은 감상에 약해져서 돌이킬 수 없게 되는 건 싫어. 베니는 순수하고 재미있는 사람이지만 뜻밖에 네 순수함은 집안에서만 강한 게 아닌지, 사물을 보는 눈이 생길 때까지 조심하는 게 좋을 거라고 생각해."

그녀는 옅은 눈물을 머금고 눈이 부신 듯 전기를 바라보고 있었다.

"하지만 도망칠 수 없었어요."

"얏쓰야마호텔이지."

"응."

베니는 의아한 얼굴이었다.

"남자가 지불한 계산서를 가지고 오는 건 싫어. 어린애 같잖니. 14엔 73전이라니, 이런 걸 흘리고 다니고, 보기 흉해."

"그 남자, 화류계를 알고 있다는 둥, 터무니없는 말만 하는 거야. 놀려줄 생각이었어…."

"네가 놀림당했겠지. 얘기 잘 들었어."

베니는 아버지가 없어서 쓸쓸한 것 같았다. 강물 소리를 듣고 고독을 느낀 것일까, 베니는 손가락을 깨물면서 울고 있다.

(4월 x 일)

아침.

히가시나가노(東中野)라는 곳으로 신문을 보고 가 보았다. 지카마쓰(近松) 씨 집에 있었던 일이 갑자기 생각났다. 아주 부지런해 보이는 부인이 나왔다. 시어머니가 있다는 얘기.

"별로 힘든 일은 아니지만 목욕물이 우리 집에서는 제일 큰 일이지요."

분위기가 어두운 집이었다. 기타하라 하쿠슈(北原白秋) 씨의 동생집 치고는 소박한 구조였다. 기대에 부풀어 그 집을 찾아갔는데 막상 가 보니 왜 휭 하니 쓸쓸한 기분이 드는 걸까? 필경 나라는 여자는 심술 사나운 여자일지도 모른다. 버드나무는 버드나무, 바람은 바람일 뿐.

베니의 아버지. 사기 횡령죄로 끌려갔다고 한다. 돌아와 보니 형사가 조그만 보자기를 싸고 있었다. 베니는 멍하니 그것을 보고 있다. 아파트의 장사꾼 아내들이 3층 베니의 방 앞에 무리지어 수근대고 있었다. 인정이란 왜 이렇게 야박한 것일까. 방세는 받을 만큼 받고 별로 이 아파트에는 폐를 끼치지 않았는데도 사소한 일들을 크게 꾸며서 아낙네들은 저마다 뭔가를 얘기하는 것이다. 형사가 돌아가자, 부엌은 몰려온 여자들이 저마다 지껄이는 소리로 소란스러웠다. 첩은 태연히 샤미센을 뜯고 있다. 다른 사람을 의식하지 않는 여자다.

"언니! 나 가나자와(金澤)로 돌아갈 거야. 아버지한테서 연락이 왔어. 그곳은 모두 남이야. 하지만 아직 보지도 못한 친척 같은 게 남보다 더 어려워. 정말로 돌아가고 싶지 않아."

"그렇군. 여기에 있을 수 있으면 좋을 텐데."

"아파트에선 곧 비워 달라고 하고…."

밤에 베니와 초라한 송별회를 열었다.

"잊지 않을 거야. 이삼 년 그 곳에서 지내고 나서, 꼭 도쿄로 오려고 해. 시골 생활 같은 건 생각할 수도 없어."

둘이서 조금 일찍 우에노역으로 간다.

"벚꽃이라도 보러 가지 않을래?"

두 사람은 공원 안을 아무 말 없이 걷고 있다. 이렇게 다정히 걷고 있는 베니가 이제 2시간만 지나면 가나자와로 간다니 참 섭섭하다. 정말로 베니가 불행해지지 않도록 나는 신에게 빌었다. 나는 올드로즈의 모직 숄을 베니의 어깨에 걸쳐주었다.

"아직 추우니까 이걸 줄게."

우에노의 벚꽃, 아직 이르다.

(7월 x 일)

전혀 깨닫지 못한 사이에 각기병에 걸렸고, 게다가 위 전체가 아팠기 때문에 식사도 요 이틀 동안 생각이 없고, 몸이 생선처럼 녹초가 되어 버렸다. 약도 살 수 없어 조금 비참한 기분이 든다. 가게에서는 여름철 불경기라서 경기를 살리기 위해 빨강, 노랑, 자주 풍선을 장식하고 손님을 끌어들인다고 한다. 가만히 매장에 앉아 있으니, 잠이 부족했는지 도로의 햇빛이 반사되어, 반짝반짝 눈이 부셔서 머리가 무겁다. 레이스나 보일 손수건이나 프랑스제 커튼, 와이셔츠 칼라, 가게 안은 비누거품같이 하얀 것뿐이었다. 얇은 것뿐이었다. 한산하고 고급스런 이런 수입품점에서, 일당 80전인 나는 인형 같은 판매원이다. 하지만 인형이라기에는 너무 더럽고 배가 너무 고프다.

"당신처럼 이렇게 책만 읽으면 곤란해요. 손님이 보이면 좀 애교스럽게 말이라도 하세요."

아주 신것을 먹은 것처럼 역겨움을 느꼈다.

책을 읽고 있는 게 아닙니다. 이런 주부 잡지 같은 것은 조금도 머리에 들어오지 않아요. 유리가 번쩍번쩍 빛나는 거울을 잠시 들여다보세요. 물색 사무복과 유카타가, 무대 배경과 배우가 잘 맞지 않는 것처럼 뭐라고 익살떠는 불쾌한 모습이지요. 얼굴은 여종업원인 데다가, 바다 근처 시골에서 온 듯이 기름이 번들거리고, 모습은 하녀 같아 보이는데 산촌에서 온 통통한 모습, 그런 야생녀가 가슴에 레이스를 가득 단 물색 사무복을 입고 있는 것이다. 도미에의 만화예요. 이건…, 이 무슨 우스꽝스러운 제멋대로의 암탉 같은 모습인가요. 마담 레이스나 미스터 와이셔츠, 마드모아젤 손수건 같은 많은 어리석은 사람들에게 이런 모습을 보이는 것이 싫습니다. 더구나 서비스가 서툴다고 말씀하시는 당신의 눈이 언제 나를 해고할지도 모르겠고, 가능한 한 나라는 판매원에게 관심을 갖지 않도록 나는 아래만 쳐다보고 있습니다. 오랜 인내는 심한 피로를 불러일으켰고 그러면서 나는 점차 무능한 인간으로 훈련되는 것입니다. 어떤 남자는 너야말로 눈에 띄는 사람이 되어 싸우지 않으면 안 된다고 말한다. 또 어떤 여자는 당신은 언제까지나 룸팬이어서는 안 된다고 말한다. 그리고 용감하게 싸워야 할, 그 남자와 그 여자는 지금은 어디에 가 있는 걸까. 그와 그 여자들이 남의 사상을 빌어 자기 사상인 양하고 권력자가 됐을 때를 생각하면 아, 그런 일은 싫다는 생각이 든다. 우주는 어디가 끝일까 하고 생각하며 그곳에서 불타는 성냥이 부러워졌다.

밤 9시. 전철에서 내리니 길이 어두워서 하모니카를 불면서 집으로 돌아갔다. 시보다도 소설보다도 이런 단순한 소리지만 음악이 좋다.

(7월 x 일)

아오야마(青山)의 수입품점도 지금은 고가선(高架線) 저편이 되었다. 두 주간의 노임이 은화 11엔이라, 도쿄에서의 생활 같은 건 자주 그만두고 싶어진다. 이웃집의 싱거 미싱일을 하는 학생. 날마다 생활의 이모저모를 잘 설명하는 아키타(秋田)의 아가씨다. 고향에서 15엔씩 송금받고, 다음은 미싱으로 어떻게 하든 돈을 번다. 결혼과는 인연이 먼 듯한 아가씨다. 좋은 사람이다. 그녀에게 소개장을 받아서, ×× 여성 신문사에 간다. 혼고의 갈림길에서 내려서 생철 울타리를 구불구불 돌아가니 초록 페인트가 벗겨지고, 엄청나게 윗부분이 큰 3층 건물의 하숙방 처마에 반딧불만큼 조그만 글자로 회사 이름이 적혀 있었다. 마치 우무를 물에 헹구어 내기보다도 더 손쉽게 여기자가 된 나는 더러운 녹색 페인트도 이제 별거 아니라고 생각했다.

낮.

하숙집의 점심 식사를 먹고 입맛을 다시고 있으니, 여기자가 된 지 두세 시간도 지나지 않은 나는, 연필과 원고지를 받아 취재를 한다. 다다미 4장 반의 커다란 사무실 책상이 하나, 옅은 색 안경을 낀 중년의 사장과 ×× 여성 신문 발행인, 그리고 나를 포함해 3명인 ×× 여성 신문, 시시하다. 또 밥줄이 잘리는 게 아닐까 하는 생각을 했지만 어쨌든 나는 거리로 나와 봤다. 방문처는 아키타 우자쿠(秋田雨雀) 씨[78] 집이었다. 요즈음의 감상은…. 나는 이 말을 마음속으로 되뇌면서 조시가야(雜司が谷)의 묘지를 지나, 기시보진(鬼子母神) 옆에서 집 번지를 찾았다. 혼고의 지저분한 거리에서 이곳에 오니, 왠지 안정되는 기분이 든다. 한두 해 전 5월경에 소세키(漱石)의 묘에 참배한 적도 있었다…. 아키타(秋田) 씨는 감기가 들었다며 코를 풀면서 나왔다. 마치 소년같이 반짝이는 눈, 부드러운 느낌의 사람이었다. 딸은 지요코(千世子)라고 하며, 처음 간 나를 10년 친구처럼 얘기해 주셨다. 두꺼운 앨범을 꺼내 한 장 한 장 넘기며 설명해 주신다. 이 배우는 누구, 이 여배우는 누구 그 속에는 헤어진 남자의 브로마이드도 붙여 있었다.

"여배우 중에서 누구를 좋아합니까, 일본에서는…."

"전 잘 모르지만, 나쓰가와 시즈에(夏川靜江)를 좋아해요."

나는 이제까지 나를 이렇게 부드럽게 대해 주는 여자를 알지 못한다. 2층의 아키다 씨 방에는 검은 색의 장식물이 있었다. 다카무라 고타로(高村光太郎) 씨의 작품으로 아리시마 다케오(有島武郎) 씨가 갖고 있었던 것이라고 들었다. 방은 정말로 어수선한 고서점 같았다. 담화취재는 못하고 진땀을 흘리고 있었다. 아키다 씨는 2, 3장을 슥슥 내 노트를 보고 고쳐 주었다. 초밥을 대접받았다. 방문객이 몇 명 있다. 날이 저물었기 때문에 배웅을 해 준다. 붉은 달이 묘지 위에 떠 있다. 불을 켠 거리 위에는 얼음을 깎아내는 듯한 소리가 난다.

"나는 산책을 좋아해요."

아키다 씨는 즐거운 듯이 구둣소리를 내며 걷는다.

"저 곳이 은방울꽃이라는 카페입니다."

무대 같은 카페가 있었다. 색다른 마담이라고 누군가에게서 들은 적이 있다. 아키다 씨는 그대로 긴자에 갔다. 나는 뭔가 쓰고 싶은 흥분으로 가만히 에도가와(江戶川) 쪽으로 걸어갔다.

(7월 x 일)

아래층 주인이 이틀 동안 고향에 다녀오겠다고 하며, 이층의 우리들에게 뒷일을 부탁하러 오늘 아침 올라왔는데, 회사에서 돌아와 보니 옆방의 미싱 아가씨가 허리띠를 풀고 있는 나를 장지문 사이로 불렀다.

"저 잠깐."

작은 소리여서 나도 살짝 무릎걸음으로 가니,

"너무 심해요. 아래층 아주머니 말이야. 외간 남자와 술을 마셔요…."

"상관 마세요. 손님일지도 모르지요."

"하지만 18살밖에 안 된 여자가 저렇게 칠칠치 못하게 남편 이외의 남자와 술을 마실 수가 있을까 모르겠어요."

허리띠를 두르고 타월로 된 유카타를 개고, 아래로 세수하러 가니 장지문 건너편에 18세의 새색시는 평화롭게 남자와 손을 마주잡고 누워 있었다. 옛 연인일지도 모르겠다. 밤에 밥 짓는 게 귀찮아서 마을 야채 가게에서 한 무더기에 10전 하는 바나나를 사 와서 먹었다. 여자 혼자는 편하다는 생각이 든다. 풀이 떨어져 나간 다다미 3장짜리 목면 모기장 안에서 팔다리를 쭉 펴고 누워서 쿠프린의 『야마』[79]를 읽는다. 여간내기가 아닌 매춘부가 자기가 좋아하는 남자 대학생에게는 너무나 청순한 마음을 보여 준다. 방대한 책이다. 머릿속이 피곤하다.

"저 일어났습니까?"

벌써 10시경이 되었을까? 옆방의 미싱 아가씨가 돌아온 것 같았다.

"예, 아직 안 자고 있어요."

"저, 큰일났어요."

"무슨 일이에요?"

미싱 아가씨는 마치 자기 연인이라도 빼앗긴 것처럼 눈을 부라리며 내 모기장으로 들어왔다. 언제나 미싱 소리로 나날을 보내는 평화스런 그녀가, 내 방 같은 데를 멋대로 들어오지 않는 행실 바른 그녀가, 예고도 없이 내 모기장으로 슬쩍 들어온 것이다. 그리고 큰 숨을 들이쉬며, 다다미에 가만히 귀를 대고 있다.

"아마도 다른 사람을 우습게 보고 있는 거예요. 남편이 돌아오면 모두 얘기해 줄 테니까, 나보다 10살 아래인 주제에 깜찍스럽지요…."

모퉁이를 전철이 폭포 같은 소리를 내며 달렸다. 한 번도 결혼한 적이 없는 그녀가 질투하는 것 같은 숨결로, 마치 몽유병 환자 같은 이상한 광기를 보여 준다.

"오빠일지도 몰라요."

"오빠라도 한 모기장에서 자지는 않아요."

나는 어쩐지 쓸쓸히, 피 같은 게 가슴에 울컥 솟아올라왔다.

"눈이 아파서 전기를 끄겠어요"라고 말하자 그녀는 분연히 아무 말 없이 나갔다. 이윽고 사다리 계단을 내려가자마자, "우리들은 당신을 남편한테서 부탁받았어요. 이런 일 알려져도 괜찮아요?"라는 소리가 들려왔다. 토막토막 말이 귀에 들어온다. 한 번도 결혼하지 않았다는 것이 저토록 무서운 사람을 만드는 걸까? 저렇게도 강하게 말할 수 있는 걸까? 나는 이불을 얼굴 위로 잡아당기고 눈을 꼭 감았다. 모든 게 싫다.

(7월 x일)

"병. 빨리 돌아와라. 부탁한다".

엄마로부터 전보. 정말일지도 모르지만 거짓일지도 모른다. 하지만 거짓말을 할 엄마가 아닌데…. 출근하기 전이라서 서둘러 여행준비를 하고 여비를 빌리러 회사로 갔다. 사장에게 전보를 보이고 5엔 가불 신청을 하자, 가불은 절대 안 된다고 한다. 하지만 내가 근무한 만큼 받아도 15엔 정도는 될 것이다. 걱정스레 돌아왔다. 복도에 놓인 가방이 이상하게 싫어졌다. 중요한 시간을 '빌린다!' 는 것으로 그것도 정당한 권리를 주장했는데 안 된다고 하니 기가 죽어 버렸다. 이건 이런 데서 확인하는 게 좋을지도 모른다.

"그러면 빌리지 않겠습니다! 그 대신 그만둘 테니까 지금까지의 보수를 주십시오."

"자기 마음대로 그만두는 것이니까, 회사 쪽에서는 모르겠어요. 만족스럽게 일해 준 보수라 해도 아직 12, 3일밖에 되지 않잖아요?"

으름덩굴로 된 노랗게 바랜 가방를 들고 나는 또 이층 안으로 돌아왔다. 미싱 아가씨는 그때부터 아래층 새댁과 기분이 냉랭해져서, 이사할 생각인 것 같았는데 돌아와 보니 어딘가 방을 구한 듯, 짐을 옮기고 있었다. 그녀의 유일한 재산인 미싱만이 꼴사납게 화물차 위에 실려 있었다. 모든 것이 허무하다.

(7월 x 일)

산이나 바다로 여행가는 사람들의 하얀 옷차림 때문에 역은 시원한 느낌이 들었다. 아래층 새댁에게 5엔을 빌렸다. 오노미치까지 7엔쯤 하겠지. 겨우 지갑을 털어 차표를 사고, 좌석을 찾아 앉고서 우선 손을 꼽아 봤다. 몇 번째 가는 고향인가.

닭장풀 줄기가
담 벽에 흐드러지는
만리장성.

지금은 왠지 아주 비참한 기분이 든다. 옛날 내가 지은 시 한 구절이 생각났다. 이것저것 모두 싫어져 버렸지만 그래도 나의 세계는 아직 길이 멀다. 이 덜 떨어진 허무주의는 배 아픈 것이 낫자마자 배가 고파지고 좋은 풍경을 보면 멍해지고 좋은 사람을 만나면 눈물이 나는 아주 고약한 것이다. 가방에서 옛날 신청년[80]을 꺼내 읽었다. 재미있는 우스운 얘기 하나.

죄인이 물었다,

"저 벽에 붙은 남자는 누굽니까?'

선교사가 대답했다. "우리들의 아버지 예수 그리스도입니다."

죄인이 출옥해서 병원의 사환으로 고용되었는데 벽에 멋진 사진이 걸려 있었다.

죄인이 물었다, "저것은 누구 것입니까?"

의사가 대답했다. "예수의 아버지입니다."

죄인, 매춘부를 사서 그녀의 방에 멋진 여자 사진을 보고 죄인이 물었다, "저 여자는 누구냐?"

매춘부가 대답했다. "저것은 마리아이지. 예수의 어머니예요."

그래서 죄인은 통탄스럽게 말하길 아이는 감옥에, 아버지는 병원에, 어머니는 매춘부로, 아아 나는 쿡쿡 웃음이 나왔다. 느리고 한산한 밤기차를 타고 지루해 하는데, 이런 유쾌한 콩트가 눈에 띄었다. 이내 잠이 들었다.

(7월 x일)

오랜만에 보는 다카마쓰(高松)의 풍경도 더워지자 이상하게 기분이 초조해지고, 나는 의기소침해진다. 어딘지 모르게 늙고 초췌해진 어머니가 제일 먼저 한 말은, "기다렸다! 나도 기가 다 꺾였다…"라면서 눈물짓는다. 오늘 밤은 오쇼로 나가시[81)]이다.

저녁 무렵 동쪽 창을 가리키며 어머니가 나를 불렀다.

"가엾어라. 저쪽…."

창 저쪽 허공에 조선소(朝鮮牛)가 묶여서 뱅글뱅글 매달려 있다. 비늘 구름이 뭉게뭉게 피어오르는 선창장 위에, 검게 솟아오른 배의 기중기. 그 기중기 앞에는 조선소 한 마리가 네 다리를 버둥거리며, 가엾게 신음하고 있다.

"저런 것을 보면 먹을 수 있을까…."

구름 위로 매달려 돌고 있는 저 소는 2, 3일 내로 도살되어 자주색 도장이 찍힐 것이다. 무슨 생각을 할까…. 선착장에는 낡은 솜 같은 소 무리가 신음하고 있었다.

조개구름이 녹말풀처럼 선을 긋자, 소 무리도 어느 샌가 사라지고 기중기도 내려졌다. 달빛이 어렴풋한 바다 위에는 벌써 2, 3개의 종이배가 흘러가고 있었다. 아름다운 종이배가 불에 타며 선창의 계단을 떠나 바다 멀리로 흘러간다. 항구에는 낡은 거룻배가 밀집해 있다. 그 사이를 불타는 종이배가 달처럼 흘러갔다.

"소를 잡아먹기도 하고, 종이배를 띄우기도 하고, 사람도 모순이 많지요, 어머니."

"그게 바로 인간인 걸…."

어머니는 멍한 얼굴로 그런 얘길 하고 있다.

(8월 x일)

바다가 보였다. 바다가 보인다. 5년 만에 본다. 오노미치의 바다는 정말 그립다. 기차가 오노미치의 바다에 다다르자 작은 마을의 거무스레한 지붕이 초롱불처럼 펼쳐진다. 붉은 센코지(千光寺)의 탑이 보인다. 산에는 산뜻한 어린 잎이다. 녹색 바다 건너편에 도크의 붉은 배가 돛대로 하늘을 찌르고 있다. 나는 눈물이 넘쳐흘렀다.

가난한 우리 가족 3명이 도쿄행 기차를 탔을 때, 마을 변두리에 큰 화재가 있었다. "저, 어머니 우리들이 도쿄로 가는 길에 불이 났으니 필경 좋은 일이 있겠지요…."

쓸쓸히 숨어 있다시피 한 어머니를 나는 이런 말로 위로했는데…. 그런데 그때부터 햇수로 6년이 된다. 나는 처량한 몸으로 다시 여행의 출발지인 오노미치로 되돌아온 것이다. 마음이 약한 부모를 모시고, 목표도 없이 그 잡음이 심한 도쿄를 헤맸었는데, 아…, 지금은 여행의 출발지인 오노미치 해변이다. 해변의 기생집 호롱이, 동백나무처럼 하얗게 점점이 보인다. 본 적이 있는 지붕과 창고, 전에 내가 살던 해변의 오래된 옛집이 5년 전 평화스런 모습 그대로이다. 이것저것 모두 그리운 모습이다. 소녀 때 숨쉬었던 공기, 수영하던 바다, 사랑을 했던 산사(山寺), 이것저것 모두, 다시 돌아가 있는 듯한 기분이 드는 것은 어쩔 수가 없다.

오노미치를 떠날 때는 가타아게가 있는 아이들 옷차림이었는데 지금은 머리를 이초가에시로 틀어 올리고 몇 번이나 물을 뺀 낡은 홑겹 옷. 특별히 이런 모습으로 가고 싶은 집도 없지만, 어쨌든 이제 기차는 오노미치로 들어가, 고약한 비료 냄새가 나고 있다.

선박운송업소의 시계가 5시를 가리키고 있다. 선착장의 대합실 2층에서 마을의 불빛이 보이자, 이상하게 눈시울이

뜨거워졌다. 찾아가 봐야지 하면 갈 집도 있겠지만 그것도 귀찮은 일이다. 차표를 사고 나서 50전짜리 동전 한 개가 든 지갑을 가지고, 나는 맥없이 섬의 남자를 생각하고 있었다. 낙서투성이의 기선(汽船) 대합실 2층에 목침을 빌려 푹 엎드려 있으니 부두에 배가 닿았는지 기적 소리가 난다. 부두의 잡음이 갑자기 가슴에 슬프게 들렸다. "인노시마(因の島)행 떠납니다"라고 외치는 호객꾼 소리에 빛바랜 줄무늬 우산과 작은 보자기를 내려 나는 부두로 내려갔다.

"레모네이드 필요 없습니까?"

"달걀 사세요."

물건 파는 소리가 저녁 무렵의 부두를 오가고 있다. 보랏빛 파도에 흔들리며 인노시마행 통통배가 흰 물을 토하고 있었다. 막막한 세상이다. 저 마을 불빛 아래에서 『폴과 비르지니』[82]를 읽은 날도 있었다. 빚쟁이가 와서 어머니가 변소로 숨었는데 학교에서 막 돌아온 나는 "어머니는 2일 정도 이토자키(絲崎)에 갔다온다며 나갔어요…." 하고 거짓말을 해서 엄마가 쓸쓸한 듯 칭찬해 준 적도 있었다. 3전으로 레모네이드를 한 병 샀다.

밤.

"여러분, 부두에 도착했습니다요."

선원이 로프를 풀고 있다. 작은 선착장 옆에 하얀 병원 등불이 바다에 깜빡깜빡 비치고 있었다. 이 섬에서 오랫동안 내게 일을 시키고 학교에 다닌 남자가 편안히 숨쉬고 있다. 조선소에서 일하고 있는 것이다.

"이 근처에 값싼 숙소는 없을까요?"

운송업소 안주인이 나를 숙소까지 안내해 주었다. 실처럼 좁은 거리를 헌옷 장수나 기생집들이 죽 늘어서 있다. 나는 조선소에서 가까운 산 옆의 숙소에 도착했다. 2층의 다다미 6장짜리 방 침상 위에 보따리를 놓고, 덧문을 열고 바다를 바라보았다. 내일은 찾아가 보려고 한다. 지갑을 소맷자락에 넣고 레모네이드 한 병만을 먹어 허기진 채, 갯비린내 나는 이불에 길게 발을 뻗었다. 귓속에서 모기같이 윙윙거리는 환청이 들린다.

(8월 x 일)

머리맡을 바스락바스락 물빛 게가 기고 있다. 마을에는 데모가 있다고 한다.

"만나러 가시려고 해도 힘드실 거예요. 그것보다, 사택 쪽으로 가시는 편이…." 하녀가 이렇게 말한다. 나는 불안하게 어묵을 씹는다. 사원들은 전부 서류를 갖고 클럽에 모여 있다고 한다. 식사를 한 후 나는 아무 생각 없이 문 밖으로 나와 봤다. 만리장성처럼 구불구불 콘크리트 벽을 둘러싼 도크 건물을 산 위에서 내려다보니, 깃발을 꽂아두고 통용문 같은 곳에 검은 개미 같은 직공 무리가 소리를 지르고 있었다. 산의 오솔길을 아이를 데리고 부인네들과 할머니가 점점이 올라온다. 6월의 바다는 은빛 가루를 뿌린 것처럼 빛나고, 뒤엉킨 나무의 빛깔은 부드러운 냄새를 풍기고 있었다.

"오노미치에서 경찰이 많이 왔대요."

머리를 뒤로 흩날린 채 젊은 아가씨들이 도크를 내려다보며 서로 얘기하고 있었다.

"제대로 해."

"지면 안 돼."

"어이."

한낮에 직공들의 알몸을 보자, 나도 양손을 올려 소리를 질렀다. 그 동네 사투리로 "제대로 하라니께."

"남편이 저기에 있나요? 우리 남편은 이렇게 되었으니 이제 죽어도 좋다는 생각으로 한다고 했어요."

나는 까닭 없이 눈물이 흘러 넘쳤다. 사무원을 하기도 하며 내게 그렇게 잘했던 그 사람은 대학을 나오자 조선소의 사원이 되어 점잔빼는 생활을 하고 있다. 여기에서 보고 있으면 저런 문 정도는 금방 부서져 버릴 것같이 쉽게 약해 보이는데….

"직공들은 단순해서 참지를 못하는군. 모두 몸으로 부수고 나가네요."

드디어 문이 부서졌다. 벌이 날아가듯이 검은 점들이 흩어졌다. 빛났던 바다 위를 작은 배가 무수히 사방으로 흩어져 간다.

호수가 우는 소리를 들었는가!
막막하게 펼쳐진 바다 위의 울부짖음을 들었는가!

그을린 램프불을 아내들에게 맡기고
섬의 직공들은 해변의 자갈들을 걷어차고
저녁 노을진 물가에 모였다.

멀리 호수 우는 소리를 들었는가!
몇천 모인 사람들의 소리를 들었는가!
여기는 내해(內海)의 조용한 조선소
조개 입을 닫아 버린 것 같은
인노시마(因の島)의 좁은 마을 거리에
기름으로 더럽혀진 바지랑 청색 작업복 깃발이

펄럭이고 있다.
뼈와 뼈로 깨뜨린 공장 문이 부서지는 소리
그 소리는 왕왕 하고
섬 가득히 울부짖고 있었다.

푸른 페인트칠을 한 통용문이 기세등등하게 무리 진
어깨에 눌리면
민첩한 카멜레온들은
직공들의 피와 기름으로 물든 장부(帳簿)를 껴안고
눈 오는 밤의 여우처럼 런치로 뛰어올라가 버린다.
표정이 일그러져 굳은 직공들의 얼굴에서
성난 눈물이 쏟아져
주룩주룩 소리나는 것이 아닌가.
달아난 런치는
투망같이 펼쳐진 순찰 배에 가로막혀 버리고
그런데도 이 작은 섬의 무리 진 직공들과 도망친
런치 사이는
다만 한 줄기 하얀 물보라로 사라져 버린다.

이를 물고 이마를 땅에 대고 문질러도
하늘에는 어제도 오늘도 변함없이 평범한

구름이 흘러간다.
그래서 머리가 떨어질 것같이 미치광이가 된 직공들은
파도에게 소리 치고 바다를 향해 울부짖으며
방파제의 난파선 안으로 소용돌이 쳐 무너져 내렸다.

호수의 울부짖는 소리를 들었는가!
먼 파도의 절규를 들었는가!
깃발을 휘날려라!
자 하늘 높이 깃발을 휘날려라.

건강한 젊은이들이
빛나는 살갗을 햇볕에 쬐며
카르르 카르르 카르르
부서진 붉은 돛대 줄을 힘껏 잡아당기면
바닷물 둑을 부수며
범선은 바람이 신음하는 바다로 나갔다.

자, 깃발을 흔들어라.
용감하게 노래를 불러라
썩었지만 씩씩하게 바람을 안은 범선은
흰 물보라를 헤치며 바다로 나아간다.

한냉한 바람이 부는 황신산(慌神山) 위에서 부르고 있는
파도같이 건강한 절규에 귀 기울여라!
가엾은 아내와 자식들이
저렇게도 안간힘을 쓰며
하늘 높이 부르짖고 있지 않은가!

먼 호수의 울부짖는 소리를 들었는가!
파도의 성난 소리를 들었는가
산 위의 마른 나무 아래에
마른 나무와 함께 양손을 흔들고 있는 아낙네와
　아이들 눈동자 깊이
불똥처럼 바다를 달려가는
용맹스런 범선이 언제까지나 눈에 비치고 있었지.

숙소로 돌아왔더니 창백한 얼굴의 남자가, 멍하니 담배를 피우며 기다리고 있었다.

"숙소의 아주머니가 마중 나와서 깜짝 놀랐어."

"…"

나는 어린아이처럼 눈물이 흘렀다. 아무런 이유도 없는 눈물이다. 이렇다 할 생각도 없는 눈물이 자꾸자꾸 흘러내려, 말없이 문턱에 서서 오랫동안 울고 있었다.

"여기에 올 때까지는, 매달릴 수 있으면 매달려 보려고 왔지만 숙소의 아주머니 얘기로는 부인도 자식도 있다고 들었어요. 게다가 마을의 데모를 보니, 아무래도, 당신을 만나, 분명히 따져 봐야겠다고 생각했어요."

아무 말 없이 있던 두 사람의 귀에 아직 사람들의 외치는 소리가 멀리서 들려온다.

"오늘 밤 마을 극장에서 직공들의 연설이 있기 때문에 잠시 들여다봐야 하는데…."

남자는 자기 팔목시계를 마루 위에 던지고 다급하게 마을로 나가 버렸다. 나는 멍하니 방에서 계속 딸꾹질을 하면서, 비싼 금색 손목시계를 가만히 내 팔목에 끼어 보았다. 눈물이 흘렀다. 도쿄에서 고생했던 일이랑, 벌거숭이로 문을 부수던 한낮의 직공들에 대한 일들이, 눈앞에 빙글빙글 돌고 있어서 시계의 흰 바닥을 보고 있자니 눈이 도는 것 같았다.

(8월 x일)

여관집 딸을 데리고 물가를 걸었다. 오늘로 여기에 온 지 일주일이나 된다.

"사소한 일로 끙끙 앓지 마세요." 나는 모든 것이 귀찮아져서 멍하니 있으니, 여관집 딸은 나를 걱정해 준다. 아무것도 생각하지 않는다. 아무것도 생각하려고 하지 않는 것이다. 어제는 다카마쓰(高松)의 어머니에게 전보로 돈을 보냈고, 나는 이렇게 바닷가에서 숨쉬고 있고, 그 남자가 조마조마 걱정을 하든 말든 그것은 그 사람의 일이다. 나에게서 이것저것 게걸스럽게 탐했던 사람이었기에 이 정도의 일이 대체 뭐냐는 생각이 든다. 오노미치 해변에서 부두의 돌담에 배를 찧으면서 그 사람의 아이를 낳는 것을 두려워했지만, 지금은 그것도 애처로운 옛날 얘기가 되어 버렸다. 어제 부친 돈으로 의붓아버지와 어머니가 한숨 돌리면 좋겠다는 생각을 한다. 해변에서 머리를 바람에 흩날리며 물가를 걷고 있자니, 마을에서 나막신 장사를 하고 있는 그 사람의 형님이 나를 "어이- 어이-." 하고 뒤에서 불렀다. 오랜만에 보는 형님. 오노미치의 우리집에 가지에 달린 귤이랑 오렌지를 들고 와 주었던 그 모습 그대로 웃고 있었다.

"내게 아무 말 안 했잖아요. 고생했지요?"

바다가 푸르게 빛난다. 여관집 딸을 돌려보내고 형님과 둘이서 마을 변두리, 형님의 집으로 걸어갔다. 바다 가까이까지 밭이 푸릇푸릇하고 울창한 밀감산이 바람에 날리는 것 같다.

"그 녀석 마음이 약해서."

햇빛에 탄 쓸쓸한 얼굴로 형님이 나를 위로해 준다. 집에서는 형수가 쌀을 찧고 있었다. 소 한 마리가 순한 눈으로 나를 보고 있다. 나는 아무래도 들어가고 싶지 않았다. 뭐랄까? 이런 곳에 오는 것조차도 쓸쓸해진다. 하얀 길이 계속되는 해변길을 나는 뒷걸음질치듯이 숙소로 돌아갔다.

(8월 x 일)

아침 바람을 받으며 나는 섬을 향해 안녕 하고 손수건을 흔든다. 어디를 가든 어디에든 어쩔 수 없는 일투성이이다. 도쿄로 돌아가야지…. 내 지갑은 대여섯 장의 10엔짜리 지폐로 불룩했다. 형님 집에서 받은 돈과 파란 데베라 바구니와 보따리를 들고, 나는 배 밑에 까는 널판지를 건너 오노미치행 배를 탔다.

"조심해."

"네. 아주버님…. 이제 데모는 끝났습니까?"

"직공 쪽이 꺾여서 타협했는데 힘센 쪽에겐 못 이기지."

그 사람도 잠을 못 자 부석부석한 눈으로 부두에 내려왔다. "몸이 건강하면 또 언젠가 만날 수 있으니까." 작은 소리로 이런 말을 했다. 배 안에는 이슬에 젖은 야채가 수북이 쌓여 있었다.

아, 뭔가 바보가 된 듯한 쓸쓸한 기분이 든다. 나는 휘파람을 불면서 멀리로 달려가는 섬의 항구를 돌아봤다. 절벽 위에 서 있는 두 사람이 까만 점이 되어 보이지 않게 되자 조용한 방파제 위에는 쾅쾅 하고 쇠를 두드리는 소리가 울렸다. 오노미치에 도착하면 절반쯤 다카마쓰에 보내 주어야지…. 도쿄로 돌아가면 빙수집 일도 좋겠지. 더운 여름날 여기저기 일자리를 찾아 돌아다니지 않고 빨리 정착해서 올 연말에는 걱정 없이 지내고 싶다. 나는 달리는 배 위에서 몸을 쭉 펴서 파도에 손을 적시고 있었다. 손을 밀어젖히듯 흰 파도가 사방으로 튀고 있다. 다섯 손가락에 해초가 얽힌 실처럼 감겨 온다.

"이번 데모는 대단히 짧았지."

"정말, 모두가 불경기라서."

선원들이 유리창을 닦으면서 얘기하고 있다. 나는 한 번 더 푸른 바다 저쪽 섬을 뒤돌아 바라보았다.

(4월 x 일)

그날 밤
카페 탁자 위에
꽂아둔 꽃은 얼굴이 울었다
무슨 그
나무 위에 까마귀가 울려는 듯이

밤은 가혹하다.
양손으로 감싸쥔
나의 얼굴은
녹색 분으로 피로해져
12시를 가리키는 바늘을 끌어당기고 있다.

요코하마(橫浜)에 와서 5일 남짓 되었다. 카페 에뜨랑제의 검은 탁자 위에 나는 이런 시를 써 봤다. "나 같은 사람 정도겠지. 당신과 함께 있는 건…. 누가 당신처럼 거칠고 너덜너덜 망가진 여자를 사랑할까?"

그 옛날 도쿄의 하숙집에서 그 남자는 자기 덕분에 먹고 사는 줄 알라고 늘상 말하곤 했다. 그 당시 나는 먹고 잘 곳도, 의지할 남자도 없었고 내 보따리를 챙겨 그 집에서 나오려 해도 아무데도 갈 곳이 없는 기분이었다. 그렇게 해서 헤어진 남자였는데, 그 남자는 "네가 마음 편히 나를 떠날 수 있게 한 말이야." 그 남자는 나를 품어 안으며 "너도 나도 같은 병[83)]을 앓고 있어." 이렇게 말하며 깊은 숨을 후우 후우 하고 내 얼굴로 내뿜었다. 그 밤 이후, 나는 그 남자의 하숙비를 벌기 위해 이런 곳까지 흘러 들어온 것이다.

"고향으로 돌아가 봅시다. 조금쯤은 어떻게 할 수 있을지도 모르니까…."

이렇게 고생하며 돈을 벌면 사람들은 나를 정숙한 여자라고 생각할까요? 신이여!

"이제 가게를 닫으세요."

마담 로아의 콧잔등이 기름기로 빤질거린다. 여기는 12시에는 가게 문을 닫는 것 같다. 모모와레로 틀어올려 묶은 기쿠(菊) 씨와 기미(君) 씨 그리고 나, 판잣집 여급방에는 무거운 호반의 바람이 창으로 들이친다.

"있지, 도쿄로 돌아가고 싶어졌어."

기미 씨는 아이들이 생각난 건지, 손수건으로 얼굴을 닦으면서 크게 틀어올린 머리에 바람을 넣고 있었다. 마담 로아는 독일인이고 주인은 도쿄에 독일맥주 오피스를 갖고 있는 사람이었다. 언제나 토요일에는 돌아온다고 한다. 한 번 언뜻 여위고 키가 큰 모습을 봤을 뿐 마담 로아는 고풍스러운 스커트처럼 뚱뚱하고 말이 없는 여자였다. 나는 기미 씨의 남편 소개로 왔는데 이곳은 수입도 별로 없다. 요리사도 일본인이라서 외국인 손님은 요리는 먹지 않고 언제나 맥주만 마시고 갔다.

"나, 당신이랑 이 사람에게 소개받아 왔기 때문에, 사실은 도쿄로 돌아가고 싶지만 참고 있었어요."

"바닷가로 가면 돈을 벌 수 있다고 하면서, 결국은 그 여자와 함께 있고 싶었기 때문이지요."

기미 씨의 남편은 기미 씨와 부모자식만큼이나 나이 차이가 있는데도 첩이 있었다.

"사실 우리들은 남자를 위해 고생하며 살아가는 사람들이예요."

기미 씨는 부두의 푸른 등불을 보면서 옷도 벗지 않고 멍하니 방에 서 있다. 나는 갑자기 작년 이맘때 추운 날 기미 씨와 이 바닷가에 왔던 것을 생각해 냈다. 그로부터 반년 남짓, 이제 기미 씨는 못 만나겠지 하는 생각을 하면서 어디랄 것도 없이 찾아다녔던 것을 생각하자, 저절로 웃음이 나왔다. 13살 때 아이를 낳았다는 기미 씨는 "나는 아직 진실한 사랑을 한 적이 없어요"라고 한다. 지금은 22살이고 9살 난 아이가 있는 기미 씨는 아이가 애인이라고 말한다. 불행한 기미 씨. 양어머니의 남자가 지금의 남편이 되어 10년이나 기미 씨는 그 남자를 위해 일해 왔다는 것이다. 10년이나 일했다는데, 카페의 여급을 첩으로 끌어들이는 등, 한 남자를 둘러싸고, 그녀에다 첩에다 양어머니가 함께 사는 이상한 생활이었다. 그녀는 "나는 정말이지 눈을 감아버리고 싶을 때가 있어"라며 눈물지을 때가 있었다. 무슨 일이 있어도 자식 하나만을 위해 일하고 있는 기미 씨를 생각하면 내 고통 따위는 그녀 입장에서 보면 우스운 얘기일지도 모른다.

"전기를 꺼 주세요."

독일인은 구두쇠라고 하는데 마담 로아가 물색 잠옷을 입고 우리들 방을 보러 온다. 전기가 꺼진 좁은 방에서 나는 마치 동화 같은 개구리 소리를 들었다. 도쿄에서의 생활, 어머니의 일, 앞으로의 일, 좀처럼 잠이 오질 않는다.

(4월 x 일)

9살 되는 기미 씨의 첫 아이가 혼자서 기미 씨를 찾아왔다. 항구에는 배가 들어왔는지 자동차가 끊임없이 가게 앞을 달린다.

아침.

마담 로아는 안쪽 페인트가 벗겨진 뒤편 포치에서 뜨게질을 하고 있었다.

"기쿠 씨에게 가게를 맡기고 잠깐 부두에 가 보지 않을래요? 아이에게 보여 주고 싶어."

차가운 수프를 먹고 있는 내 옆에서 기쿠 씨는 긴 바늘을 움직이며, 아이의 가타아게를 걷어올려 꿰매고 있었다.

"기미 씨의 동생인가?"

나이 든 요리사가 담배를 피우면서 아이를 보고 있었다.

"저, 제 아이예요."

"…"

소년은, 아무 말 없이 수줍게 웃었다. 우리 3명은 서로 손을 잡고 부두의 야마시타(山下)공원 쪽으로 가 봤다. 붉은 흘수선(吃水線)이 보이는 배가, 바다 안쪽에 몇 개나 정박해 있었다. 인도인이 2명, 멍하니 바다를 보고 있다. 푸른 4월의 바다는 수박 같은 푸른 가루를 뿜어내며 빛나고 있었다.

"있지, 배야. 잘 봐 둬, 저것으로 외국에 간단다. 저것은 기중기야, 화물이 공중으로 올라갔지."

기미의 설명을 듣고 납작한 초콜릿을 한입 가득 먹으면서 흐릿하게 즐거운 눈으로 바다를 본다. 잔교(棧橋)에서 밑을 내려다보면 깊은 물색깔이 곱고, 다리가 주르르 끌려 들어갈 것 같았다. 부두에는 담배 가게나 환전소, 대합실 등이 늘어서 있다.

"엄마, 나 물 먹고 싶어."

무릎을 내놓은 기미 씨의 아이가 흰 대합실 수도 쪽으로 달려가자 기미 씨는 소매에서 수건을 내어 아이 쪽으로 걸어간다.

"자 이것으로 얼굴을 닦으렴."

아, 얼마나 아름다운 풍경인가. 너무나 어려운 역경을 헤치고 만난 이 아름다운 모자는 앞으로 꿋꿋하게 힘껏 살아나갈 것이다. 혼자서 엄마를 찾아 이 해변까지 더듬어 온 일념을 생각하면 울음이 나올 것 같았던 기미 씨의 기분이 가슴으로 느껴진다.

"저 아이와 함께 방을 빌릴까 생각해요. 하지만 그나마 아버지가 있어 떼어놓을 수도 없어서 참고 있지만, 나는 일하다 죽을 팔자 같아서 싫어질 때가 있어."

"저, 아주머니 호텔이 뭐예요?"

문득 보니 부두옆 다리 옆에 몇 번인가 본 호텔이란 하얀 글자가 보였다.

"여행하는 사람이 묵는 곳이야."

"그래요…."

"얘야, 모두 집에 아직 있니?"

"응. 아버지는 집에 있어요. 할머니도 아줌마도 요즘 긴자에 일 다니고 있어서 밤늦게 와요. 그래서 나랑 아버지가 교대로 마중 나가요."

기미 씨는 화난 듯이 말없이 바다를 보고 있었다.

낮에는 이세사키초(伊勢佐木町)에 나가 셋이서 라면을 먹었다.

"저기 나, 사진 찍고 싶은데 함께 찍어 주겠어?"

"나도 그렇게 생각하고 있었어. 언제 또 헤어지게 될지 모르니까. 마침 잘됐어. 아이도 함께 찍어요."

중국 군인 제복 같은 느낌의 전차를 타고 해변 가까이 있는 사진관으로 갔다.

"셋이서 찍으면 누군가 죽는대. 그러니, 강아지라도 괜찮으니까 빌리자."

기미 씨가 종이를 덧대어 만든 볼품없는 강아지를 무릎에 안고 사내아이와 내가 서 있는 모습을 찍었다. 배경은 부두의 잔교. 쭉 늘어선 고풍스런 돛대가 보인다.

"아가! 오늘은 엄마하고 자자."

"함께 돌아가요…."

기미 씨는 쓸쓸하게 혼자서 스비닐의 레코드를 걸었다. 마담 로아는 오늘 도쿄에 가고 없다. 의자 2개를 나란히 해 놓고 요리사는 쿨쿨 자고 있다. 받은 돈은 1엔도 채 되지 않는다. 나도 기미 씨 모자와 도쿄로 돌아가야겠다.

(4월 x 일)

“이런 여행이 평생 계속된다면 유쾌하겠어.”

에뜨랑제의 뒷문에서 한 개씩 커다란 짐을 든 우리 둘을 마담 로아는 가여운 듯이 보고 1주일 정도밖에 있지 않았지만 급료를 10엔씩 봉투에 넣어 주었다.

“또 오세요. 여름엔 좋아요.”

기미 씨와 달리 집이 없는 나는 다시 또 돌아오고 싶은 그리운 심정으로 마담 로아를 뒤돌아봤다. 마담 로아는 과묵하고 빈틈없는 여자다. 양복을 입은 그녀가 2층에서 우리들을 언제까지나 배웅해 주었다.

“괜찮으면 집에 오세요. 여럿이 함께 살지만 괜찮잖아요…. 그리고 천천히 찾아보면….”

역에서 바나나를 까면서 기미 씨가 이렇게 말했다. 도쿄에 가면, 삐딱한 그 남자는 나를 또 때리거나 팰지도 모른다. 차라리 기미 씨의 집에 기식이라도 할까, 샌드위치를 사서 기차를 탔다. 기차 안에는 벚꽃 마크를 붙인, 상경하는 사람들이 가득 넘치고 있었다.

"벚꽃 필 때는 이래서 싫어."

앉을 자리를 겨우 하나 찾아 셋이서 걸터앉았다.

"아이와 기차여행이라니 몇 년 만의 일인지."

저녁, 기미 씨의 이타바시(板橋) 집에 도착했다.

"아무래도 혼자 가는 건 걱정이 됐지만, 혼자서 가고 싶다고 하길래 내가 그러라고 했지."

머리를 헝클어트린 할머니가 누워서 담배를 피우고 있었다.

"요전에 실례했습니다. 오늘은 왠지 같이 오고 싶어서 따라왔습니다."

연립주택의 삐걱거리는 판자 사이를 밟고 기미 씨의 남편이 나왔다.

"이런 곳에서라도 괜찮으시면 언제까지라도 계십시오. 또 그 사이에 좋은 곳이 생기겠지요"라고 말했다.

방안에는 젊은 여자 옷이 여기저기 흩어져 있었다.

늦은 밤에 문득 잠이 깨니,

"어린애를 역에 마중하러 보낼 필요는 없잖아요? 당신이 갔다 오시든지 당신이 싫으면 내가 갔다 오겠어요."

기미 씨의 날카로운 목소리가 들렸다. 토방이 열리는 소리가 나고 남편이 역으로 첩 마중을 갔다.

"이봐, 기미! 너도 꽤나 바보구나. 얕보고 그러는 거야."

건너편 구석에 누웠던 할머니가 입정 사납게 기미 씨에게 퍼붓고 있다. 아아, 이 무슨 일인가. 대체 어떻게 된 가족인가 하는 생각이 들었다. 유리창 저편에는 봄날 밤안개가 흐르고 있었다. 함께 잠들어 있는 사람들의 제각각의 괴로움이 깊은 밤, 방안을 가득 채워서 나는 오직 나만의 방을 갖고 싶어졌다.

(4월 x일)

비. 종일 사내애와 놀았다. 첩은 히사(久)라고 하는데, 광대뼈가 툭 튀어나온 여자였다. 기미 씨가 훨씬 부드럽고 예쁜데 인연이란 것은 참 불가사의하다는생각이 든다. 남자란 어째서 이런 것일까….

"흥. 그렇게 바닷가는 불경기인가."

윗통을 벗고 머리에 기름을 바르면서 히사 씨는 머리를 빗었다.

"뭐냐, 네 그 말투는…."

할머니가 부엌에서 솥을 씻으면서 히사 씨에게 화를 냈다. 비가 내리고 있다.

우울한 4월의 비다. 골목 안 집 앞에 비를 맞으면서 야채장수가 수레를 끌고 지나간다. 신(神)을 능가하는 기분인 걸까,

기미 씨는 웃으면서 채소 장수와 느긋하게 얘기하고 있다.

"지금은 야채가 어느것이나 다 맛있는 때죠." 하고 말하고 있다.

비가 오는데, 저녁에 히사 씨와 남편은 마을에 일하러 나갔다. 할머니와 아이와 기미 씨와 나 네 명이서 탁자를 둘러싸고 앉아 밥을 먹는다.

"아주 속 시원하구나. 가랑비도 오고 둘은 나갔고."

할머니가 너무나 속 시원한 듯이 이런 말을 했다.

(5월 x 일)

전에 있었던 신주쿠(新宿)의 집에 가 보았다. 요시만이 남아 있고 옛날 여자들은 모두 없었다. 새로운 여자들이 꽤 많아졌고 안주인은 병으로 이층에 누워 있었다. 또 내일부터 나는 신주쿠에서 일할 것이다. 마치 수렁에 빠져든 것처럼 질척질척한 나 자신, 우시고메(牛込)에 있는 그 남자의 하숙집에 들러 본다. 부재중, 책장 위에 엄마로부터 온 편지가 있었다. 남자가 펴 본 것일까…. 개봉되어 있었다. 의붓아버지가 대신 써 준 편지였다.—그 사람이 폐병이라 했는데 정말이냐? 가장 무서운 병이니 조심해라. 자식이라고는 하나뿐인 너에게 옮는다면 모두가 얼마나 걱정할지 모른다. 엄마는 몹시 걱정하며 요즈음은 금광교(金光教)[84]를 믿고 있다. 한 번 돌아오는 것은 어떤지, 여러 가지 할 얘기도 있다.—아니, 이게 뭐란 말인가, 그렇게까지 하지 않아도 떨어져 있는데 고향에 있는 나의 부모님에게 그 남자는 자기가 아프기 때문이었다고 한 걸까…. 쓸데없는 짓이라는 생각이 든다. 하숙집 하녀 말로는 "자주 여자분이 와서 묵으십니다"고 한다. 포도주를 사 와서 같이 마시려고 했던 지금까지의 평온하던 기분이 가시고 갑자기 현기증이 난다. 고생을 같이했던 사람인데 어찌된 일일까? 잘도 이런 곳까지 고생고생 찾아왔다는 생각이 든다. 거리에 부는 시원한 5월 바람이 가을처럼 몸에 스며든다.

밤.

이곳의 아이와 누런 설탕을 녹여 카라멜로를 만들어 먹으며 논다.

(5월 x 일)

6시에 일어났다.

어젯밤 무전걸식한 어떤 자식 때문에 7시에는 경찰에 가야만 한다. 졸려서 나도 머리 정수리가 욱신욱신 하는 것을 참고 아침 거리로 나오니 더러운 포장길 위에 어지러운 누런 색, 빨간 색의 광고지가 이슬에 축축이 젖어서 태양에 비치고 있었다. 요쓰야(四谷)까지 버스를 탄다. 창유리에 대바늘로 뜬 보라색 옷을 걸친 머리는 유이와타(結い綿)[85]로 묶여 흔들거리고 있어서. 마치 창녀 같은 모습이다. 나는 훅 하고 한숨을 쉬고 말았다. 이런 모습의 여자가 세파에 시달리고 시달이면서도 기를 쓰고 살아가는지 모르겠다. 정말이지 우스운 어릿광대의 모습이야, 활발하고 아름다운 차장님, 웃지 말아 주세요. 요염하게 검은 공단 옷깃을 달았는데, 나도 당신처럼 생기가 넘치는 차장이 되려고 했던 적이 있었어요. 당신과 같이 식물원, 미쓰코시(三越), 혼간지(本願寺), 동물원 등 시험을 친 적이 있습니다. 근시로 불합격했지만 말입니다. 나는 씩씩한 당신의 모습이 부럽지 않을 수가 없습니다. 진구가이엔(神宮外苑)[86] 쪽으로 가는 길에 조금 높은 층계가 있는 회색건물이 경찰서였다. 단풍잎이 먼지가 가득 덮인 채 이슬에 축축하게 젖어 있고, 동굴 같은 유치장 앞으로 들어가니, 어두운 형사부실에는 차를 마시고 있는 남자, 뭔가 쓰고 있는 남자, 피곤해서 자고 있는 남자, 나는 이런 곳에까지 어젯밤의 무전걸식자를 만나러 와야만 하는 것일까 하는 기분이 들어 싫었다. 여기까지 받으러 오지 않으면 10엔 가까운 돈은 내가 카운터에 대신 내야만 하고, 곤란을 당해도 그냥은 봐 주지 않는 카페의 생리를 생각하니 싫어졌다. 결국은 손님과 여급이 일 대 일로 싸우는 것이다. 아아, 돈에 여기저기 질질 끌려 다닌다는 사실이 너무나 가슴에 사무친다. 여급들을 죄다 불러서 실컷 먹고는 계산할 때가 되니 뒷문으로 도망쳐 나갔던 어젯밤 무전걸식자에 대해 생각하면 이유를 알 수 없는 생각이 들지 않을 수 없다.

"대서소에 가서 사유서를 써 와. 응!"

허풍쟁이 자식들, 어젯밤의 무전걸식자가 여기에서는 멋진 영웅으로까지 생각된다.

대서소에 가서 써 오니 한 시간 정도나 걸렸다. 차가 나오기도 하고 과자가 나오기도 하더니 돈을 지불할 때가 되자 두 줄로 늘어놓은 과자의 대금까지 들어가 있다. 정말 놀랄 지경이다. 사유서를 건네주고 인수인 같은 사람한테서 9엔 남짓을 받고 밖으로 나오니 아직 낮이다. 규율이나 규칙 같은 것에 침을 뱉고 경멸해 주고 싶었다.

돌아와서 카운터에 돈을 건네주고 2층으로 올라가니, 모두 일어나 이불을 개고 있는 중이었다. 청소를 팽개쳐 두고 누웠다. 5월의 구름이 정말 솜처럼 하얗게 펼쳐지는데 나는 내 혼을 멀리 날려 보내고 막대기처럼, 돌처럼 옆으로 누워 눈을 감고 있었다. 슬퍼라, 가여워라. 후미코 씨, 한 손 박자에 맞춰 노래라도 부릅시다.

육지 끝에는 바다가 있다.
흰 돛단배가 가네요.

(5월 x 일)

도키가 내게 자전거 타는 법을 가르쳐 준다고 해서 청소를 끝내고, 가게 자전거를 빌려 유곽 앞 넓은 길로 나갔다. 아침 햇살을 가득 받으며 쭉 늘어선 창녀집 2층 난간에는 이불 행렬이, 아래의 사진 선반에는 장례식 광고지 같은 새로 생긴 가게의 여자 이름을 쓴 흰 종이가 팔랑팔랑 바람에 날리고 있었다. 아침에 돌아가는 남자의 모습이 마치 비 오는 날의 양산 같다고 도키는 냉소를 지으며 씩씩하게 큰길에서 자전거를 타며 돌고 있다. 모모와레로 머리를 묶은 여자가 자전거로 유곽 길을 돌아다니고 있으니 남자건 여자건 멈춰 서서 쳐다보고는 지나간다.

"자, 유미가 타는 거야, 뒤에서 밀 테니까."

바보같이 여겨질 만큼 명랑하게 돈키호테 흉내를 내는 것도 재미있다. 두세 번 타는 동안에 페달이 발에 익숙해져서 스르르 핸들 조종도 잘하게 되었다.

킹 어브를 10잔 마시게 해 준다면
나는 당신에게 입맞춤을 한 번 해 주겠어요.
아아, 가엾은 여급이여.

창 밖 어둠을 가르며 유리잔 같은
램프 등불 아래서
모두 술이 되어 버렸다.

혁명이란 북쪽에 부는 바람인가!
속마음을 모조리 털어놓게 해 버린다.
탁자의 술 위로 진홍색 입을 열어
불을 토했습니다.

푸른 앞치마를 입고 춤출까요
금혼식, 아니면 캐러밴의 곡인가요
오늘 밤의 무도곡은….
자, 아직 세 잔이나 남았다.
괜찮냐고

네, 괜찮아요.
나는 영리한 사람인데
정말로 영리한 사람인데
나는 내 마음을
하찮은 돼지 같은 남자들에게
아낌없이 꺾인 꽃처럼
나누어 주고 있습니다.
아, 혁명이란 북쪽에 부는 바람인가.

그런데 말이지 생간을 빼먹는 위험한 사람아, 아아, 모든 것 다 드릴 테니까 이틀이든 사흘이든 누군가 나를 푹 잠자게 해 주세요. 내 몸에서 뭐라도 가져가 주세요. 나는 진흙처럼 잠들고 싶다. 비누처럼 녹아 없어져 버려서, 하수구물로, 술로, 맥주로, 진으로, 위스키로 나의 위장은 성냥 대용입니다. 자, 그래도 내 몸이 필요하다면 그냥 드리겠어요. 별 생각 없이 공짜로 선물하는 것이 나중에 썩지 않고 생생하겠지요. 곤드레만드레 취해서 의자와 함께 뒹구는 나를 도키는 말처럼 끌어 일으켜 주었다. 그리고 귀에 입을 대고 말한 건, "신문을 위에 덮어 줄 테니 엎드려 좀 자세요. 너무 술에 취해서 어쩔 수가 없어…."

내 이불은 신문으로 충분하지요. 나는 구더기 같은 여자이니까. 취했대도 깨어나면 다시 그 자리로 돌아오고, 하루가 스르르 하고 손에서 빠져 나가는 걸, 빨리 나의 혁명이라도 일으키지 않으면 안 된다.

(6월 x 일)

다이소지(大宗寺)에서 여급들의 건강 진단이 있는 날이다. 빗속을 요시 씨와 도키랑 셋이서 갔다. 고풍스런 절 복도에 제각각 고운 빛으로 차려 입은 피로한 여자들이 배경과 겹쳐진 화면처럼 어울리지 않는 모던함으로 무리지어 있다. 작은 병풍이 세워져 있지만 염라대왕도 영화의 붉은 깃발도 모두 환히 다 보인다. 건강 진단을 하는 공무원은 우리들의 상반신에 청진기를 대어 보기도 하고 입을 벌리게 하여 들여다보기도 하였다. 냄새까지 완전히 여급이 되어 버린 나는 이제 와 새삼스레 자신을 돌이켜봐도 모두 멀리 날아가 버렸다. 요시 씨는 폐가 나빠서 진찰받는 것을 싫어했다. 도키를 기다리면서 절의 뜰을 보니 연분홍색 자귀나무 꽃이 피어 여행지의 시골이 문득 생각난다.

밤.

꽃불을 사 와서 태운다.

팁 1엔 20전 남짓.

(6월 x일)

낮. 유카타를 만들 옷감을 한 필 사려고 읍내에 나갔는데 여윈 그 남자를 우연히 만났다. 싸우고 헤어졌지만 우연히 이런 곳에서 만나니 둘 다 아무 말 없이 웃어 버렸다. 그 사람은 장어가 먹고 싶다고 한다. 둘이서 장어덮밥을 먹으러 들어갔다. 뭔가 마음이 즐겁다. 유카타 살 돈을 모두 줘 버렸다. 병자는 가련하다. 엄마로부터 소포가 왔다. 내가 코가 나쁘다고 했더니 딱딱하게 말린 탕약과 버선, 홀치기 염색의 목면 속치마를 부쳐 왔다. 카페에서 일하고 있다고 말한다면 너무나 걱정할 어머니, 나는 큰 집의 회계를 보고 있다고 거짓 편지를 써서 보냈다.

밤.

기미 씨가 나를 찾아왔다.

지금 전당포에 갈 거라며 큰 보따리를 갖고 있었다.

"이런 먼 곳에 있는 전당포까지 온 거야?"

"전부터 아는 곳이야. 이타바시(板橋) 근처에선 아무리 해도 빌려 주지 않아…"

여전히 혼자서 고생하고 있는 듯한 기미 씨에게 동정이 간다.

"저 괜찮으면 메밀국수라도 먹고 가지 않겠니? 내가 낼게."

"응. 괜찮아. 저기 다른 사람이 기다리고 있어서, 또 봐."

"그럼 전당포까지 함께 갈게. 괜찮겠지?"

그 후에 긴자에서 일하고 있었다는 기미 씨에게는 젊은 학생애인이 생겼었다.

"난 결국 결심했어, 오늘 밤 인제부터 좀 먼 곳으로 내려갈 생각이라, 사실은 네 얼굴을 보러 왔어"

이렇게도 순수한 기미 씨가 너무나 부러웠다.

"모든 것 다 내팽개치고 나는 태어나서 처음으로 사랑다운 사랑을 했어." 하고 기미 씨는 말하기도 했다.

"아이도 버리고 갈 거야?"

"그게 가장 내겐 뼈에 사무치는 일이지만, 이제 그런 말만 하고 있을 수 없게 되었어. 아이를 생각하면 하늘이 무섭지만 난 이제 도저히 어쩔 수가 없어."

기미 씨의 새 남자는 그다지 풍족한 것 같지는 않았지만 젊은이다운 늠름한 힘이 주위를 제압했다.

"당신도 하루 빨리 여급 따위는 그만둬요. 어차피 쓸 만한 직업이 아니잖아요."

나는 웃고 있었다. 기미 씨처럼 모든 것 다 버릴 수 있는 정열이 있었다면 이렇게 혼자서 고생하지는 않을 거라고 생각했다. 기미 씨의 양어머니나 남편과 비교하면 내 어머니는 인간성이 더없이 아름답다. 도저히 이해되지 않는 혁명이 온다 해도 천만 명의 사람들이 나에게 화살을 돌린다 해도 나는 어머니의 사상으로 살아갈 것이다. 당신네들은 당신네들의 길을 가 주세요. 나는 지갑을 전부 털어서 이 용감하게 낙향하는 두 사람을 축하해 주고 싶다. 나의 절대적인 사람이 어머니인 것처럼, 기미 씨에게 하나밖에 없는 아들을 내가 뒤에서 봐주는 것도 좋겠다는 생각이 들었다.

거리에서 별빛을 흠뻑 받고, 라디오가 세레나데를 부르고 있다.

나의 소맷자락에는 둘둘 말린 앞치마가 들어 있다.

밤의 음악, 도회지의 밤의 음악, 메커니즘화한 세레나데여, 저렇게 아름다운 노래를, 라디오는 활자처럼 거리의 허공에서 쥐어짜듯이 부르고 있다. 소음화된 밤의 노래. 인간이 기계에 먹히는 시대, 나는 담배 가게 진열창 앞에서 하얗고 빨간 망토를 펼친 마드리갈이라는 담배를 사고 싶었다. 멋진 향락, 멋진 만취, 마드리갈의 달콤한 엑스터시. 거짓말이라도 하지 않는다면 이 세상은 바보 같아서 걸어갈 수 없지 않습니까. 자아 모두모두, 나는 이것저것 무엇이든지, 갖고 싶다.

도키는 작가 지망생과 싸움을 하고 있었다.

"뭐야, 이 빠진 호박 같은 자식아, 시커멓게 탄 가지 같은 녀석! 50전을 더 내면 유곽에 갈 수 있잖아."

잔뜩 취한 작가 지망생이 키스를 훔쳤기 때문에 도키가 소다수로 거듭거듭 입을 헹구면서 소리치고 있었다. 주인 여자는 병으로 이층에 누워 있다. 늘 여급의 생피를 쥐어짰기 때문에 제대로 되는 일이 없는 거야. 언제나 병에 걸려 있잖아…. 이렇게 말하며 요시 씨는 주인 여자의 병을 고소하게 생각했다.

(6월 x 일)

주인 여자는 마침내 입원하고 말았다. 요리 배달부인 간(カン) 군이 병원에 갔다가 돌아오지 않아서, 도키가 자전거로 주문한 요리를 갖고 갔다. 도키가 자전거 타는 모습을 보고 있자니 터무니없어, 눈물이 날 정도로 우스웠다. 어쨌든, 이 여자는 자기의 아름다움을 잘 알고 있으므로 꽤나 재미있다. 저녁에 목욕탕에 다녀와 옷을 갈아입고 있으니 맨 유

리의 제일 꼭대기에 별이 하나 반짝반짝 빛나고 있었다. 아아, 오랫동안 나는 새벽이란 것을 보지 못했는데 시골의 아침 하늘이 보고 싶다. 문밖에다 재수가 좋으라고 소금을 뿌려 놓고 레코드를 걸어 두고 있으니, 목욕탕에서 여자들이 차례차례로 돌아온다.

"이제 슬슬 자칭 비행가가 올 때쯤이잖니…."

이 자칭 비행가는 기묘하게도 라면 한 그릇과 라오쭈라는 중국술 한잔으로 네댓 시간이나 엉터리 허풍을 떨고 팁 1엔을 두고 돌아간다. 별로 같이 자는 여자도 없는 것 같다.

세 번째.

내 차례에 터키 사람이 일행 5명과 들어왔다. 맥주 한 상자를 가져오게 하더니 차례차례 따서 건배를 하며 술을 마시는 폼이 멋졌다. 하얀 보자기 안에서, 마치 트렁크같이 큰 아코디언을 내어, 아코디언 끈을 어깨에 걸고 켜기 시작했다. 가을산 바람이라도 듣고 있는 듯한 아코디언의 음색, 모두 신기해하며 보고 있었다. "내가 부르는 목소리를 잊었는가." 뭔가 했더니 새장에 갇힌 새의 노래[87]였다. 모자 아래, 터키모자를 하나 더 쓰고, 꽤 기세등등한 모습이었다.

"2층으로 올라갑시다."

젊은 터키인이 나를 무릎에 앉히고 2층을 열심히 가리키고 있다.

"2층이 있는 곳은 이 옆 유곽이예요."

"유곽? 몰라."

우리들을 매춘부로 잘못 알고 있는 것 같았다.

"우리들 시계."

젊은 사람이 먼 나라에서 찍은 것인지, 신기한 나무 아래에서 찍은 작은 사진을 한 장씩 준다.

"이층으로 올라갑시다. 나 수상한 사람 아니다."

"이층은 없어요. 모두 출퇴근해요."

"이층 없어?"

또 맥주 한 상자를 추가하고, 한 사람이 콜드비프를 주문하자, 요시 씨가 마음에 들었는지 뭔가 끊임없이 접시를 가리킨다.

"답답하군, 난 영어 같은 거 모르는데, 유미 무슨 말을 하는지 들어 봐 줘…."

"저, 비행가에게 물어 봐요, 알지도 모르잖아."

"농담이 아니야, 발음이 달라서 모르겠어."

"어머 비행가도 몰라? 곤란하군."

"소스는 아닌 것 같은데."

뭔가 겨자 같기도 한데. 공교롭게도 '겨자' 말이냐고 물을 줄 모르는 나는

"옐로우 파우더?"

얼굴이 화끈화끈해지면서 물어 봤다.

"오오 예스! 예스!"

겨자를 꼭꼭 이겨서 가지고 가니 모두 손을 치면서 좋아했다.

자칭 비행가는 슬그머니 돌아갔다.

"터키의 천자님을 뭐라고 해요?"

도키가 옐로우 파우더 씨에게 기대어서 듣고 있다.

"천자님 따위 알 게 뭐야?"

"그래, 나는 이 사람이 좋지만 말이 통하지 않아서 할 수 없어."

술이 돌았는지, 아코디언은 먼 향수를 울리고 있다. 2층으로 올라가자던 남자는 열심히 나에게 윙크를 했다. 일본인과 아주 닮은 인종이라고 생각한다. 터키는 어떤 곳일까. 나는 웃으면서 물었다.

"당신 이름. 케마르 파샤[88)]?"

5명의 터키인은 모두 나에게 예스, 예스라고 고개를 끄덕였다.

(9월 x 일)

오래된 시간표를 넘겨 보았다. 어딘가 멀리 여행을 떠나고 싶다. 진실이 없는 도쿄를 단념하고 산이든 바다든 자연을 호흡하러 가고 싶다. 내가 파란 시간표의 지도에서 발견한 곳은 일본해에 면해 있는 나오에쓰(直江津)라는 작은 항구였다. 아아, 바다와 항구의 여정(旅情), 이런 곳으로 가 보고 싶다. 이것만으로도 상처 입은 나를 위로해 줄 것임에 틀림없다. 하지만 지금은 위로 따위의 말은 필요 없다. 죽을 수도 살 수도 없는 나, 작부든 뭐든 되어서 어머니를 행복하게 해 드릴 만큼 돈을 갖고 싶다. 어설프게 튼튼한, 피가 많은 체질이 여러 가지 야심을 불러일으킨다. 정말이지 돈을 갖고 싶다!

후지산 — 폭풍우

주차장 대합실의 흰 종이에, 지금 후지산은 기후가 몹시 거칠다고 쓰여 있다. 흥! 저런 것 따위 거칠어졌다 해도 상관없어. 보따리 한 개뿐인 내가 우에노에서 신에쓰(信越)선을 타니, 아침 창으로 보이는 풍경은 어느 사이엔가 망망한 가을 풍경이었다. 주위는 완전히 가을이 되었다. 창을 가르고 가는, 옥수수잎은, 뼈다귀처럼 시들어 버렸다. 인생은 모두 추풍만리(秋風萬里), 믿을 수 없는 것들만이 탁류처럼 범람하고 있다. 손톱의 때만큼도 가치가 없는 내가 지금 기차를 타고 목적지도 없이 초라한 여행을 하고 있다. 묘하게도 여수를 느끼자 눈시울이 뜨거워졌다. 화장실 냄새 나는 3등칸 구석에 이초가에시를 한 머리를 갖다 붙이듯 하고서 나는 멍하니, 산으로 올라가는 기차에 흔들리고 있었다.

고향의 마굿간은 멀리로 사라졌다.
꽃이 모두 핀 달밤
항구까지 달려온 나였다.

아련한 달빛과 붉은 방랑기여!
목에 흰 목도리를 칭칭 감고
기선을 사랑한 나였다.

뭘 해 봐도 언제나 보따리 하나인 나, 나는 마음속에 희미한 열기를 느끼면서 오래된 시 원고와 방랑일기[89]를 보자기에서 꺼내 다시 읽어 봤다. 몸이 움직이고 있는 탓인지, 눈시울 속의 뜨거운 것이 울컥 솟아 나와도, 시(詩)나 일기에서는 아무것도 솟아날 정열이 없다. 고작 이것밖에 안 되나, 하는 생각이 든다. 바보 같은 것만 끄적이는 것이 바로 글에 탐닉한 나입니다.

기차가 다카자키(高崎)에 닿자, 내 주위 빈자리에, 여행중인 예술인 타입의 남녀 네 명이 자리를 잡았다. 나는 멍하니 그들을 보았다. 그들도, 나와 별로 차이가 없는 초라한 모습이다. 위에 있는 그물 선반에는, 목면 줄무늬 보자기로 둘둘 싼 낡아빠진 샤미센과 거무스름해진 가방이 하나, 그들의 빛바랜 생활을 얘기해 준다.

"언니는 여기에 걸터앉지…."

일행 4명 중, 단 한 명뿐인 언니라고 불리는 그녀는, 부숴놓은 것 같은 마루마게(丸髷)[90]에 낡은 유카타 차림이다. 서른 두세 살은 되는 것 같았다. 흐트러진 옷 아래로 어쩐지 요염한 냄새가 나서 여윈 가와이 다케오(河合武雄)[91]라고 불러 보고 싶어지는 여자였다.

그 여자와 나란히, 내 건너편 옆에 앉은 남자는 이마가 아주 하얗다. 감색 지지미 옷에 손수건같이 가늘고 낡아빠진 띠를 둘둘 감고 신경질적으로 손톱을 깨물고 있었다.

"아아, 너무 혼났어."

눈알이 동글동글 작은 쪽이 사방을 한 바퀴 돌아보고는 큰 쪽에게 중얼거리자, 기차는 거꾸로 돌아가면서 요코가와(横川)역에 가까워졌다. 이 예술인들은 사람들을 모아 돈을 받고 만담, 야담을 들려 주는 예인 일행 같았다. 건너편 남자와 여자는 가끔씩 생각난 듯이 소곤소곤 서로 얘기를 했다.

"어! 뭐야. 어째 나 기분이 안 좋아."

갑자기 느닷없는 소리가 들려 보니, 촌뜨기 같은 아이를 데리고 온 아주머니가, 그물 선반 위를 쳐다보았다. 아주머니가 보는 쪽을 따라서 보니, 그 예술인들의 소지품인 그물망 가방에서 검은 빛을 띤 붉은 피 같은 것이 똑똑 떨어지며 흘러 나오고 있었다.

"피가 아닌가요?"

"여행자 양반, 당신 가방 아니야?"

서로 등을 맞댄 예술인 남녀에게, 시골 여자의 남편인 듯한 사람이 큰소리로 고함을 지르자, 멍하니 목표도 없이 창을 보고 있던 남자와 여자는 허둥지둥 미안해하면서 가방을 내려 뚜껑을 열었다. 여기에도 이 정도의 생활이 있다. 나는 어쩐지 볼에 핏기가 사라져 가는 느낌이 들었다. 그 가방 속에는, 가장자리에 이가 빠진 찻잔과 칠이 벗겨진 주홍색 거울, 흰 분과 빗, 소스병이 어수선하게 담겨 있었다.

"소스병 마개가 열렸네요…."

여자는 이렇게 혼자말을 하면서 자신의 하얀 손등으로 지렁이처럼 흐르고 있는 소스 방울을 훑았다. 그 쓸쓸한 가방 얘기가, 여관에 죽치고 앉은 이 사람들의 며칠간의 생활을 얘기해 주었다. 여자가 가방을 선반에 올리고 나자 또다시 기차 소리만이 크게 울린다. 내 앞에 앉은 제자인 듯한 남자들은 잠든 것 같았다.

"아, 나는 재미없어. 도쿄로 돌아가서 이마 씨의 극단에라도 들어가야지, 언제까지고 이렇게 해 봤자, 추워지고 말이야⋯."

제자들의 이 얘기를 들었는지, 감색 지지미를 입은 남자는, 순간 눈을 반짝이더니 눈길을 딴 데로 돌리고

"어이, 탄, 요코가와(横川)에 도착하면 전보 한 통 부탁해."

하고 말했다. 네 사람 모두 분위기가 어색해졌다.

부부도 아닌 것 같은 두 사람의 말투에 나는 왠지 그들이 마음에 걸렸다.

밤.

나오에쓰역에 도착했다. 마치 시골집 토방 위에 낡은 채 서 있는 듯한 항구 역이다. 불이 켜지기 시작한 역 광장에는, 물색으로 칠해진 판자로 지은 서양식 여관 건물이 있다. 그 여관 옆을 돌면 처마가 쑥 나온 그을린 거리가 보인다. 폭풍우가 몰아칠 기미가 있는 스산한 바닷바람이 세차게 불고 있어서, 그렇게 갈망해 왔던 항구의 꿈은 산산이 부서져 버렸다. 이런 곳도 각자의 생활로 바쁜 듯하다. 어쩔 수 없이 나는 역 앞 여관으로 되돌아왔다. 유리문에 오징어 집이라고 씌어 있었다.

(9월 x 일)

계단 아래 복도에서는 소란스레 초등학교 수학여행단이 떠들고 있었다.

세면장에서 얼굴을 씻고 있자니

"내는 정어리 한 토막 더 먹으니 좋더래이."

산골 초등학교 남자아이들이 생선 이야기를 색다른 투로 말하고 있었다. 나는 숙박료 2엔을 내고, 밖으로 산책하러 나갔다. 구름이 낮게 덮여 있다. 거리의 사람들은, 집들의 깊은 차양 밑으로 걸어다닌다. 극장 앞을 지나자 긴 나무다리가 있었다. 바다일까, 강일까, 물색이 너무나 파랬다. 멍하니 서서 흘러가는 물을 보고 있자니 저 아래로 쓰레기에 섞여 죽은 비둘기가 마치 구름을 찢어 놓은 것처럼 흘러가고 있었다. 여행지의 하늘 아래에서 비둘기가 흘러가는 것을 보고 있는 나. 아~ 이 세상에서 아무런 바랄 것도 없어진 지금의 나는, 딱히 나를 위해 가슴 아파해 줄 사람도 없다고 생각하자, 문득 비둘기처럼 죽을 수 있다는 생각이 든다. 뭔가 아주 환한 빛을 느낀다. 나무다리는 짐차와 사람들의 발자국 소리로 시끄럽게 울리고 있다. 죽은 비둘기가 조용히 물에 떠내려가는 것을 보고 있으니, 저렇게 죽어 버리면 행복도 불행도 공허한 것이라는 생각이 든다. 그러나 새처럼 아름다운 모습이라 해도 비참한 시체를 뭇사람들이 볼 것을 생각하면 쓸쓸해진다. 역 옆에서 경단을 샀다.

"이 경단 이름은 뭡니까?"

"예, 계속경단입니다."

"계속경단…. 경단이 계속 이어지기 때문입니까?"

해변 사람들이 좀 못난 이름을 붙였겠지, 계속경단이라고…. 역의 낡은 대합실에 앉아서 하얀 계속경단을 먹었다. 속을 핥아먹고 있자니 그렇게도 죽음이 밝은 빛인 양 느껴졌던 것이 바보 같아졌다. 어떤 시골이라도 사람의 생활이 있는 것이다. 살아서 일하지 않으면 안 된다고 생각했다. 시골이든 산속이든 내가 살아갈 수 있는 생활은 있을 것이다. 나의 유리 같은 감상은, 연약해서 부서지기 쉽다. 시골이든, 산촌이든, 그런 것은 동화의 세계겠지. 검게 그을린 역 벤치에서 생각한 것은 역시 도쿄로 돌아가는 것이었다. 내가 죽어 버리면 누구보다도 어머니가 힘들 것이다….

낮게 떠다니던 구름이 무너지면서 재를 덮어 씌우듯 심한 비가 내렸다. 파도 냄새가 나는 여행객과 어깨를 맞대면서, 이런 곳까지 온 어제의 내 감상을 경멸해 주고 싶었다. 어젯밤 여관의 남자들이 이쪽을 보고 있다. 이초가에시로 틀어올린 머리 때문에 작부 따위가 아닐까 생각할지도 모른다. 나도 웃어 준다.

긴 밤기차를 탔다.

(9월 x 일)

또다시 카페로 되돌아왔다. 엉망진창으로 미치고 싶은 기분이었다. 무지막지하게 사람이 그립다…. 아 나는, 모든 것을 다 잃어버린 술주정뱅이 여자랍니다. 때리고 짓밟아 주세요. 거지와 다름없는 나. 집도 없고 고향도 없고, 그리고 오로지 하나뿐인 어머니를 언제나 울리는 나. 누가 뭐라고 했든…. 술을 마시면 새들이 무리 지어 날아옵니다. 나무가 술렁술렁 우는 것처럼 불안하고 안정되지 못하는 나의 마음. 아! 쓸쓸해서 잠자리를 박차고 일어나 누군가를 그리워하는 마음뿐이지만 아무도 의지할 곳 없는 나 자신이 한심하다. 누군가가 엉망진창으로 취한 나의 입술을 훔쳐갔습니다. 소리내서 울고 있는 내 목소리, 살짝 눈을 뜨니, 여자들의 흰 손이 내 어깨에 새처럼 나란히 얹혀 있었다.

"너무 과음했군. 이 사람은 감정이 여려서."

사가렌의 요시 씨가 나에 대해 누군가에게 말하고 있다. 나는 피가 솟구치는 것 같은 비참함을 느끼며 똑바로 고개를 쳐들고 거울을 보러 갔다. 내 얼굴이 이중으로 비치고 있는 거울 저 밑에, 나를 쏘아보는 남자의 큰 눈. 나는 여행지에서 살아 돌아온 것이 다행스럽게 여겨졌다. 이런 달콤한 것 투성이인 세상에, 나 혼자만 진실되게 죽는 것은 어리석기 그지없는 것이다. 계속경단이라 했던가! 연기를 하듯 호의가 담긴 눈으로 뚫어지게 쳐다보고 있는 남자의 얼굴 앞에서, 나는 도깨비 흉내라도 내보이고 싶었다. 아무리 진실한 얼굴을 하고 있다 해도, 술집에서의 남자의 감상은 생맥주보다도 덧없는 것이니까. 내가 술을 많이 마셔서 카운터에서는 기뻐한다. 구더기 같은 놈!

"너무 취해서 먼저 자겠습니다."

후미코는 강하다.

(10월 x일)

가을 바람이 불 때가 되었습니다. 나는 아이다를 부르고 있습니다.

"이봐! 유미, 나 아무래도, 아기가 생긴 것 같아. 귀찮게 됐네…."

말없이 책을 읽고 있는 나에게, 히카리(光)가 작은 소리로 말했다. 아무도 없는 살롱 벽에, 노란 장미꽃이 좋은 향기를 냈다.

“몇 개월 정도야?”

“한 3개월쯤인 것 같애.”

“어쩔려고 그래….”

“지금 내 형편에 아이 같은 거 생기면 안 되는데….”

우리 둘은 입을 다물어 버렸다. 오뎅을 먹으러 갔던 여자들이 슬슬 돌아왔다.

내가 싫어하는 남자가 또 왔다. 자칫 연기하는 듯한 모습으로 여자를 어떻게 해 보려는 사람 중에, 쓸 만한 이는 없다. 이런 고상한 남자 앞에서는, 입을 크게 벌리고, 염치없이 마구 먹어대는 것이 제일이다. 나는 삶은 달걀을 탁자 모서리에 깨어 요시 씨와 먹었다.

“유미 씨, 가요.”

술 취한 여자의 곡예가 아직 보고 싶습니까? 나는 밖으로 나가 거리에 부는 가을 바람을 힘껏 들이마셨다. 앞치마를 풀고, 나도 이 인파 속으로 들어가고 싶었다. 노점이 빗줄기처럼 늘어서 있다.

“잠깐 말씀 좀 묻겠습니다만, 이 댁은 여급이 필요하지 않습니까?”

옛날 치마처럼 한껏 부풀린 배낭을 든 큰 여자가, 인파에 떠밀려와 내 앞에 섰다.

"글쎄, 지금 4명이나 있지만, 더 필요할 거예요. 물어 봐 드릴까요? 기다려 보세요."

문을 밀자, 그 남자는 취기가 도는지, 요시 씨의 어깨를 두드리며 말했다.

"나는 너무나 기가 약해서."

지당하십니다. 데려오라는 주인 여자의 말, 부엌까지 돌아서 나는 배낭을 든 여자를 불러 오자, 여자는 갑자기 울면서 말했다.

"나는 시골에서 막 왔는데, 초면이지만, 오늘 밤 갈 곳이 없으니까, 어떡하든지 써 주십시오. 열심히 일하겠습니다"라고 말한다. 모슬린 홑옷이 구겨져서 추운 것 같았다. 어떻든, 이런 카페 같은 데야, 여자이기만 하면 괜찮지, 이 여자도, 배낭을 들면 거울을 들여다보게 될 거라는 걸 알고 있다.

"주인 아주머니, 가게에는 여자가 많이 모자라니까 여기 있게 해 주세요."

조슈(上州) 태생으로 누에같이 살이 찐 그녀는, 경사가 급한 뒷사다리에서 배낭을 메고 2층 여급 방으로 올라갔다.

"덕분에 고맙습니다." 어둠 속에 웅크리고 앉아 있는 여자의 목이 굵고 희게 보였다.

"당신 몇 살?"

"열 여덟입니다."

"아직 어리네…."

여자가 옷을 벗고 어슬픈 손놀림으로 준비하는 것을 옆에서 가만히 보고 있으니, 나는 왠지 눈시울이 뜨거워졌다. 아, 어둠이란 건, 어쩌면 이렇게 좋은 것일까, 먼지가 가득히 낀 어두운 등불 아래서, 밉살스럽게 입술에 루즈를 바른 여자들이, 힘껏 노래를 부른다. 아, 신이여, 정말 싫습니다.

"유미! 그 사람 오셨어."

언제까지고 이 어둠 속에서 뒹굴며 자고 싶은데, 요시 씨가 입 안 가득 음식을 먹으며 2층으로 올라왔다. 새로 온 여자에게 앞치마를 빌려 준다. 이상하게 까칠까칠하게 거친 손이었다.

"나, 한 번 살림을 한 적이 있었어요."

"…"

"앞으로 열심히 일할 테니까 잘 부탁드려요."

"여기에 있는 사람들은, 모두 같은 일을 하다 온 사람들이니까, 모두 똑같이 생각하면 돼. 자릿값이 15전. 그리고 가게의 물건은 깨뜨리지 않도록 하고, 세 배 정도는 물어내게 되니까, 그리고, 이 방에서 주인 아주머니도 남편도, 여급, 요리사도 함께 자니까 그 짐은 선반에라도 올려 둬요."

"아니 이렇게 좁은 곳에서 잡니까?"

"응, 그래."

계단 밑으로 내려가니 예의 그 남자가 비틀비틀 내게로 걸어왔다.

"공휴일에 어디 놀러 가지 않을래요?"

"공휴일? 호호호…. 나랑 어디 갈려면, 돈이 많이 들어요."

그렇게 나는 허리띠를 두드리며 말해 줬다.

"나는 아이가 있기 때문에 얼마 동안은 안 돼요."

(12월 x 일)

"이타(飯田)가 말이야. 인두로 나를 쳤어…. 싫어졌어…."

뛰어와서 참 잘 왔다라고 말해 줄 거라고 기대했다가, 오랫동안 기다린 탓인지 어두운 골목에서 기운 없이 걸어 나오는 다이코 씨를 본 순간, 자동차와 고리짝, 도키 씨, 이 모든 것이 큰 짐 같은 마음이 들면서 오지 말 걸 그랬나 하는 생각이 들었다.

"어떻게 하면 좋을까요, 이제 와서 다시 그 카페로 돌아갈 수도 없고, 조금 둘러서 올까요, 이타 씨도 나를 만나는 것은 좀 난처할 거니까…"

"응. 그러면 그렇게 해."

나는 운전사인 요시(吉)에게 고리짝을 짊어지게 하고, 술집 뒷문의 약국 같은 곳 입구에 고리짝을 내려놓고, 지금은 가볍게 도키 씨와 둘이서 자전거를 탄다.

"도키 씨! 우에노에 데리고 가 줘요."

도키 씨는 보기 싫은 고리짝이 없어졌기 때문에, 신이 나서 떠들어대며 내 양손을 흔들었다.

"괜찮을까, 다이코 씨라는 사람, 당신 친한 친구치곤, 꽤나 냉정한 사람이군. 재워 줄까…."

"괜찮아, 그 사람은 그런 사람이기 때문에 신경 쓰지 않아도 괜찮아. 큰 배를 탈 생각이래."

둘은 서로 쓸쓸함을 참고 있었다.

"왠지 불안해졌어."

도키 씨는 쓸쓸한 듯이 눈물짓는다.

"이제 이 정도로 괜찮겠지. 우리들도 일을 해야 하니까…."

10시경이었다. 별이 맑게 빛나고 있다. 도미야(十三屋)의 빗자루 가게 부근에서 자동차를 세우게 하고, 도키와 나는 작은 지갑을 꺼내어 차비를 냈다.

"너무 많이 탔기 때문에 얼마간이라도 드리고 싶어요."

요시 씨는 우리 앞에 더러워진 손을 내밀며

"바보! 오늘은 우리가 헤어지기 전에 내가 한턱 쓰는 거야."

요시 씨의 웃음 소리가 너무나 커서 빗자루 가게 사람들도 깜짝 놀라 이쪽을 보았다.

"그럼 뭔가 먹읍시다. 내가 미안하니까."

나는 둘을 데리고 히로코지(廣小路)의 단팥죽집에 들어갔다. (요시 씨는 단것을 좋아하는지라) "자, 단팥죽 한 그릇 나갑니다요! 이런, 또 한 그릇 나갑니다요." 하는 단팥죽집 할아버지의 이상하게 웃기는 소리에도 나는 왠지 쓸쓸한 마음에 젖어 웃을 수 없었다. "요시 씨! 건강하게 지내요." 도키는 요시 씨의 사냥모자 안쪽의 냄새를 맡으면서 어린아이같이 눈물을 글썽였다. 걸어서 우리들이 혼고의 술집 이층으로 돌아갔을 때는 벌써 12시 가까이 되었다. 라면집 등불만이 길을 밝혀 주는 새벽의 차가운 포장도로를 걸으며 , 둘 다 말없이 어깨에 걸친 하얀 숄을 앞으로 여몄다.

술집 이층에 올라가니, 다이는 없고 본 적 없는 감색 가스리를 입은 청년이 불기 없는 화로에 힘없이 손을 쬐고 있었다. 뭘 하는 사람일까…. 나는 묘하게 별로 달갑지 않은 생각이 들었다. 추운 겨울밤이다. 이가 떨려서 어쩔 수가 없다.

"다이코라는 사람이 돌아오지 않으면 우리들은 잘 수 없나요?"

도키는 내 어깨에 기대어 불안하게 듣고 있다.

"자도 괜찮아요. 당분간 여기 있을 수 있을 거요. 이불 꺼내 줄까요?"

벽장을 열자, 훅 하고 여자 혼자 사는 쓸쓸한 살림 냄새가 났다. 다이코 씨라도 쓸쓸한 것이다. 큰 하품으로 얼버무리고 소매로 눈을 부비면서 이불을 깔고 도키를 재운다.

"당신은 하야시 씨죠."

그 청년은 순간 안경을 반짝이며 나를 보았다.

"나는 야마모토(山本)입니다."

"아, 그렇습니까? 다이코에게 많이 들었습니다."

글쎄, 내가 저려 오는 발을 갑자기 뻗자, '춥군요.' 하는 얘기에서부터 두 사람의 기분은 풀렸다. 여러 가지 얘기를 하고 있자니 점점 이 청년의 좋은 점을 알게 되었다. 나는 너무나 그 애를 사랑하고 있는데 하며 야마모토 씨는 눈물을 머금고 있다. 그리고 화로의 재를 다시 뒤섞고 있었다.

다이코 씨는 행복한 사람이라는 생각이 든다. 나는 헤어진 지 얼마 되지 않은 남자를 생각하고 있었다. 그렇게 나를 때리기만 했던 사람이었는데, 이 사람 순정의 십분의 일이라도 있었다면 하는 생각을 해 본다. 도키는 벌써 코를 골면서 잤다. "그럼 저는 돌아가겠으니, 내일 저녁에라도 오라고 말해 주지 않겠습니까?" 벌써 두 시가 지났다. 청년은 게타 소리를 내며 돌아갔다. 다이코 씨는 저 사람 사이에서 난 아이 유골을 갖고 이곳저곳 전전했는데, 지금은 어떻게 해 버린 걸까, 방안에는 부러진 인두가 내던져져 있었다.

(12월 x일)

비가 내린다. 저녁 무렵 도키와 둘이서 목욕탕에 갔다. 돌아와서 머리를 빗고 있으니 이타 씨가 온다. 나는 실밥이 터진 소매를 꿰매면서, 요즘 익힌 노래를 문득 부르고 싶어졌다. 아아 싫어진다. 헤어지고서도 태연스레 여자의 곁으로 오다니, 이타 씨도 우스운 사람이라고 생각했다. 다이코 씨는 아무 말 없이 있다.

"이렇게 비가 오는데 가려고?"

다이코 씨는 쓸쓸한 듯이 팔짱을 낀 채로 우리들을 보고 있었다.

둘이서 아사쿠사(淺草)에 왔을 때는 저녁 무렵이었다. 엄청나게 쏟아지는 빗속을 한 집 한 집씩 도키가 먹고 자고 할 만한 일자리를 구하러 돌아다녔다. 마침내 결정한 곳은 카페 세계라고 하는 집이었다.

"어딘가로 옮길 때는 알려 줘요. 다이코 씨에게 안부 전해 줘요."

도키는 정말로 귀여운 처녀다. 야성적이고, 예의범절은 잘 모르지만 좋은 구석이 있는 여자이다.

"오랜만에 둘이서 이별주라도 할까요…."

"사 줄래?"

"몸조심하고 미움받지 않도록 해요."

아사쿠사의 미야코(都) 초밥집에 들어가 술을 한 잔 대접받고, 우리들은 기분 좋게 다리를 옆으로 하여 편하게 앉게 되었다. 비가 세차게 내렸기 때문에, 손님도 적었고, 판잣집이었지만 안정감이 있고 좋은 집이었다.

"열심히 공부하세요."

"당분간 만날 수 없겠네. 도키와는…. 나 한 잔 더 마시고 싶어."

도키는 기쁜 듯이 손뼉을 치며 여종업원을 불렀다. 결국 도키를 카페에 두고 돌아오니, 다이코 씨는 뭔가를 열심히 쓰고 있었다. 9시 무렵 야마모토 씨가 왔다.

나는 혼자서 이불을 깔고 다이코 씨보다 먼저 잠이 들었다.

(12월 x 일)

문득 눈을 떴는데, 이불이 작았기 때문에, 나는 다이코 씨와 서로 껴안고 자고 있었다. 서로 웃으면서 등을 돌렸다.

"일어나세요."

"나 더 자고 싶어…."

다이코 씨는 하얀 팔을 불쑥 내밀더니 커튼을 젖히고 햇살을 바라다보았다. 계단 올라오는 소리가 났다. 다이코 씨는 무의식적으로 손을 끌어당기더니, "자는 체하세요, 귀찮으니까요"라고 말했다.

나와 다이코 씨는 서로 껴안고 자는 체 했다.

드디어 장지문이 열리더니 "자나요?" 하고 소리치면서 야마모토 씨가 들어온다. 야마모토 씨가 우리들의 베갯머리에 너무나 허물없이 앉았기 때문에 나는 순간 불쾌해졌다. 하는 수 없이 일어났다. 다이코 씨는 "이렇게 아침 일찍부터 오다니, 아직 자고 있잖아요."

"그렇지만 봉급쟁이는 아침이나 밤이 아니면 올 수 없어요."

나는 지그시 눈을 감고 있었다. 어떻게 하면 좋을 것인가. 다이코 씨의 태도도 미적지근하다고 생각했다. 싫으면 싫다고 확실히 거절하면 되는 것이다.

오늘부터 거리는 량암[92]기간이다. 낮부터 다이코 씨와 둘이서 긴자 쪽으로 걸어가 보았다.

"나는 원고를 써서 생활비 정도는 벌 수 있으니까, 시끄러운 저곳을 떠나 교외로 나가 살고 싶어요…."

다이코 씨는 갈색 망토를 펄쳐, 전기 스탠드가 아름다운 진열창을 바라보며 그 스탠드를 사는 게 유일한 꿈인 것처럼 말했다. 걸을 수 있을 만큼 걸읍시다. 긴자 뒤골목의 야쓰초밥집에서 배부르게 먹고, 흑백 휘장을 친 집들이 즐비하게 늘어선 거리를 두 사람은 발을 맞추며 걸었다. 아침에도 밤에도 감옥은 언제나 어둡고[93] 언제나 귀신이 창문으로 들여다본다. 두 사람은 니혼바시(日本橋) 위에 오자, 어린아이처럼 난간에 손을 얹고, 훨훨 날고 있는 하얀 갈매기를 내려다보았다.

일종의 흥분은 우리들에게는 약일지도 모른다.
두 사람은 유치원 아이처럼
발걸음을 맞추어 거리의 한 쪽 구석을 걷고 있었다.
똑같은 운명을 가진 여자가
똑같이 눈과 눈을 마주보고 쓸쓸하게 웃었던 것이다.
이까짓 것!
웃어라! 웃어라! 웃어라!

단지 두 여자가 웃는다고 해서
야속한 이 세상에 걱정은 필요 없다.
우리들도 거리의 사람들처럼
고향에서 연말을 보내자.

도미는 좋은 것
달콤한 냄새가 좋을 것이다.
나의 고향은 먼 시코쿠의 해변
그곳에는 아버지도 계시고, 어머니도 계시고
집도, 울타리도, 우물도, 나무들도

이봐요, 점원 !
에도 니혼바시의 마크가 들어 있는
커다란 광고를 붙여 줘요.
즐거움을 갖지 못한 부모가
너무나 기뻐하며 멀리에서 근처를 돌아다니면서
  자랑하겠지.
—딸이 에도의 니혼바시에서 사 보냈는데, 하나 드릴게요.
예…

신슈의 깊은 산속에 고향이 있는 이 여자도

갈색 망토를 펼치며
언제나처럼 하얀 이빨을 보이면서 소리칩니다.
—내일은 내일의 바람이 불 테니, 가진 돈 모두로
　선물을 사 보내야지…
점원이 가지고 있는 나무 상자에는
어묵, 연어, 갈매기 황소,
두 사람은 똑같이 서로 웃으며
니혼바시에 서 있었습니다.
니혼바시! 니혼바시!
니혼바시는 좋은 곳
하얀 갈매기가 날고 있었다.

두 사람은 왠지 쓸쓸해져서 손을 꽉 잡고 걸었습니다.
유리처럼 단단한 공기라도 뚫고 가자.
두 사람은 유행가를 부르며
어수선한 거리에서 터질 듯이 서로 마주보고 웃었습니다.

나는 그리운 나무 상자 냄새를 가슴에 품고, 고향에서 연말을 즐길 생각이었다.

(12월 x일)

"오늘 밤에 쇼야(庄野) 씨가 놀러 온대요. 어쩌면 당신의 시집 정도는 내줄 수 있을지도 모르겠어요. 신문을 만드는 사람의 아들이라고 하던데요…."

다이코 씨가 이렇게 얘기했다. 다이코 씨와 둘이서 저녁 식사를 마치고, 옆방의 군인 출신으로 증권사에서 일한다는, 아이가 딸린 부부집에 초대되어 놀러 갔다. "당신들은 무사태평이시군요." 다이코 씨도 나도 히죽거리며 웃었다. 차를 얻어 마시면서 30분이나 이야기를 나누고 있으니 쇼야 씨가 왔다. 외투를 입고, 번지르르한 모습이었다. 그는 곤드레만드레 취한 것 같은 흐늘흐늘한 모습이었다. 그렇지만 사람 좋은 철부지 도련님이다. 이런 사람이 시집을 내어 준다 해도 어쩔 수 없다. 나는 과자를 사 가지고 왔다. 화로를 쬐면서 셋이서 잡담을 한다. 드디어 이타 씨와 야마모토 씨 둘이서 들어온다. 예사롭지 않은 분위기이다.

이타 씨가 다이코 씨에게 화를 냈다. 이타 씨는 다이코 씨의 이마에 잉크병을 냅다 던졌다. 침이 튄다. 나는 남자에게 반감이 치밀어 올랐다.

"뭐하는 짓이에요, 또 다이코 씨도 어떻게 된 거야, 이것 참…." 다이코 씨는 흐느껴 울면서 말했다.

"이타가 괴롭히면 야마모토의 좋은 점이 생각나요, 하지만 야마모토에게로 가면 또 야마모토가 좀 모자라는 것 같아."

"당신은 어느쪽을 정말로 사랑하고 있나요?" 나는 두 남자가 얄미워졌다.

"뭐야, 당신들 역시 무책임한 일을 하고 있는 것이 아닌가요."

"뭐?"

이타 씨는 나를 노려본다.

"나는 이타 씨를 사랑하고 있습니다."

다이코 씨는 단호하게 잘라 말하고서 이타 씨를 힐끗 쳐다보았다. 나는 다이코 씨가 왠지 미워졌다. 이렇게 모욕당하면서까지 저 사람이 좋은 것일까…."

야마모토 씨는 시궁창에 빠진 쥐처럼 풀이 죽어, 이불은 자기 것이니 가지고 돌아가겠다고 말을 꺼냈다. 모든 것이 소용돌이처럼 느껴졌다. 그럭저럭 몇 시간 사이에 다이코 씨는 재빠르게 야마다 세사부로(山田淸三郎) 씨의 집으로 도망쳤다.

나는 투덜투덜하며 세 남자와 밖으로 나갔다. 카페에 들어와서 술을 마실수록, 취기가 돌수록, 네 사람은 점점 시시하게 기분이 가라앉았다. 쇼야 씨는 나에게 하숙에 묵으라고 했다. 이불 없이 떨며 잘 생각을 하자. 나는 어느 사이엔가 쇼야 씨와 자동차에 타고 있었다. 혀짤배기의 기교에 질 수 있는가, 나는 술 취한 흉내를 아주 잘 낸다. 두 사람은 요 위에 절반으로 허리띠로 줄을 그어 놓고 잤다.

"야마모토 군이나 이타 군이나 다이코 씨가 나중에 여기에서 잔 것을 듣는다면 관계가 있었다고 말할지도 모르겠네요."

"말해도 괜찮아요. 당신이 공명정대하다면 나도 공명정대해요. 하룻밤 묵게 해 줘도 괜찮지 않아요, 이불이 없는 걸 어떻게 해요?"

나는 내 자리에만 손발을 뻗고 눈을 감았다. 다이 씨도 잘 데가 생겼을까…. 눈시울에 뜨거운 눈물이 솟아온다.

"쇼야 씨! 내일 아침 일어나면, 밥 좀 사 주세요. 그리고 돈도 빌려 주고요. 일해서 갚을 테니까요."

나는 아침까지 잠들지 않겠다고 생각했다. 남자의 흥분 상태는, 정치가의 것과 같은 것이다. 안 된다고 생각했어도 태연히 한다. 내일이 되면 또 어딘가 갈 길을 찾아야만 한다.

(12월 x 일)

유쾌한 아침이다. 한 남자를 물리치고 나는 의기양양하게 술집의 2층으로 돌아왔다. 다이코 씨도 돌아와 있었다. 다다미 위에서는 뭔가 태운 흔적인 듯, 점점이 다다미가 그을려 있고, 다이코 씨의 갈색 망토가 보기에도 무참히 찢겨져 있었다.

"쇼야 씨 집에서 어젯밤 묵었어요."

다이코 씨는 히죽거리며 웃고 있었다. 보기 싫게 웃는다. 생각하고 싶은 대로 생각하겠지. 나는 이미 자포자기하고 있었다. 다이코 씨는 좋은 사람[94]이 생겼다고 했다. 그리고 결혼할지도 모른다고 말했다. 너무나 부러웠다. 지금은 그저 일하고 싶지 않다고 했다. 쓸쓸했지만 다이코 씨의 얼굴은 뭔가 빛나고, 행복한 모습이다. 비참한 사람은 나 혼자가 아닐까. 나는 맥없이 쓰러진 기분으로, 뒷정리를 하고 있는 다이코 씨의 하얀 손을 우두커니 바라다보았다.

(2월 x 일)

노란 수선화에는 뭔가 추억이 있다. 창문을 여니 이웃집의 거실에 등불이 켜져 있고 2층에서 보이는 검은 탁자 위에는 노란 수선화가 흰색, 갈색, 검정색이 섞인 고양이같이 보인다. 아래층 부엌에서 맛있는 저녁 냄새와 소리가 난다. 이틀 동안이나 나는 밥을 먹지 않았다. 마비된 몸을 3장 다다미 방에 누이는 일은 마치 오래된 나팔처럼 먼지투성이라 쓸쓸해진다. 군침이 연기가 되어 모두 위장으로 되돌아오는 것 같다. 그런데 이렇게 맥이 빠진 지금, 머리속에 떠오르는 것은 무엇보다도 고야가 그린 마야부인의 젖빛 가슴, 이마, 어깨의 살갗, 새콤한 듯, 미려하고 화려한 것에 대한 반감이, 핏덩이처럼 죽죽 밀려 올라와서 나의 위장은 여수에 빠져 버렸다. 도대체 나는 어떻게 하면 살아갈 수 있을까 .

밖에 나가 본다. 마을에는 생선 냄새가 진동하고 있다. 공원에 가니, 해질녘의 얼어붙은 연못에서 아이들이 스케이트를 타고 있다. 식은 밥이라도 상관없으니 나는 밥을 먹고 싶다. 거칠어져서 까칠까칠해진 입술에 우에노의 바람은 너무나 아프다. 아이들이 스케이트를 타는 것을 보니까, 이상하게 애절한 생각이 들어 눈물이 나왔다. 어딘가에 돌을 던지고 싶다. 귀도, 코도, 이마도 새빨개진 아이들 무리가 수세미로 비비는 것처럼 끽끽 이상한 소리를 내며 얼음 위를 활주하고 있다. 한 가닥의 희망의 품고 모모세(百瀨) 씨의 집으로 가 보았다. 외출하고 집에 없었다. 아는 집에 와서 푸대접을

받는 것은 괴로운 일이다. 빈집을 지키고 있는 할아버지에게 양해를 구하고 집으로 들어갔다. 낡아빠진 도깨비 같아 보이는 기다란 화로 속에 푹 꽂힌 담배 꽁초가 파처럼 보였다. 벽에 쌓여 있는 많은 책을 보고 있으니, 왠일인지 혀에 침이 솟아나, 이 서적더미가 묘하게 나를 유혹한다. 어느 것을 봐도 칵테일 책뿐이었다. 한 권 팔면 얼마나 될까, 라면에 튀김덮밥, 생선 야채로 만든 초밥, 도둑질을 해서 허기진 배를 채우는 일이 나쁜 일은 아닌 것처럼 생각되었다. 불이 없는 긴 화로에 두 손을 쬐고 있으니, 그 책더미들이 큰 눈알을 둥글둥글 굴리며 나를 비웃는 것처럼 보인다. 찢어진 미닫이가 기묘한 바람의 노래를 부른다. 아아 결국은, 유리 한 장 건너이다. 끝없는 모래에 빠진 나의 식욕은, 바람이 세차게 휘몰아치는 공원 벤치에 쓰러질 수밖에 없다. 아니 어쨌든 2 곱하기 2는 4이다. 단 1장 남아 있는 2전 동전이 멋지게 살찐 암탉으로 바뀌어 태어나지 않는 한 나의 위장은 영원한 지옥이다. 걸어서 이케노하다(池の端)에서 센다키초(千駄木町)로 갔다. 교(恭) 씨네 집에 들러 보았다. 텅텅 빈집의 한 쪽 구석에 교도, 세쓰도 개구쟁이도 화로에 딱 달라붙어 있었다. 구걸하는 듯한 기분으로 식사에 초대받았다. 입 가득히 볼이 미어지게 밥을 먹고 있을 때, 세쓰가 뭔가 다정하게 한 마디 말을 걸어 주었기 때문에 느닷없이 눈물이 쏟아져서 난처해

졌다. 왠지 가슴을 쳐올리는 기분이었다. 입 속의 밥이 낡은 솜처럼 퍼져서 뜨거운 눈물이 솟아 흘러내렸다.

쓰디쓴 눈물을 머금으며 소리를 내어 울다 웃다 하니까 개구쟁이가 놀래서 장난감을 던지고는 같이 울기 시작했다.

"그래! 아가야! 아주머니에게 지지 말고 좀더 큰소리로 울어, 참지 말고 기적 소리같이 큰소리로 울라고."

교 씨가 개구쟁이의 머리를 부드럽게 때리자 마치 마을을 돌며 다니는 소악대의 클라리넷처럼 개구쟁이 아이는 가락을 붙여 큰소리로 울었다. 내 가슴에는 이상하게 따뜻한 것이 쏜살같이 흘러나온다.

"도키라는 아가씨는 어떻게?"

"월초에 헤어졌는데 어디로 갔는지 행복하겠지요…."

"젊기 때문에 가난을 이길 수 없어요."

나는 붉은 털실 셔츠를 두 벌 가지고 있었기 때문에 한 장을 세쓰에게 주려고 생각했다. 세쓰가 추울 것 같았다. 아무렇게나 드러누워 천정을 노려보고 있던 교 씨가 요즈음 지은 시라고 하면서 큰소리로 나에게 낭독해 주었다. 세차게 흩날리는 듯한 그 시를 듣고 있으니, 나 혼자 굶주리는가 굶주리지 않는가의 문제가, 마치 어린아이의 한 조각 과자처럼 낭만적이고 감상적으로 나의 천박한 식욕을 비웃는 것 같았다. 확실히 훔치는 일도 부도덕하지는 않다고 생각했다. 돌아가서 오늘 밤은 좋은 작품을 쓰자. 흥분되어, 즐거운 마음으로 나는 밤바람이 차가운 거리로 나갔다.

별이 나팔을 불고 있다.
푹 찌르면 피가 끓어 넘쳐 흐르는 것 같다.
찢어진 구두처럼 버려진 하얀 벤치 위에
나는 마치 매춘부와 같은 자태로
무수한 별의 차가움을 바라보고 있다.
아침이 되면
저렇게 빛나는 별은 사라져 버리지 않겠습니까
누구라도 좋아요!
사상도 철학도 경멸해 버린, 하얀 벤치의 여자에게
냄새나는 키스라도 퍼부어 주세요.
하나의 현실은
잠시 굶주림을 만족시켜 주니까요.

집으로 돌아가는 게, 너무나 싫어졌다. 인간의 생활이라는 것은 이렇게까지 쓸쓸한 것일까. 벤치에 게타를 늘어뜨린 채로 드러누워 있으니, 별이 너무나 눈부시다. 별은 무엇을 하며 살고 있는 것일까.

별이 된 여자! 별에서 태어난 여자! 머리가 상쾌해지는 것은 바람이 그냥 빠져 나가 바보처럼 쓸쓸해진 것뿐이다. 한밤중에 말에게 쫓기는 꿈을 꾸었다. 옆방의 고함 소리에 머리가 아프다.

(2월 x 일)

아침부터 진눈깨비가 내리고 있다. 잠자리에서 목적도 없이 원고를 쓰고 있자니, 도코(十子)가 놀러 왔다.

"나 아무데도 갈 곳이 없어졌어. 이삼 일 여기 있었으면 하는데."

날개가 떨어져 나간 귀뚜라미 같은 그녀의 모습에서, 책갈피에 끼워 말린 꽃과 같은 향기가 난다.

"이삼 일 묵는 거야 쉬운 일이지만, 쌀이고 뭐고 아무것도 없어요. 그래도 괜찮다면 며칠이건 있다가 가세요."

"카페의 손님은 모두 유태인 고리대금업자 같애. 코끝만 빨갛지, 진실한 데라고는 손톱의 때만큼도 없으니까…."

"카페의 손님이 아니라도, 요즈음, 물물교환이 아니면… 이 세상은 살아가기가 힘들어요."

"그런 곳에서 일하는 것은 몸보다 마음이 먼저 질려 버려요…."

도코(十子)는 허리띠를 다시마 감듯 둘둘 말아서 그것으로 베개를 대신하고 나의 옷자락에 발을 뻗고 이불로 기어들어왔다.

"아! 천국이야! 천국!" 매끈매끈하고 부드러운 도코의 장딴지에 나의 발이 살짝 닿으니 그녀는 기어오르는 어린애 같은 웃음 소리로 언제까지나 재미있다는 듯 웃고 있다.

차가운 밤공기를 쐬니, 유리창이 흔들거리고 있다. 집이 없는 여자가, 잠잘 곳이 없는 여자가, 사랑스런 여자가 안심하고 옷자락을 겹쳐 덮고 자고 있다. 나는 견딜 수 없어서 벌떡 일어나 화로에 신문을 척척 뭉쳐서 태웠다.

"어때? 조금 따뜻하지?"

"괜찮아요…."

도코는 이불을 얼굴까지 끌어당겨 조용히 숨을 죽이고는 울고 있었다.

밤 1시. 둘이 나가서 라면을 먹었다. 아침부터 아무것도 먹지 않았던 나는 그 라면이 모두 불이 되어 버린 것처럼 맛있다는 생각이 들었다. 이불 속 화로가 없어도 둘이서 이불 속에 있으니 평화스런 기분이 된다. 좋은 작품을 써야지. 노력해야지….

(2월 x 일)

아침에 겨우 6장뿐인 단편을 다 썼다. 이 6장만을 가지고 잡지사를 돌아다니는 것이 우울해졌다. 도코는 식빵을 한 근 사 가지고 왔다. 낡은 신문을 태워서 차를 끓이고 있자니 암담한 기분이 들어서 모든 것이 물거품보다 덧없고, 번거롭게 생각되었다.

"나 정말 집이라도 갖고 정착하고 싶어졌어요. 보자기 하나 들고 여기저기 카페랑 바를 기웃거리며 다니는 건 불안해졌어…."

"난 집 같은 건 조금도 갖고 싶지 않아. 이대로 연기처럼 앗 하고 사라져 버린다면 그 편이 훨씬 좋아요."

"정말 한심해."

"차라리 세상 사람들이 하루에 두 시간만 일하게 되면 좋겠어. 그런 다음 산과 들에서 알몸으로 춤출 수 있잖아. 생활? 귀찮은 일은 뭐 별로 생각하지 않아도 되는데 말야."

아래층에서 방 값을 재촉했다. 카페 시절에 나에게 싸구려 물건인 화장품 케이스를 준 남자가 있었는데, 그 남자에게라도 돈을 빌릴까 하고 생각했다.

"아아 그? 그 사람이라면 괜찮아요. 유미에게 왔었으니까…."

엽서를 꺼내 본다. 신이여! 이런 게 나쁜 짓이라고 꾸짖지 마세요.

(2월 x 일)

생각다 못해, 밤에 모리카와초(森川町)의 슈세이(秋聲)[95] 댁에 가 보았다. 고향에 돌아간다고 거짓말을 해서 돈을 빌리는 수밖에 도리가 없다. 내 원고 따위를 부탁하는 건 너무도 부끄러운 기분이 들고. 레몬을 둥글게 자른 듯한 전기 스토브가 발갛게 환히 불타 오르고 있어서 방안의 따스함은 나의 마음과 5백리쯤은 떨어져 있다. 코뿔소라는 잡지 동인인 젊은 청년이 들어왔다. 이름을 소개받았지만 슈세이 씨의 목소리가 작았기 때문에 잘 알아듣지 못했다. 돈 얘기도 결국 허사가 되고, 나중에 들어온 준코(順子) 씨의 화사한 웃음소리에 끌려 청년과 나와 슈세이 씨와 준코 씨 네 사람은 밖으로 산책하러 나갔다.

"저, 선생님, 단팥죽이라도 잡수시겠어요?"

준코 씨가 밤의 연희에 어울릴 듯한 올림머리에 손을 올리고 슈세이 씨의 여윈 어깨에 기대어 걷고 있다. 나의 마음은 쇠사슬에 묶인 개 같은 기분이 들기도 했지만 너무나 배가 고팠고, 달콤한 것을 향한 나의 식욕은 비참하게도 개 같은 기분으로까지 빠져들어가 버린다. 누군가에게 어리광을 부리고 나도 단팥죽을 함께 먹을 사람을 찾고 싶다. 네 사람은 엔라쿠켄(燕樂軒)의 옆 언덕을 내려와서 바이엔(梅園)이라는 요릿집 같은 단팥죽집으로 들어간다. 검은 탁자에 앉아서 한 줌의 차조열매를 씹고 있으니 아, 배불리 찻물에 밥을 말아 먹고 싶은 생각이 들었다. 단팥죽집을 나와서 청년과 헤어져 우리들 세 사람은 고이시(小石)강의 홍매정이라는 요세[96]에 갔다. '가가스즈(賀々壽々)의 신나이(新內)'[97]와 산코(三好)의 만담을 잠시 눈물까지 글썽해서 재미있게 보았다. 조금만 돈이 있으면, 이렇게나 즐거워진다. 설마 신사 숙녀와 함께 온 내가, 찻물에 밥을 말아 배불리 먹고 싶다는 동화 같은 공상을 품고 있다고, 도대체 누가 생각이나 하고 있을까? 준코 씨는 요즈음도 지루하다고 한다. 세 사람은 이슬비가 내리는 사카나마치(肴町) 뒷골목을 걸었다.

"저 선생님! 이번 여성소설의 제목을 뭐라고 할까요? 생각해 보세요. 흐르는 그대로는 조금 진부해서…."

준코 씨가 이런 말을 했다. 단고자카(團子坂)의 에비스에서 홍차를 마시다가 준코 씨는 추우니까 뭔가 모듬 냄비 전골 요리라도 먹고 싶다고 한다.

"당신, 어딘가 맛있는 곳을 알고 계세요?"

슈세이 씨는 어린아이처럼 눈을 깜박깜박 하며 "글쎄"라고 말하고 계실 뿐이었다. 이윽고 나는 두 사람과 헤어졌다. 두 사람과 헤어지고 바로 단고자카의 문방구점에서 원고지를 1권 사서 이슬비에 하오리가 흠뻑 젖어 돌아왔다. 8전이라, 몸 안의 더러운 숨을 내뱉으며 마치 꼬리를 흔드는 개 같은 여자였다고 나는 나를 큰소리로 비웃어 주고 싶었다. 돌아오니 방안의 화로에, 숯이 타고 있고, 카레 냄새가 솔솔 풍긴다. 본 적 없는 붉은 모슬린 보퉁이가 방구석에 뒹굴고 있고, 굵은 고리 무늬의 종이우산이 촉촉이 젖은 채로 툇마루에 기대어 세워져 있었다. 옆방에는 오늘 밤도 또 꽁치다. 도코의 하오리를 벽에 걸고 있으니, 도코가 웃으며, 사다리 계단을 올라와서는 "요시(芳)가 찾아와서, 둘이서 방금 목욕탕에 갔어요"라고 말했다. 모두 카페 시절의 친구들이다. 그녀는 어딘가 하나부사 유리코(英百合子)와 닮았고, 피부가 아름다운 여자이다. "도코도 나가 버리고, 재미없어서 나와 버렸어. 한 이틀 정도 여기 있게 해 주세요." 마치 솜이 가득 찬 것 같은 마게나시 머리를 플라스틱 빗으로 빗으면서 "여자끼리 있어도 좋네요…. 요전에 도키를 만났어요. 어쩐지 좋아 보이지 않는 게, 또다시 카페로 돌아갈까 하던데요." 요시 씨가 밥에다 카레 요리도 사 주었다고 말하며, 도코가 낮은 밥상에 바지런하게 밥공기를 고루 가지런히 차리고 있었다. 오랜만에 명랑한 기분이 들었다. 이부자리가 좁았기 때문에 쓰야오비(晝夜帶)[98]를 옆에 깔고 내가 한가운데에 눕고 셋이서 나란히 자기로 했다. 어쩐지 다다미방 가득히 여자의 숨소리로 터질 것 같은 생각이 들었다. 높은 곳에서 떨어지는 것 같은 꿈만 꾼다.

(2월 x 일)

신문사에 원고를 맡기고 돌아오니 엽서가 한 장 와 있었다. 오늘 밤 오겠다는 그 남자로부터의 속달이었다. 도코도, 요시도 일거리를 찾으러 나갔는지 방안은 불이 꺼진 것처럼 쓸쓸했다. 그런 남자에게 돈을 빌려 달라고는 말할 수 없지 않은가…. 도코랑 의논해 볼까도 생각했다…. 이상하게 마음이 뒤숭숭해졌다. 저 화장품 케이스조차 조테이 상회의 개업일이라서 호기심으로 사 온 무슨 할인품이다. 그러고서 우연히 내가 손님을 받을 순서였기 때문에 주었을 것이다. 길가의 스치는 사람 정도밖에 아닌데…. 저런 엽서 한 장으로 오겠다고 하는 속달을 보자 기분이 나쁘다. 그 사람은 벌써 꽤 나이가 들었다. 나는 이빨이 욱신욱신 할 만큼 마음이 뒤숭숭해졌다. 밤, 싸라기가 섞인 눈이 내리고 있다. 그녀들은 아직 돌아오지 않았다. 눈을 뒤집어쓴 사과바구니를 들고 화장품 케이스를 준 남자가 왔다. 하느님 웃지 않게 해 주십시오. 나의 본능이 이렇게 더러운 것은 아닙니다. 나는 말없이 두 손을 화로에 쬐고 있었다. "좋은 방에 사는군." 이 남자는 마치 첩의 집에 오기라도 한 것처럼 외투를 벗고는 가까이 얼굴을 대고 "그렇게 어려운가…" 하고 말했다. "10엔이라면 언제든지 빌려주지." 어두운 유리문을 스치며 눈이 내리고 있다. 내 양손을 남자는 자신의 커다란 두 손으로 빵처럼 집더니, 애매모호한 말로 "이봐!" 하고 말했다. 나는 견딜 수 없는 비열한 증오감을 느끼고, 눈물을 훔쳐내면서, 남자에게 말했다.

"나는 그렇지 않아요. 밥을 못 먹으니까, 돈만 빌리고 싶었던 거예요."

옆방 안주인의 킬킬거리는 웃음 소리가 들렸다.

"누구예요! 웃고 있는 사람이…. 웃고 싶으면 내 앞에서 웃으세요! 몰래 웃는 짓 따윈 그만둬요."

남자가 나간 후, 나는 2층에서 과일 바구니를 지구(地球)처럼 골목으로 던져버렸다.

(2월 x 일)

나는 내가 시시하고 쓸모없는 여자라는 생각에 빠지지 않도록 주의를 하고 있었다. 거리를 걷는 여자를 보면 자신의 꼴사나움을 느끼지 않지만, 며칠이나 못 먹고, 가만히 옆방의 편안하고 한가로운 웃음 소리를 듣고 있으면 죽어 버리고 싶어진다. 죽든 살든 불필요한 인간이라는 생각이 들자 모든 것이 암담해져 힘들어진다. 종잡을 수 없는 초조, 오늘 아침 나의 위장이 푸성귀 절임뿐인 듯, 나의 머리에도 쓸쓸한 바람이 숭숭 분다. 극도로 피로하고 고달픈 것이 마치 살아 있는 미라 같다. 오래된 신문을 열 번이고 스무 번이고 반복해서 읽고, 가만히 다다미에 드러누워 있는 모습을 나는 살그머니 멀리 떨어져서 다른 사람인 것처럼 생각하고 있다. 나의 몸은 망가지고, 나의 마음도 망가졌다. 장점도 없고, 다 타버린 육체, 이제 제아무리 굶게 되어도 카페 따위로 뛰어드는 일은 그만두자. 아무데도 정착할 곳이 없는 내 마음에 번드르르한 허물을 걸치고 애써 웃을 필요는 없다. 아무데도 가고 싶지 않으면 똑바로 앞을 향하고 굶주리면 되는 것이다.

밤.

도시아키(利秋) 군이 도야마(富山) 약봉지에 쌀을 한 되 가지고 왔다. 그 남자는 내가 몇 번이나 걷어찼는데도 변함이 없다, 나는 이런 무정부주의자는 싫다. "죽도록 당신을 좋아한다"고 말한 것은 그렇다 치고라도 야마토칸(大和館)에서처럼, 아침이고 밤이고 줄창 멀리서 나를 감시하는 것 같은 게, 내가 싫어하는 점이다.

"이제 당분간 밥 먹는 건 휴업할까 하고 생각하고 있어요."

나는 문짝을 단단히 잠그고 열쇠를 걸었다. 배를 조금 채우기 위해, 불필요한 화를 불러일으키고 싶지 않았다. 머리 꼭대기까지 굶주려 오니 철판처럼 몸이 빵빵 울리고 있는 것 같아서 멋진 편지를 쓰고 싶다. 그러나 역시 나는 먹고 싶다. 아아 내가 살아가기 위해서는 카페의 접대부에, 여종업원 따위라니! 열 손가락에서 피가 솟을 것 같은 이 추위…, 자, 혁명이든 뭣이든 가져와라…. 잔다르크 같은 건 날려 버리마. 하지만 어쨌든 모든 게 텅 비어 있다. 아래층 사람들이 목욕탕에 간 틈새에 된장국을 몰래 훔쳐 마셨다. 신이시여 비웃어 주십시오.

놀려 주세요. 아아, 한심한 후미코 꺼져 버려라.

일하고 있어도 나에게는 손톱의 때만큼도 먹는 데 보탬이 되지 않아서 지금까지의 생활 경향은 가늘고 길게 사는 것이었다. 아아, 1엔의 돈으로 나는 5일이고 6일이고 먹고 산

적도 있었다. 죽는다는 것은 언제나 매우 중요한 일이지만 내일이라도 자살할까 하고 생각하자, 나는 있는 대로 쓰레기를 끄집어내어 방에 흩뿌렸다. 살아 있는 동안의 나의 체취. 그리움이나 사랑스러움. 낡아서 눅진눅진하게 더럽혀진 검은 모슬린 옷깃에 때와 백분이 반짝인다. 나는 어린아이처럼 자신의 냄새를 맡았습니다. 이 옷으로 옛날 나는 그 사람에게 안겼던 것입니다. 이런 저런 추억들! 창백해져서 피가 올라오는 고독한 여자여, 가슴을 감싼 두 손은 옷이랑, 오비, 반소매의 모든 더러움에서 나오는 체취의 몽타주가 된다.

나는 이 멋진 황홀함을 앞에 두고 누구에게 마지막으로 비웃음을 살 만한 편지를 쓸까 생각했다. A에게일까, B에게일까, C에게일까…. 딸꾹질 나는 내 인생관에 순간 향기가 난다. 재미있는 흥분이라고 생각한다. "저, 나는 이렇게 당신을 사랑하고 있는데…." 낡은 신문 위에 흩어진 광고 위에는 다소 재미있는 샐러드와 비프스테이크 같은 이름이 실려 있다. 미카미 오토키치(三上於菟吉)[99] 같은 건 조금 힘이 넘치니 비프스테이크 같지만 이것도 재미있다. 요시다 겐지로(吉田絃二郎)[100] 같은 건 푸성귀잎과 작은 새 같은 에트랑제. 나는 두 사람에게 같은 글을 써 보려고 생각했다.

바닷가의 수수밭에

어떤 소원이든
질긴 잎사귀가 윙윙거리며 거칠게 불어대고
스물 다섯 여자는
진실로 목숨을 끊고 싶은 생각이 들어
진실로 죽고 싶은 생각이 들어

발돋움하여 발돋움하고 싶어
옥수수는 허무하게도 열매가 하나

아! 이런 감상을 편지 속에 집어넣는 건 그만두자. 이사벨 황후가 콜럼버스를 만난 흥분으로 나의 펜 끝은 벌써 횡설수설하며 종잡을 수가 없는 것이다. 아! 솔로몬의 백합에 흠뻑 먹물을 칠해 주리라.

(2월 x 일)

아침, 차가운 이슬비가 내리고 있다. 저녁 무렵에는 눈이 될지도 모르겠다. 오랫동안 담배도 피우지 않았다. 이토록 아름답게 잠에서 깨어난다는 것! 아아 석유 냄새가 코를 찌르는 새 신문을 읽고 싶다.

옆방의 떠들썩한 밥공기 소리, 내게는 먼 얘기이다. 어젯밤에 썼던 편지 두 통. 나는 웃음이 나오려는 것을 느끼자, 모두가 바보같다는 느낌이 들었다. 그렇지만 자, 인생이라는 것은 어느쪽을 보더라도 박정한 것이다. 진실처럼 꾸미는 것이다. 그런데 문제는 나의 품속에 3전의 동전이 있는 것이다. 이 3전의 동전에 센티멘털을 보낸다는 것은 상대방에 대한 모독이겠지만 10전으로 7전 거스름돈을 받는 여유가 있었다면 나는 이 두 통의 편지를 쓰지 않고 그만뒀을지도 모른다. 일본 글로 지은 너덜너덜해진 『잇사(一茶)시집』을 꺼내어 읽어 본다.

오늘도 헛되이 벌레여! 내일도 또다시
고향은 파리까지 사람을 마주하게 하구나.
생각지도 보지도 않지만 나의 집이여.

잇사는 철저한 허무주의자였다. 그렇지만 나는 지금 굶주리고 있다. 이 책이 얼마에라도 팔리지 않을까. 잠을 다 잤기 때문에 몸을 일으키니 딱딱 뼈가 울려 온다. 손가락을 구부려 내 머리를 감싸 보니 가여워라 나의 동맥은 따로 기름을 쳐 주지 않았는데도 맑은 소리로 철철 피를 흘러가게 한다. 존경스럽구나.

2통의 편지. 어느쪽으로 먼저 보낼까. 이 무슨 정신 빠진 짓일까. 요시다(吉田) 씨에게 편지를 보내기로 마음먹었다. 그리고 발소리도 없이 걸음을 옮겨 거리로 나가 보았다.

유지마(湯島) 신사에 가 보았다. 할아버지가 차를 붕붕 돌려 분홍색 솜사탕을 만들고 있다. 있는지 없는지 모를 정도로 적은 분홍색 거품이 놋쇠통에서 솟아나와 안개 같은 솜사탕이 된다. 오랫동안 화초를 보지 못한 나의 눈에는 마치 모란처럼 보인다.

"할아버지! 2전어치 주세요." 어린아이 머리 정도만큼 큰 솜사탕을 나는 살그머니 안았다. 아무도 없는 돌 벤치에 앉아 이것을 먹어야지. 솜사탕을 볼이 미어지게 먹으며, 눈을 감고 아무 생각도 하지 않고 있는 평온함, 이런 막연한 고독을 사랑하는 것도 좋지 않습니까.

"할아버지 3전어치 주세요."

어처구니없게도 푸성귀와 작은 새의 감상이, 분홍색의 달콤한 솜사탕으로 변해 버렸다. 얼마나 사랑할 만한 감상인가? 나의 생각들은 혀끝에서 눈물 어린 사탕으로 변해 버렸다. 눈을 꼭 감고, 우표를 붙이지 않은 요시다 씨에게 쓴 편지를 우체통에 넣었다. 신초사(新潮社) 앞으로 보냈지만 비웃을지도 모르겠다. 미카미 씨에게 보낼 편지는 찢었다. 너무나 화려하게 살고 있는 사람에게 이런 작은 현실 따위는 사라져 없어질지도 모르는 일, 주변에 있는 사람의 일 같은 건 묘하게 희미해진다. 솜사탕 할아버지는 이 추운 하늘에 비가 피어 오르는데, 언제까지고 덜덜거리며 놋쇠차를 돌리고 있었다.

벤치에 앉아 비를 재처럼 뒤집어쓰고, 솜사탕을 핥고 있다. 내 머리속에는 먼 고향과 어머니와 남자의 일 같은 하찮은 항수밖에는 없다!

(3월 x 일)

양면 허리띠와 책을 두세 권 팔아 2엔 10전을 마련했다. 책방 주인이 집까지 따라와서 말하기를 "집까지 알아두었으니 또 받으러 오겠습니다." 천만에요, 나의 벽장 속은 미치광이 작가의 머리처럼 잡동사니뿐입니다.

낮.

아사쿠사(淺草)에 갔다. 아사쿠사는 자그마한 도시 한가운데에서 떨어진 낙원이다. 그런 얘기를 어딘가의 다락방 작가가 말했습니다. 아사쿠사는 천박해서, 얼굴을 들 수가 없다던가. 누구나 한달 내내 돼지처럼 먹고 있기 때문에, 머리만 방대해져서, 영화와 채플린과 에로틱, 얼굴을 거울에 서로 비추며 곰곰이 잘 생각하도록…. 그런데 아사쿠사의 채플린은 모자를 흔들고 말했습니다.

"지상의 모든 것을 물리도록 실컷 먹으면 이번에는 하늘을 먹을 작정입니다." 아사쿠사는 좋은 곳이라는 생각이 든다. 등불이 켜지기 시작한 아사쿠사의 큰 제등 아래에서 내가 생각한 것은 이 2엔 10전으로 유쾌하게 끝내야지 하는 것이다…. 여러 가지 냄새의 흐름. 왠지 봄 같은 초저녁이고, 어디선가 모기향과 여자의 냄새가 풍겨 온다. 잡향의 흐름. 공원 극장 앞에 가 보니 미즈타니 야에코(水谷八重子)의 연극극단 깃발 속에 헤어진 남자의 파란 깃발이 보인다. 이거 재미있는 일이다. 다른 사람보다도 고상하게 단념한 그 남자와 나 사이, 모든 것은 아주 조용조용하게 영원으로 세월이 흐르고 있다. 뒷문으로 돌아가 분장실 입구의 할아버지에게 물어 보니 퉁명스럽고 억센 얼굴로 대답했다. 복도는 음식 접시가 가득하고, 아가씨에 여학생도 함께 사는 모양이다. 비뚤어진 유리창에 세워진 거울이 두 개, 몇 년 전엔가 본 기억이 있는 검은 가방이 뒹굴고 있었다.

"야아."

분장실에 앉아 있으니 하인처럼 상투를 올린 남자가 들어왔다.

"오랫동안 소식을 못 전했군."

"건강하게 지내셨어요?"

아사쿠사의 한복판 극장 안에서 오랜만에 지난날 헤어진 남자의 음성을 들었다.

"연극이라도 보고 있어요. 한 역할 끝나면 내 것은 끝나니까 차라도 마십시다."

"예, 고마워요. 부인께서도 함께 뭔가 공연하고 있나요?"

"아 아내! 죽었어요. 폐렴으로."

그렇게도 미워하며 헤어졌던 여배우의 얼굴이 아련히 떠올라 나는 한참 동안 믿을 수 없었다. 이 남자는 너무나 성실한 얼굴을 하고 거짓말을 했기 때문에….

"거짓말이지요."

"당신에게 거짓말 같은 걸 한대도 어쩔 수 없는 거지요. 오래 전부터 몸이 약했어요."

"정말인가요? 가엾게도…. 분장하세요? 난 처음으로 당신 분장실을 봤어요. 분장실 안이란 게 꽤 적적한 곳이네요."

남자와 이야기를 하고 있으니 키 큰 젊은 사무라이가 칼을 허리 양쪽에 차고 들어왔다.

"아! 소개하지요. 이 사람은 미야지마 스케오(宮島資夫)[101]의 동생이고 역시 미야지마라고 합니다."

이 사람은 청년처럼 어깨가 견고한 남자였다. 이 남자도 꽤 나이를 먹었다는 생각이 들고, 가방 속에서 시 원고를 꺼내는 걸 보니 이 사람이 배우인 것이 너무나 어울리지 않는다는 생각이 들었다. 체격이래야 뚱뚱하고, 게다가 나이를 먹어서 젊고 깊은 맛이 없는 음성이고, 이런 젊은 사람만 있는 사이에 섞여 연극인지 뭔지 하고 있는 게 딱하다는 생각이 들지 않을 수 없었다. 나는 이 남자와 다바타(田端)의 집에서 살았을 때 비로소 가타아게를 내렸던 일을 생각했다. "내 연극 봐 줘요. 그리고 옛날처럼 또 욕도 얻어먹을까." 나는 명함을 받자 분장실에서 밖으로 나왔다. 새삼스레 저 남자의 연극을 보았댔자 별 수도 없지만 굵은 빗방울이 뺨에 떨어졌기 때문에, 당황해서 극장으로 들어갔다. 무대는 기독교 신도를 가두고 있는 감옥 장면으로 야에코(八重子)인 창녀와 간수, 사무라이가 나란히 있다. 벚꽃이 만발하게 무대에 피어 있다. 그리고 무대에는 작은 새가 울고 있었다. 엉뚱한 연극이다. 나는 무대를 바라보면서 여러 가지 일을 생각했다. "신부님! 예수님!" 저 사람은 목소리가 다소 지나치게 크다. 나는 귀를 막고 저 사람의 감옥 안의 이야기를 듣고 있었다. 야에코인 아름다운 창녀가 감옥 밖으로 나오니 관객은 열광하여 박수를 보냈다. 아름다운 모습은 아니지만 뭔가 그늘이 없는 모습이다. 나는 지루해서 밖으로 나와 극장을 떠났다. 저 사람은 "차라도 함께 마실까요?"라고 했지만 인연이 먼 사람을 언제까지나 보고 있어야 하는 따위 문제는 일절 일으키지 않을 것이다. 약국을 찾아서, 작은 칼모틴 상자를 1개씩 샀다. 죽지 않는다면 그래도 좋고, 좀 오래 잘 수 있으니, 행복한 도망길이 아닌가? 모든 것은 직선적으로 명랑하게.

(3월 x 일)

오색 테이프가 팔랑팔랑 흩날리고 있었다.

어딘가 가까이에서 폭죽 터지는 소리가 나고 있었다. 비행기 소리일까, 모터 보트 소리일까…. 나의 착각으로, 하얀 거품을 날리고 있는 바다의 풍경이 하늘 위로 보였다. 은색 등대가 눈 아래 참깨 알갱이 정도로 보였는가 했더니, 어느새 이번에는 마치 코끼리 배 같은 것이 눈동자 가득 펼쳐져서, 나는 땅바닥으로 몸이 숙여진 것 같았다. 도코가 나의 맨가슴에 수건을 대 주었다. 나는 어떤 일이 있어도 죽고 싶지 않다고 생각했다. 눈을 뜨니, 눈꺼풀에 탄력이 없어서, 쥘 부채를 접은 것처럼 움푹 패였다. 나는 죽고 싶지 않다. "미역과 생선묵 튀김과 돈이 5엔 왔어요." 나는 눈을 감을 수가 없었다. 귓속으로 철철 뜨거운 눈물이 들어간다. 베개 머리맡에서, 가위질을 하면서 도코가 어머니께서 보내 주신 소포를 열었다. 어머니가 5엔을 보내 주시다니, 굉장한 일이라고 생각했다. 아래층의 아주머니가 죽을 끓여 가지고 왔다. 기분이 나아지면, 이 5엔을 아래층에 드리고, 시모타니(下谷)의 집을 나가려고 한다.

"세탁집은 2층이지만 좋은 곳이에요. 이사 안 갈래요?"

나는 살고 싶다. 죽을 뻔한 나를 소중히 돌봐준 것은 남자나 친구 따위는 아니었다. 이 도쿄 한 사람만이 나의 이마를 쓰다듬어 주고 있다. 나는 살고 싶다. 그리고 무엇이든 좋으니까 살아서 일하는 게 진실한 것이라고 생각한다.

나는 살아가는 게 괴로워지면, '고향'을 생각한다. 죽을 때는 고향에서 죽고 싶다고 사람들은 흔히 말하는데 그런 얘기를 들으면, 나는 또 고향을 절실히 생각해 보는 것이다.

매년, 봄가을이 되면, 경찰이 와서 본적을 조사해 가는데, 나는 그때마다 고향을 생각하게 된다. "당신은 대관절 어디가 진짜 고향입니까?" 하고 사람들이 의심을 하면, 나는 말문이 막혀 버린다. 나는 정말로 고향이 어디든지 상관없다고 생각한다. 괴로움이나 즐거움 속에서 성장해 간 곳이 고향이다. 이 『방랑기』의 내용에도 고향처럼 정든 여행지를 그리워하는 부분이 아주 많다. 어느 사인가 나이를 먹고 살아가는 경험들 속에 여수를 느끼면, 문득 진짜 고향에 대해 나는 생각해 보게 된다. 나의 원적지는 가고시마현 히가시사쿠라지마 후루사토온센바(鹿兒島縣 東櫻島 古里溫泉場)로 되어 있다. 정말로 멀리까지 흘러왔다고 생각하지 않을 수 없다. 형제는 6명이었는데, 나는 태어나서 아직 형제를 본 적이 없다. 언니 중 한 명에게만은, 괴로운 추억이 있다. 한밤중에, 어떤 땅울림 소리를 들으면서, 초롱불을 들고 언니와 온천에 간 것을 기억하고 있다, 노천 온천은, 머리 위로 별이 너무나 빛나고, 당시 섬에서는 휴대용 석유등을 켜고 있었다. "예쁘구나, 애야" 라고 말하던 마을의 아주머니들은 모두 나를 보며 타향 사람과 결혼한 어머니를 뒤에서 욕했다. 벌써 그때로부터 16, 7년은 되었을 것이다.

여름이 되면 섬에는 파란 쥐참외가 많이 열렸다. 시로야마(城山)로 소풍을 갔을 때였던가, 도시락을 열자, 집 뒤에 자라던 대나무 삶은 죽순이 들어 있어서 오사카의 철 공장에 다니고 있었던 부모님이 너무나도 그리웠다. 어느 초겨울 밤 나는 혼자서 모지(門司)까지 간 기억이 있습니다. 오사카에서 아버지가 마중 나오겠다고 했지만, 아홉 살인 나는 5전짜리 동전 1개를 허리띠에 돌돌 감고, 허리띠에 모지행이라고 쓴 나무 팻말을 묶고,[102] 기차에 탄 것이다.

부모님이란 얼마나 애닯고 그리운 존재인가! 아직 꽃이 피는 철이 아니었던지 나는 집을 나올 때 문밖의 호랑가시

나무 가지를 꺾어, 모지까지 들고 갔던 것을 기억하고 있습니다. 모지에 도착할 때가지 그 호랑가시나무 가지는 무척 생생했다. 모지에서 기선을 타니 천장이 낮은 3등 선실의 어둠 속에서 아버지는 물빛에 비추어서, 내 머리의 이를 잡아 주었다. 가고시마(鹿兒島)는 나에게는 인연이 먼 곳이다. 어머니와 함께 걷고 있으면, 때때로 소녀 시절의 쓸쓸했던 생활이 생각나곤 했다.

"시방 슬슬 갈까요." "오시것어요." 같은 사투리를 어머니는 고향을 떠나 30년이나 되는데도 도쿄 한복판에서 태연하게 사용하고 있다.

오랫동안 소식이 없었던 우리에게 언니가 긴 편지를 보내 말하기를

"어머니, 건강하신지요? 항상 염려하고 있습니다. 나는 이번 봄 사내아이를 낳아서 이번 5월은 아이를 낳고 나서 첫 명절입니다. 성대하게 축하하고 싶습니다."

나는 그 편지를 보고, 너무나도 싫었다. 그리고 나의 마음은 아주 냉랭해졌다.

"어머니! '의리' 라든가 '인정' 이라든가 그런 생각은 버리세요. 오랫동안 우리들은 얼마나 의리에 매달려 살았습니까? 얼마나 인정에 매달려 있었던 것입니까, 항상 거절당하고, 또 거절당하면서 세 사람은 여기까지 왔습니다. 나는 아

기에게 축하해 주는 게 아까워서가 아닙니다. 기억하고 있습니까, 어머니!"

어려워져서, 마지막으로 매달리는 기분으로 나는 옛날 언니에게 돈을 빌리려고 편지를 보낸 적이 있다. 그러자, 언니로부터 답장이 왔다.

"나는 너를 동생으로 생각하지 않는다. 나를 길러 주지도 않은 어머니는 어머니라고 생각할 수 없으며, 나는 너에게 어떤 일을 해 줄 의무도 없다. 먼 타향에서 겨우 10엔밖에 안 되는 돈 때문에 곤란한 당신 모녀의 괴로움은, 너무나 당연한 것이지. 고향과 자식을 버리고 간 부모를 생각하면 이미 죽고 없는 사람으로 생각하고 있을 정도이다. 이후부터 의지하지 않도록."

그 이후, 이 세상은 아버지와 어머니 나 세 사람만의 세계라고 생각했다. 제아무리 망해도, 어린 나와 어머니를 버리지 않았던 아버지의 진실을 생각하면 나는 힘껏 일을 해서 보답하고 싶었다. 언니의 기분, 나의 기분, 이것을 문제삼을 것까지도 없이 우리는 수천 리 멀리 떨어져 있었다. 그런데, 성대하게 아기를 축복해 달라는 몇 년 만의 언니의 편지를 보고, 어머니는 뭔가 보내 축하해 주고 싶은 모양이었다. 그러나 나는 지금까지도 그 언니의 편지를 증오하고 있다. 너무나도 증오하지 않고는 견딜 수 없다. 정말로 증오하고 있는 것이다. 지금까지 일찍이 따뜻한 말 한 마디 걸지 못했던 고향 사람들에게, 그리고 언니에게 지금의 어머니는 뭔가 멋진 선물을 해서 깜짝 놀라게 하고 싶다고 생각하고 있는 것 같다. "어머니, 이 세상에서 뭔가 해 보이고 싶고, 무슨 의리를 다 갚고 싶다는 둥, 다 필요 없는 것 아녜요?" 하고 나는 화를 냈다. 아아, 그렇지만 어머니의 작은 바람을 충족시켜 주고 싶었다. 나는 어쩌면 그토록 성질이 비뚤어진 사람일까, 오랫동안의 인내가 나를 아무것도 믿지 않게 해 버린 것이다. 육친 같은 건 개에게나 줘 버리라고 할 만큼 격한 기분이 되었다.

아아, 스물 다섯 여심(女心)의 아픔인가.
먼 바다 색깔 투명하여 바라본다.
수수밭에 서 있는 스물 다섯의 여자는
옥수수, 옥수수
그토록 가슴을 앓는 것인가.
스물 다섯의 여자는 바다를 바라보며 그저
  한없이 망연해진다.

한 개, 두 개, 세 개, 네 개
옥수수 알맹이들은 스물 다섯 여자가 쓸쓸하게도

갖고 싶어하는
한 마디의 말이 된다.
파란 해풍(海風)도
노랗게 익어 가는 수수밭의 바람도
검은 대지의 한탄도
스물 다섯 여심을 적시는구나.

바닷가의 수수밭에 서서
어떤 바람(願)도
질긴 잎사귀에 세차게 부는 바람을 보며
스물 다섯 여자는
진실로 목숨을 끊고 싶은 생각이 든다.
진실로 죽고 싶은 생각이 든다.

발돋움, 발돋움 하는
옥수수에 무상한 열매가 하나.
여기까지 겨우 도착한 스물 다섯 여자의 마음은
진실한 남자는 필요 없다.
그것은 슬프고 까다로운 장난감이기 때문에

참으로 산다는 것이 힘들어질 때,

살 것인가, 죽을 것인가
그것은 쓸쓸한 체념일까
진실한 벗은 그립지만 각자의 마음이기에….

보리잎의 성급한 체념의 몸짓
스물 다섯의 여심은
모든 것을 버리고 달리고 싶어진다.
한 쪽 눈을 감고,
아, 방법도 없이 남자도 갖고 싶고 여행도 그립다.
이것도 하고 싶고
저것도 하고 싶고…
실타래의 실처럼 지루하게
멍하니 스물 다섯을 살아 온 여자는
수수밭 이랑에서 뒹굴고
차라리 깊이 잠들고 싶다.

아아… 이렇게 어쩔 수 없이
스물 다섯의 여심은 헤매는가.

이것만이 최대한으로 내가 살아가는 방법이다. 그리고 요즘의 나는 불 같은 번뇌가 마음을 태우고 있다. 자! 좀더 세게 쳐서, 더욱더 나를 때려 눕히세요. 땅이 무너지는 듯한 커다란 걱정이 밀려오자, 모든 것이 모조리 허무해져서, 죽음과 고향만을 생각한다. 그렇지만 요까짓 것! 어쩌다 쌀 1되라도 사고 싶다고 말했을 때를 생각하면 나는 나 자신을 망치는 나쁜 생각을 극복하기 위해 노력해야만 했다. 이『방랑기』는 나의 겉껍질에 불과하다. 나의 일기 중에는 눈을 감고 싶은 괴로움이 한없이 씌어 있다.

지금부터 나는, 내 일에 열심히 몰입하려 생각한다. 아이 같은 천진스런 마음으로 살아가려 하지만, 이 4, 5년 동안의 내 생활은, 육체의 방랑이나, 여수같이 손쉬운 것은 아니었다. 갈 곳도 없이 이제까지 괴로운 생활의 연속이었습니다. 끙끙거리고 신음하면서 살아왔습니다. 어디까지가 진실이고, 어디까지가 거짓인지 짐작도 가지 않는 여러 요지경을 보고, 그 옛날 즐거웠던 무언가가 이젠, 사실은 아무것도 없었던 것이라는 쓸쓸함…. 하늘을 향한 동경, 땅에 대한 동경, 불평하지 않고 멀리 있는 언니에게도, 뭔가 축하해 주어도 괜찮지 않을까 생각하고 있습니다. 어머니의 유약한 기분도 누그러질 것임에 틀림없습니다. 어리석게도 제정신을 못 차리는 내 삐뚤어진 기분을 경멸해도 좋다. 수수밭 두렁에 벌렁 누워 차라리 깊이 깊이 잠들어 버리고 싶다. 그래서, 요즈음 나는 꾹 입을 다물고, 제대로 내 일에 몰입하고 싶은 게 단 하나의 바람이고, 단지 내가 가야 할 하나의 길이라고 생각하게 되었습니다.

하야시 후미코(林芙美子)라는 이름은 내게는 다소 괴로운 이름이었습니다. 야무지지 못하고 끈기가 없으며 외로움을 잘 타는 성격이고, 나는 한 번 이 이름을 세상에서 정말로 없애 버리고 싶다는 생각까지 하고 있습니다. 길을 걷고 있을 때 잡지 포스터 속에서 '하야시 후미코' 라는 글자가 보일 때가 있다. 대체 하야시 후미코는 어디 사는 누굴까 하고 생각합니다. 뒷골목의 여자보다도 마음이 약해진 나는 이삼 년이나 입어 낡은 옷을 걸치고 끝이 긴 우산을 들고 터벅터벅 길을 걷고 있다. 옛날에, 입을 유카타도 없이 빨간 수영복 하나로 틀어박혀 산 적도 있다. 조금이라도 원고가 팔리기 시작하면 "3만 엔이나 모였습니까?" 하고 묻는 사람도 있었는데 완전히 이건 놀랄 만한 이야기였습니다. 우리 집 근처에 '기름집' 이라는 전당포가 있는데 이곳 아저씨만은 하야시 후미코라는 사람은 의외로 가난한 문학가로군 하고 쓴웃음을 지었음에 틀림없다.

소도시 항구 마을에서 태어난 빨강머리 아가씨인 나는 그냥 자라서 노동자와 결혼해서 사는 편이 어쩌면 행복했을지도 모른다. 지금 나는 내 글이 팔리게 내 이름을 광고처럼 여기저기 사방에 흩뿌리고 있다. 가난하지도 부자도 아닌 어중간한 지금의 생활이 쓸데없이 괴롭게 느껴진다.

다소 생활이 나아졌기 때문에 의붓아버지나 어머니도 가까이 불러들여 봤지만, 가난할 때 그처럼 하나로 뭉쳐졌던 사람들의 마음이, 한 집안에 모이니, 제각기 자기 기분대로 완전히 등을 돌리고 있습니다. 원을 만들고는 모두 이쪽을 향해 주세요 하고 부탁해도, 각자 자신만의 성을 쌓고 있는 것입니다. 변소 같은 데 들어가 있으면, 나도 모르게 눈물이 날 때가 있다. 오랫동안 부모와 떨어져 있으니, 혈육을 부르는 애정은 있지만, 오랫동안 '하나'가 되어 생활하지 않은 탓인지, 그 애정이란 것이 묘하게 엷어져 버린 것을 느끼고 있다.

유목민 같았던 내 가족이, 지금은 일정한 땅에 자리잡고 내가 말하는 반안주 생활로 정착한 이민족적인 집합체가 되었다. 그리고 모두 제각기 자기 식대로 기분을 푼다지만, 거기에 먹구름이 소용돌이치며 흘러가는 건 아무도 부정할 수 없다는 생각이다. 나는 될 수 있는 한 생활을 잘 해내고 싶다고 생각했습니다. 선량한 사람들인 까닭에, 그 선량한 사람들을 괴롭히고 싶지 않다는 생각이 들어서 요 이삼 년 몇 번이나 헤어지기도, 모여 보기도 했습니다. 솔직히 말하면 어머니와 단 둘이 간소한 생활을 하는 게, 사실은 가장 이상적이겠지만 좀체 그렇게 되지 않는다. 내 어머니는 필립형[103)]

의 여자로 심약하면서도 지기 싫어해서 나날이 그저 그렇다. 나는 오랫동안, 이 어머니의 모습만을 연모했던 것 같습니다. 의붓아버지는 어머니보다도 젊은 사람인데 여러 곡절은 있었지만 20년이나 어머니와 부부로서 같이 살아왔습니다. 나는 내 작품에서, 이 의붓아버지에 대해 매우 깊이 배려를 해서 쓰기는 했지만, 열 일고여덟 살 무렵에는, 이 의붓아버지를 그다지 좋아하지 않았던 것 같습니다. 그렇지만 지금은 나도 그로부터 열 살이나 나이를 먹었습니다. 나도 한 사람 몫의 분별력이 생기자, 좋아한다든가 싫어한다든가 하기보다도 먼저 이 아버지를 가엾다고 생각하기 시작했습니다. 의붓아버지에 대해서 그렇게 괴롭게 생각하지는 않지만, 어머니에 대해서처럼 애정이 없는 것은 어쩔 도리가 없다고 생각합니다. 나는 열 두세 살 무렵부터 일을 했습니다. 부모님께 돈을 부치기 시작한 것은 열 일고여덟 살 무렵이었겠지요. 이상하게도 옷 한 벌 사고 싶다는 생각도 안 한 덕분인지, 일하는 건 당연한 거라고 생각하고 잠시 동안이었지만 송금을 했습니다.

현재 나는 그럭저럭 부모님이 일을 안 해도 될 만한 정도가 되었지만, 나날이 일해서 벌던 사람들이라, 좀체로 곁에서 한가하게 지내려고는 하지 않습니다. 나한테서 장사 자본을 빌려서는 새삼 조그만 장사를 시작해서, 사오 일도 지나지 않아 곧 실패를 하는 것입니다. 나는 이런 일에 지치기 시작했습니다. 조용히 지내면서 풀이라도 뜯고 있어 주는 쪽이 내게는 반가웠겠지만, 아무래도 별 도리가 없는 것입니다. 모두가 다른 의미에서, 나를 의지하고 있었다고 할 수 있습니다. 수입이래야 내가 '글 쓰는' 것뿐이다. 별로 안정된 것도 아니다. 세상에 알려져 있는 나란 사람은, 넉살 좋고 뻔뻔스러울지도 모른다. 술을 좋아하는 걸로 보일지도 모른다. 그러나, 난 사실은 술도 담배도 싫어한다. 술을 마셔서 기분을 거짓으로 속이는 동안은 좋지만, 지금은 그런 것으로 가장하는 데는 질려버렸다. 모두가 너무나도 선량한 사람들이기 때문에. 나는 또 7년 전에 남몰래 현재의 남편[104]과 결혼했다. 의붓아버지에게는 또한 어머니가 있어서, 내게는 의붓할머니가 되겠지만, 이 할머니의 지론은 "네 어머니를 위해, 내 아들이 20년간이나 아이도 없으니, 사내의 일생을 망쳐 놓았다"는 것이었다. 그러니 결국 은혜를 잊지 말라는 것이어서 이 조모에게는 매월 적으나마 생활비를 보내고 있다. 묘하게도 모두가 나라는 사람에게 완전히 기대고 있는 것입니다.

견딜 수 없다는 생각을 하며, 나 자신에게 가능한 한 견디겠다고 생각하면서도 약해집니다. 그렇지만, 내 일은 성냥갑을 붙이거나 집에서 미싱 일이라도 하는 것과는 달리, 책상 앞에 앉아 있기만 하면 원고가 돈이 되기라도 하는 것처럼 생각하고 있는 듯한 가족들에게, 내가 지금 느끼는 기분을 정직하게 말했다면 아무래도 시작도 할 수 없었던 일이었는지도 모르겠습니다. 오히려 미싱 페달이라도 밟아 집에서 일이라도 하는 편이 즐거웠을지도 모르겠습니다만…. 오랫동안 불행한 환경에 있던 사람들이었다는 것만으로, 나는 이 사람들을 사랑하려고 생각했습니다. 그래서 사랑했습니다. 그렇지만, 일단 이 작은 가족 속에 파도가 일면 어머니는 아버지 편이 되고 나는 마치 있거나 없거나 상관없는 존재가 되어 버린다. 서로 아껴 주기보다 서로 미워하는 성격이 서글프기도 하다. 머리가 아프다고 하면 약을 먹으면 낫는다고 생각하는 사람들이다.

아침에 일어나서 덩치가 작은 식모와 함께 밥상을 차리고, 낮이면 낮, 저녁이면 저녁식사부터, 된장국에 신경을 쓰고, 내 방 청소, 빨래, 손님 접대, 내 생활도 꽤나 바쁘다. 그 사이에 글도 쓰지 않으면 안 된다. 내 작품의 비평에 대해서도 상당히 신경이 쓰이고, 반성도 하고, 계속해서 공부도 하고 있지만, 때론 공허함이 나를 삼킵니다. 장마 때는 특히 우울한 탓인지, 죽어 버리고 싶다는 생각이 들 때가 있습니다. 이대로 사라져 버리면 시원할 거라는 기분이 간절한 것입니다. 그렇지만 내가 없어져 버리면 줄 끊어진 연처럼 가족들이 여기저기 떠돌 것을 생각하면 그럴 수도 없을 것 같은 생각이 듭니다. 목표를 정하고 싶은 생각으로 요사이 선(禪)이라는 것을 시작했지만, 아직 그것도 잘 모르는 분야이고, 나만의 진정한 깨달음을 얻기에는 앞길이 꽤나 아득하게만 느껴집니다. 요즘 마음 둘 곳 삼아서, 나는 월터 페이터를 읽고 있습니다.

"월터 페이터는 소수 중에서도 특이한 예술가로서, 우리는 그의 생활 속에서 예술에 대한 극도의 겸허한 태도를 발견할 수 있다. 그의 생활은, 밀물이 밀려와 평평하게 된 밀물 때의 바다처럼 마음의 경험이 깊어지면 깊어질수록 오히려 조용했다"라는 한 구절이 있었는데, 마음의 경험이 페이터의 그늘이라고 하면, 페이터도 의외로 낭만주의자임에 틀림없다. 그렇지만, 그런 점이 매력인지, 페이터 연구는 꽤 활발하다. 페이터는, 또 아름답고도 크나큰 업적을 남기고 요절한 사람들을 사랑하고 동정했는데 그 점에서는 너무나 공감한다.

무슨 잡지였는데, 최근 마쓰이 스마코(松井須摩子)의 사진을 보았습니다. 실로 아름다웠다. 세련된 아름다움이 배어나온다. 이 사람의 늙은 얼굴을, 이 사진에서 상상할 수는 없다. 이목구비가 수려하게 생긴 아름다운 사진이었다. 하늘이 내린 듯한 이 같은 여자의 죽음은 너무나 안타까움을 느끼게 하지만, 꽤나 영리한 사람이었다는 것으로도 생각된다. 특히 이 사람이 여배우인 까닭에. 나는 마쓰이 스마코와 같은 미모도 갖추지 못한 데다, 하물며 천재도 아니다. 그렇지만 왠지 늙어가는 것이 몹시 두려워지기 시작했다. 육체의 쇠약은 지나가는 일이지만, 작품에 보이는 쇠약함은 이건 비참하다기에는 너무나 괴로운 기분일 테지요.

나는 또 한편으로는 부엌을 대단히 사랑하고 있습니다. 가족들을 사랑하는 것은 물론. 그래서 스스로 이 속에서 안심하고 늙고 썩어 가는 나 자신을 눈을 감고 단념하는 것이다.

"네 일 같은 건 별로 중요하지 않은 것 아니야." 말 나온 김에 내처 남편의 입에서 때로 이런 얘기도 듣지만, 너무나 맞는 얘기를, 너무나도 가까운 사람에게서 들으니, 아프다기보다, 식은 땀이 나는 기분이었습니다. 내 일이라고 해 봤자, 여러 협잡물뿐이고 사실은 이거다 하고 세련된 게 하나도 없습니다. 실제로 여기까지는 왔지만, 여기서 길이 끊어진 느낌입니다.

과거에 나는 또 연애를 한 번 한 적이 있는데, 여기엔 플라토니즘은 아니지만, 내 작품 속에, "연애를 하는 자의 은밀한 속삭임이며, 천상의 별들의 음악이다"라는 말이 있었습니다. 나의 사랑은 실로 짧은 한 순간이었지만 애절한 기분을 느끼게 한 것이었습니다. 그 연애는, 나와의 애정이 아직 식기도 전에 끝나 버렸습니다. 이 연애가 끝났을 때에는, 살아 있는 나 자신이 없어진 기분이었습니다. 그렇지만 그 작은 사건도 또한 지난 세월 속으로 흘러가 버렸지만, 나는 체홉의 사랑스런 여자처럼,[105] 뭔가에 기대지 않으면 살아갈 수 없는 여자였던 것 같습니다. 나는 육친을 믿지 않는다. 늘 남보다도 더 나쁘기 때문이다. 일을 하니까 사랑받는다는 건 괴로운 일이다. 괴롭지만, 결국은 이 사람들에게 죽이 되든 밥이 되든 달라붙어 있습니다. 나는 최근에 책을 서너 권 냈습니다.

하나는 책방이 망해서 절반밖에 인세를 받지 못했고, 나머지 세 권의 인세는, 이것으로 글쓰기를 잠시 쉬면서 일년 정도는 공부를 다시 하기 위해 따로 두려고 생각하고 있었지만, 외국시대의 빚이랑, "이게 마지막이니까"라는 의붓아버지의 말에, 작은 다방 정도는 낼 수 있을 만큼의 돈을 나눠 줘 버려서, 또 나는 슬슬 책상 앞에 앉아야만 했습니다. 세무서에서 세금 독촉이 왔습니다. 너무나 바쁘게 살고 있습니다. 나 자신도 이런 쫓기듯 바쁜 심정과 생활은 죽기 전에는 고쳐질 것 같지 않아 더 지긋지긋하다. 혐오스러운 부류의 여자입니다. 생활이 엉망진창일 뿐만 아니라 마음까지도 흐리멍텅해서, 스스로 자기 기분을 어쩌지 못할 때가 있다. 지금은 바보같이 크기만 한 집에 살고 있지만, 이것도 나의 어떤 이중적인 마음일지도 모르겠습니다. 정리를 좀 하고 고상한 집으로 이사하고 싶다고도 생각하고 있습니다.

나는, 쓸 수 있을 만큼 쓰려고 한다. 몸은 어느 정도 튼튼하다. 그 튼튼함이 싫기도 하지만 일을 할 때에는 몸이 건강하지 않으면 안 된다고 생각하고 있습니다. 죽을 때에는 죽는 거라고 생각합니다. 오쿠마 조지로(大熊長次郎)라는 사람의 시에 이런 게 있다.

조용히 잠들게 하라
인간의
목숨이 죽음으로 향하는 마지막에

이 따스한 시는, 강한 체하는 나를 슬프게 합니다. 실제로 슬플 때가 있다. 공부도 글쓰기도 싫어질 때가 있다. 연극, 영화도 오랫동안 소원했다. 짐짓 모른 체할 때에는 입술에 두 손을 모아대고 가만히 있기만 한다. 무언가를 쓰고 죽어 버리고 싶은, 그런 초조한 날도 많았지만 사실은 지금부터 좋은 일을 하고 싶다고 생각하고 있습니다. "대단한 일은 아니잖아"라고 사람들은 말한다. 대단치도 않은 일에 나는 지금 불평을 하며 산다. 뭐든지 큰길 한중간을 가는 것만이 소설은 아니라고 생각하고 있다. 한 쪽 구석에 있는 조그만 길을 지나가듯, 내 나름의 조그맣고 수줍은 소설을 쓰고 싶은 생각이 듭니다.

아무래도 나는 요즘 공포심에 사로잡혀 있는지도 모른다. 사람이 모두 무섭다. 찾아오는 사람 이외에, 내가 나서서 누구를 찾아가지는 않는다. 꿈을 꾸어도 무섭다. 현실에서도 때로 뒤에 누군가 서 있는 것 같은 착각을 일으킨다. 넓은 마음으로 보살펴 주는 것이라면 이제 개(犬) 정도이다. 달밤에 돌계단에 걸터앉아 있으면, 개만이, 내게 다가옵니다. 내 손에는 이미 아무것도 남아 있지 않습니다. 사실은 달밤의 내 그림자조차도 그립지만은…. 내 머리 속은 지금 텅 비었다. 위급한 것이 흘러 들어오려는 듯하다. 그 위급한 것을 정리해 보고 싶다고 밤낮 생각하지만 그 정체를 파악할 수가 없다. 여기까지 쓰는데도 몇 번이나 이처럼 다 털어놓고 쓰는 데 대해서 혐오감을 느꼈지만…. 그냥 됐다고 치자.

사람들이 이것저것 말하지 않아도 반성을 할 만큼, 충분히 반성을 해서 나 자신에 대해서 속속들이 밝힐 작정이다. 이는 무슨 추억일까, 과거의 일은, 가혹한 채찍에 지나지 않는다.

지금은, 부모님과도 따로 살게 되었다. 넓은 집에는 나와 가정부 둘이서 정신나간 듯 멍청히 살고 있다. 사랑해 달라는 것 같던 어머님이, 마치 아이같이 멀리 떠나 버렸다, 신문을 보면 매일 신상 상담이란 게 있다. 실제로 여자란 것이, 얼마나 근본 지조가 없고 연약한 것인가 비웃었지만, 나도 점점 웃을 수 없게 되었다.

그냥, 힘을 내어 일에 열중하려고 노력한다. 그것 말고는 내겐 아무것도 남아 있지 않다. 뭔가 좀더 솔직히 말하고 싶지만 마음이 울적할 때는 명확히 표현할 수 없는 기분이 듭니다. 조용한 관조, 소재의 순화, 고독한 지역, 이 같은 작품을 오랫동안 생각하고 있습니다. 그리고 나의 반성은 죽을 때까지 나를 괴롭힐 것입니다.

註

1) 오이토코 부시(おいとこ節), 민요의 하나. 가즈사(上總國),시모사(下總國)의 본오도리(盆踊り) 등에서 불렀다. 본오도리는 음력 7월 15일 밤에 남녀들이 모여서 추는 윤무(輪舞).

2) 가와타케 모쿠아미(河竹默阿彌 1816~1893) 작품의 가부키. '여기가 에도다, 협객들아(ここが江戸 小腕達引)' 에 등장하는 협객으로 한쪽 팔이 잘리자 스스로 보기 싫다고 어깨까지 잘라 버린 남자.

3) 『불여귀』, 『이루어질 수 없는 사랑』, 『소용돌이』는 각각 도쿠토미 로카(德富蘆花 1868~1927), 야나가와 슌요(柳川春葉 1877~1918), 와타나베 가테이(渡辺霞亭 1864~1926)의 가정 소설. 모두 여성을 중심으로 한 가정 비극을 그린 작품으로 평판이 높았으며 신파극의 고전이 되었다.

4) 나니와부시(浪花節). 샤미센 반주로 인정이나 의리를 노래한 대중적 창.

5) 연극 중에 영화를 또는 그 반대로 하여 무대극과 영화를 서로 짜 맞추어 합친 연극.

6) 메이지 시대 나고야의 창기(娼妓) 시노노메(東雲)가 탈주한 사건을 내용으로 한 유행가.

7) 어린이 또는 남자가 매는, 한 폭으로 된 허리띠.

8) 이시카와 다쿠보쿠(石川啄木 1886~1912). 가인, 시인, 평론가.

9) 지카마쓰 슈코(近松秋江 1876~1944). 다이쇼(大正) 시대 사소설 작가의 대표적 인물 『검은 머리』, 『헤어진 아내에게 보내는 편지』 등으로 유명함.

10) 1920년대에 지어진 집. 간사이(關西)지방에서는 목조 2층 아파트를 뜻함.

11) 여자의 속발의 하나, 뒤꼭지에서 묶은 머리채를 좌우로 갈라 반달 모양으로 둥글려서 은행잎 모양으로 틀어 붙임.

12) 크누트 햄슨(1885~1952). 노르웨이의 노벨상 작가. 『기아』, 『방랑자』 등. 작가 후미코는 번역된 이 작품에서 자극을 받았다.

13) 신주쿠(新宿)의 지명. 후에 후미코는 부모님과 이곳에서 살게 된다.

14) 아르츠이바아세프(Artsybashev, Michael, 1878~1927)의 장편 소설. 『노동자 세이료프』도 그의 작품.

15) 16~17세 가량 소녀의 머리 모양의 하나. 머리채를 좌우로 고리처럼 갈라 붙여 뒤꼭지에서 묶고 옆머리 부분을 부풀림.

16) 의복의 어깨 징그기. 어린아이들이 기모노를 입고 활동하기 편하게 넓은 소매를 어깨에 올려 매 주는 것.

17) 굵은 무명실로 납작하게 엮은 끈.

18) 다테야마부시(立山節), 메이지 20년경 화류계를 중심으로 전국적으로 유행한 노래.

19) 사람을 모아 돈을 받고 재담, 만담, 야담 등을 들려 주는 대중적 연예장.

20) 물에 갠 밀가루를 원형으로 구워서 두 장을 겹쳐 그 사이에 팥소를 넣은 과자.

21) 대나무 끝을 갈라서 다발로 묶은 것.
22) 도미에(Honore Daumier, 1808~1879). 프랑스 풍자 화가.
23) 일본 옷의 위에 입는 겉옷.
24) 메이지유신 때에 무사들이 병사를 일으킨 사건.
25) 마쓰이 스마코(松井須摩子, 1886~1919). 톨스토이의 『부활』의 카추샤를 연기했다.
26) 마르크스 슈티르네르(1806~1856). 독일 철학자. 자아만을 유일한 현실적 존재라고 하여, 일체의 것을 이에 따르도록 하는 이론 체계를 만들었다.
27) 도모야 시즈에(友谷静榮). 시인, 후에 上田保의 부인이 됨.
28) 쓰지 준(辻潤, 1884~1944). 네오 다다이즘의 원류를 이룬 평론가.
29) 씨뿌리는 사람. 문화 사상 잡지.
30) 하시즈메 다케시(橋爪健, 1900~1964). 시인, 평론가, 소설가. 아나키즘, 다다이즘에 가까운 성향.
31) 북위의 호태후(胡太后) 시집, 『고시원(古詩源)』에 실린 「양백화(楊白花)」라는 제목의 시.
32) 에밀 베르하렌(1855~1916). 벨기에 시인. 상징파 시인이나 인생파적인 색채를 띤다.
33) 구로시마 덴지(黒島傳治 1898~1943). 시베리아 출병 체험에 기초한 반전소설과 빈농을 그린 소설로 알려진 프롤레타리아 작가.
34) 쓰보이 시게지(壺井繁治 1898~1975). 다다이스트 시인으로 출발, 아나키스트로서 활동, 후에 프롤레타리아 문학으로 바꿈.
35) 이다 도구타로(飯田德太郎 1903~1933). 당시, 히라바야시 다이

코(平林たい子)의 남편, 아나키스트계열 평론가, 작가.

36) 히라바야시 다이코(平林たい子 1905~1972). 나가노(長野)현 출생. 「문예전선」에서 프롤레타리아 작가의 유망한 신인으로 인정받아 출발.

37) 마에다코 히로이치로(前田河廣一郎, 1888~1957). 「씨뿌리는 사람」, 「문예전선」의 프롤레타리아 작가.

38) 하기와라 교지로(萩源恭次郎, 1899~1938). 다다이즘 잡지 「적과 흑」 창간자의 한 사람. 시집 『사형선고』가 대표작.

39) 무라야마 가이타(村山槐多, 1896~1919). 시인, 화가. 회화에 『칸나와 소녀』, 『호수와 여자』가 있다.

40) 시가 나오야 (志賀直哉, 1883-1971). 1917년에 쓴 중편 『화해』. 아버지와의 오랫동안의 갈등을 풀어 가는 과정을 쓴 자전적 소설.

41) 작자 후미코의 여급으로서의 이름.

42) 루나찰스키(1875~1933). 소련의 혁명가, 비평가, 극작가. 대표적 작품 『실증미학의 기초』가 있다.

43) 독부(毒婦)이야기인 실록소설의 주인공. 가나가키 로분(假名垣魯文, 1829~1894)이 유명하다.

44) 무로사이 세이(室生犀星, 1889~1962). 『서정소곡집』 중에서 「小景異情」의 한 구절.

45) 가시이 젠조(葛西善藏 1887~1928)의 출세작이 된 소설. 돈을 지불할 수 없게 되어 살던 곳에서 쫓겨나 아이를 데리고 정처 없이 헤매는 작자 자신을 묘사함.

46) 속발의 한 가지. 앞머리를 쑥 나오게 빗은 것.

47) 시마자키 도손(1872~1943)의 시집 『若菜集』 중의 「우산 속」의 한 구절.

48) 시마자키 도손(島崎藤村)의 『와카나슈(若菜集)』의 「풀베개」의 한 구절.

49) 가부키 『세 남자의 첫 유곽 나들이(三人吉三廓初買)』에 나오는 유명한 대사다.

50) 일본 옷에서, 소매의 겨드랑이에서 아래쪽으로 터진 부분.

51) 속발의 한 가지. 앞머리를 쑥 내밀게 빗은 것.

52) 기타하라 하쿠슈(北原白秋)의 시 「조가시마의 비(城ヶ島の雨)」에 梁田貞이 작곡한 것.

53) 월금은 원래 중국 근세의 현악기 원함(阮咸)의 다른 이름이지만, 다이쇼기(大正期)의 일본에서는 애절한 단조음을 내는 현악기.

54) 하이쿠(俳句). 일본의 5.7.5의 3구 17음으로 되어 있는 단형시.

55) 독일 극작가, 소설가 하우프트만(1862~1946) 의 동화극 풍의 희곡 『침종(沈種)』 중의 노래.

56) 영국 유미파 시인 오스카 와일드(1854~1900)의 『드 · 프로판디스』.

57) おしゅん傳兵衛. 유녀(遊女) 오슌이 주인공으로서 정사(情死)하는 내용.

58) 독일 표현파 극작가 에른스트 토라(1893~1939)의 1923년 희곡 『힌케만』. 주인공 힌케만은 전상을 입고, 불능자(不能者)가 된다.

59) 손풍금을 울리면서 약을 팔고 돌아다니는 행상인. 하야시 후미코가 1931년 발표한 자전적 단편 소설인 『풍금과 고기의 마을』에 자세하다.

60) 관(冠)의 부속품. 관이 벗겨지지 않게 상투를 얼러매는 비녀.

61) 에도 조루리(江戸 淨瑠璃). 에도에서 일어난, 옛 설화를 낭창하

는 음곡)의 한 파.

62) 近松半二(1725~1783) 作. 조루리의 『傾城阿波の鳴門』 중의 인물. 주로베에의 처는 유미(おゆみ). 생이별했던 딸 쓰루가 순례자 모습으로 나타나지만, 주로베에는 과거를 잃어버려 오쓰루를 죽인다.

63) 삶은 콩이나 팥을 꿀물에 졸여 설탕에 버무린 과자.

64) 히라노 반리(平野萬里, 1885~1947). 俳白를 짓는 歌人, 俳白 동인 잡지사인 新詩社의 멤버이다.

65) 小掘甚二(1901~1959). 평론가.

66) 복숭아에서 태어났다는 동화 속의 주인공. 개, 원숭이, 꿩을 데리고 도깨비섬으로 사냥을 감.

67) 알츠이바아세프의 1907년의 장편소설. 혁명에 실패한 환멸 속에서의 찰나적 쾌락에 살아갔던 지식청년 사아닌의 모습을 그렸다.

68) 도쿠토미 로카의 메이지 33년의 수필소품집. 『지렁이 장난(みみずのたはごと)』은 후년의 수필과 일기집.

69) 굽이 납작하게 낮은 나막신으로 맑은 날씨에 주로 신는다.

70) 폴란드 민족 무곡.

71) 바이올린 연주에서 활을 사용하지 않고 손가락으로 현을 튕기는 연주 방법.

72) 러시아인이 입는 앞이 터지지 않은 상의.

73) 각로, 이불 속에 넣는 화로.

74) 말린 잔멸치, 축하용으로 씀.

75) 스가 센스케(菅專助)의 세와조루리(서민을 주인공으로 해서 당시의 세태를 묘사한 것). 『桂川連理柵』의 두 주인공. 오한(お半)

은 15세, 조우에몬(長右衛門)은 45세.

76) 유이 쇼세쓰(由井正雪, 1605~1651). 에도(江戶) 시대의 군학자. 게안(慶安)의 변(変)이라고 불리는 낭인들의 막부에 대항한 모반사건의 주모자. 낭인들의 상징적인 인물로 어깨까지 머리를 늘어뜨리고 있었다.

77) 문예미술도서 출판사 아루스의 사장 기타하라 데쓰오, 기타하라 하쿠슈의 동생.

78) 아키타 우자쿠(1883~1962). 소설가, 동화작가, 극작가.

79) 러시아 작가 쿠프린(1870~1938)의 소설. 비참한 매춘부의 생을 그림.

80) 다이쇼(大正) 9년에 창간되어 오랫동안 지속된 잡지책, 탐정소설, 괴기소설로 알려졌다.

81) 오쇼로 나가시(おしょうろ流し). 음력 7월 15일에 정령(精靈)을 흘려 보내는 행사.

82) 프랑스 작가 상 피에르(1737~1814)의 소설. 외딴 섬에서 자란 폴과 비르지니의 비극적인 사랑이 테마.

83) 당시 동거하고 있던 시인 노무라 요시야(野村吉哉)는 폐결핵을 앓고 있었다.

84) 금광교(金光教). 신도(神道) 13파의 하나. 본부는 오카야마(岡山)현에 있다.

85) 젊은 여자의 머리쪽 한가운데를 홀치기 댕기로 묶은 시마다 마게(島田まげ).

86) 도쿄에 있는 공원 이름으로 야스쿠니 신사가 있는 곳.

87) 새장 속의 새와 같은 처지의 여자를 노래한 유행가.

88) 파샤는 존칭, 케마르 아타추르크(1881~1938). 아타추르크는 '어

버이 터키' 라는 의미. 터키공화국 초대 대통령.

89) 후미코는 『방랑기』 출판 이전에는 이 일기를 "노래일기"라고 불렀다.

90) 일본 부인 머리형의 하나.

91) 가와이 다케오(河合武雄, 1877~1942). 신파의 여자역 배우.

92) 량암(諒闇). 천황이 부모의 상을 입는 기간.

93) 고리키(1868~1936)의 희곡. 『밑바닥』 중의 노래.

94) 小堀甚二. 후에 히라바야시 다이코(平林たい子)와 결혼.

95) 도쿠다 슈세이(德田秋聲, 1871~1943). 자연주의 작가의 대표. 장편 사소설 『가장인물』은, 야마다 준코(山田順子)와의 관계를 그린 것.

96) 사람을 모아 돈을 받고 재담, 만담, 야담 등을 들려 주는 대중적 연예장.

97) 신나이부시(新內節). 조루리부시(淨瑠璃節)의 일파로 특히 남녀 애정물이 많다.

98) 겉과 안이 다른 천으로 리버서블 오비(안팎을 다 쓸 수 있는 띠).

99) 미카미 오토키치(三上於菟吉, 1891~1944). 대중 소설가. 長谷川時雨의 남편, 미카미는 자신이 자금원조를 하고 있던 시구레의 「여인예술」에 『방랑기』를 추천하여 후미코의 데뷔 계기를 만들었다.

100) 요시다 겐지로(吉田絃二, 1886~1956). 자연주의계 소설가, 감상적 인생파 풍의 평론, 수필로 알려져 있다. 『섬의 가을』 등이 있다.

101) 미야지마 스케오(宮島資夫, 1886~1951) 다이쇼기 프롤레타리

아 문학의 대표적 작가. 후의 선승(禪僧) 대표작 『광부』.

102) 행선지를 적은 쪽지를 몸에 붙이고라는 의미.

103) 필립(1874~1909)은 프랑스 소설가. 『뷰 · 뷰 · 드몽페르나스』 『젊은 날의 편지』 등, 서민적인 생활과 마음을 아름답게 그렸다.

104) 데쓰카 로쿠빈(手塚綠敏). 두 사람이 만난 당시 그림 그리는 학생이었다. 평생을 함께했다.

105) 러시아 소설가, 극작가. 체홉(1860~1904) 의 단편소설 『귀여운 여인』의 주인공, 진심으로 남자의 취향에 자신을 맞춰 가는 타입의 여자를 의미, 뒤에 나오는 『앨비언의 처녀』도 그의 작품이다.

저자/하야시 후미코(林芙美子, 1903~1951)
후쿠오카(福岡) 현 모지(門司) 출생
1918년 4월 오노미치(尾道) 시립 고등여학교 입학,
아키누마 요코(秋沼陽子)란 필명으로 시작 활동
1930년 『방랑기』 출간, 60만 부의 베스트 셀러가 됨
1949년 『늦국화』로 제3회 여류 문학자상을 수상.
1951년 심장마비로 자택에서 타계
작품 : 시집 『푸른 말을 보다(蒼馬を見たり)』, 『옛 모습(面影)』
소설 『청빈의 글(清貧の書)』, 『굴(牡蛎)』, 『남풍(南風)』, 『파도(波濤)』, 『눈보라(吹雪)』, 『늦국화(晩菊)』 등 다수

역자/최 연
이화여자대학교 문리과대학 국어국문학과 졸업
한국외국어대학교 대학원 일본어과 졸업(문학석사)
일본 도쿄대학 대학원 비교문학 박사과정 수료, 同 대학원 비교문학 연구실 객원 연구원
현재 영남대학교 문과대학 동양어문학부 교수
논문 : 「나쓰메 소세키(夏目漱石)의 『산시로(三四郎)』에 나타난 異文化에 대한 양의성의 문제」, 「모리 오가이(森鷗外)의 『청년(青年)』에 나타난 자아 의식의 문제」, 「한·일 근대 소설에 나타난 청년상—이광수의 『무정』과 나쓰메 소세키의 『산시로』를 중심으로—」, 「오에 겐자부로(大江健三郎) 문학에서의 좌절과 성의 이미지」, 「일본 현대 소설에서의 여성의식—하야시 후미코의 『방랑기』, 『늦국화』, 『뜬 구름』을 중심으로—」

한림신서 일본현대문학대표작선을 발간하면서

한림대학교 한림과학원 일본학연구소에서는 1995년에 광복 50년, 한일국교 정상화 30년을 기념하면서 일본학총서를 출간하기 시작했다. 그 성과에 대해서 한일 양국의 뜻있는 분들이 높이 평가해 주신 데 깊은 사의를 표한다.

본 연구소는 한국이 일본을 더욱 잘 알게 되고, 한일간의 문화교류가 활발해진다는 것이 한일 양국을 위하는 것일 뿐 아니라 21세기를 향한 동북아시아의 평화와 새로운 질서를 수립하는 데 크게 이바지한다고 생각한다. 그런 뜻에서 일본학총서도 발간해 왔던 것이다. 앞으로도 그 사업을 계속할 것이며 연륜을 더해감에 따라 큰 발자취를 남기게 될 것을 의심하지 않는다.

그런 확신을 가지고 지금까지 일본학총서 발간에 보내 주신 한일 양국 여러분의 성원에 보답하는 의미에서 여기에 새로이 한림신서 일본현대문학대표작선을 발간하기로 했다. 일본 문학은 이미 세계 문학사에서 확고한 자리를 차지하고 있다.

일본은 전통적으로 문학 속에 사상을 담아 왔기 때문에 일본 사회를 알기 위해서는 일본 문학을 알아야 한다고들 흔히 말한다. 그럼에도 불구하고 지금까지 상업성을 위주로 하는 일반적인 출판사업에서는 일본 문학의 전모를 알리기에는 어려운 사정이 많았던 것이 사실이다. 그러므로 본 연구소는 일본을 바로 이해하기 위하여, 한일간의 문화교류를 더욱 촉진하기 위하여 여기에 일본현대문학대표작선을 간행하기로 했다.

이러한 노력이 우리 문화발전에도 크게 이바지할 수 있기를 바라면서 일본에서도 한국 문화를 일본에 알리기 위한 노력이 일어나서 한일간에 새로운 세기를 좀더 밝게 전망할 수 있게 되기를 바란다.

여러분들의 계속적인 성원을 기대해 마지 않는다.

1997년 11월

한림대학교 한림과학원 일본학연구소